인간시장
2

김홍신 장편소설

불 타 는　욕 망

인간시장

해냄

| 차례 |

천국직행교 아멘 7

탐욕 21

연습으로 사는 거 60

여름의 음모 124

불타는 욕망 163

터줏대감들 201

널 훔칠 거야 254

사기꾼의 자서전 279

작가 후기 357

천국직행교 아멘

아침나절에 애들을 학교로 불러들였다. 캠퍼스의 뒷산과 천국직행교가 자리 잡은 야산 근처가 지형적으로 비슷하다고 생각했기 때문이었다.

"눈여겨봐둬. 절대로 시간차가 나선 안 돼. 우리가 문제가 아냐. 아까운 계집애 하나가 죽게 돼."

나는 애들을 데리고 지형정찰에 나서며 이렇게 못을 박았다. 애들은 내 심각한 표정 때문에 진지한 얼굴로 따라왔다.

"성근(星根)이, 넌 가능한 속력 좋은 차를 여기쯤에 대기시키고 신호가 떨어지면 후닥닥 싣고 나르는 거야. 그리고 너는 내가 계집앨 빼내는 순간 불을 댕겨야 돼. 나머지는 만약을 위해 공격조가 무사히 튈 때까지 방어를 하는데, 개는 한두 마리 희생을 치를 각오를 해야 돼. 그 자식들은 사람의 힘으론 안 돼. 개 같은 동물이면 의식이 없기 때문에 좀 두려워할 거야. 차량, 휘발유, 집결지, 시간표, 개 빌리는 것, 모두 차질이 없어야 한다. 해낼 수 있겠지?"

애들은 신바람이 났는지 모두 자신 있다고 했다.

그들은 마치 무슨 큰 음모에 가담한 공신이나 된 기분인 것 같았다. 그들은 마치 나쁜 일에 이골이 나서 누구든 해치우는 일이면 흥분하는 패들이었다. 그런데 이번 일은 사람을, 그것도 예쁜 계집애를 구출한다는 사실 때문에 더 흥분하는 것 같았다.

"만약에 일을 그르치게 되면 정말 비상수단을 써도 되는 거요."

성근이가 두목답게 물었다.

"할 수 없지. 뒷일은 내가 책임진다. 감옥에 가도 좋고 이까짓 모가지쯤 내놔도 좋다. 너희들에겐 절대 피해 없도록 할 거다."

그들은 내 말을 믿었다. 믿을 만큼 나는 그들에게 과오 없이 살아왔다. 다른 것은 몰라도 그들에게 의리가 무엇인지, 내가 어떤 사내인지 분명히 보여주었다.

"자, 이제 다시 한 번 체크할 테니까 각기 제자리로 돌아가."

우리는 내가 만든 시간표대로 움직여 보았다. 애들은 정확하게 계획대로 움직였다. 그런 일에는 꽤 도통한 패들이었기 때문에 안심해도 좋을 것 같았다.

"내일 정각 세 시에 Y역 광장. 잊지 마라. 준비하는 거 철저히 점검해."

"고기 좀 먹죠, 형. 내일 힘 좀 빼얄 테니까."

"내일 힘 빼선 안 돼. 너희들이 기민하게 움직여서 사고 없이 감쪽같이 처리해야 돼."

"뺄 땐 빼야죠, 머. 그것들 그냥 이 한 방에 날리고 싶은데."

"정신들 차려. 그 지경까진 가선 안 돼. 그 점은 알아서들 해."

우리는 치밀한 작전계획을 세우고 흩어졌다. 정말 치밀해야만 했다. 만약 애들이 몸이라도 풀게 되는 날이면 쌍방에 피해자가 생길지도 모르는 일이었다.

Y역 광장. 몇 대의 승용차와 화물차 한 대가 광장 구석에 나란히 세워져 있었다. 성근이가 몰고 온 승용차는 꽤 늘씬하게 빠져서 속력 좋게 생겨 보였다.

"저거 빌리느라 땀깨나 흘렸어요."

성근이가 차를 가리키며 이렇게 말했다. 녀석은 언제나 내 명령이라면 물불을 가리지 않는 녀석이었다. 녀석과 정식으로 한판 붙어보지 않아서 모르지만 주먹 솜씨나 두목다운 지도력이 만만찮다는 걸 알 수 있었다.

"네 신세 톡톡히 갚을 날 있을 거다."

"형두 참, 언제 형한테 뭘 바라고 했나요. 난, 형만 보면 화가 나요. 왜 그렇게 다른 애들이 붙어보지도 않고 쩔쩔매는지 말예요. 우린 치고 패서 피투성이가 돼서야 이놈의 자리를 겨우 보전하는데 말예요. 그렇다고 진짜 형 실력 알자고 붙어볼 수도 없고 말예요."

성근이는 이렇게 투덜거렸다. 녀석의 말을 나는 공감하고 있었다. 한참 돌아다닐 때 소문난 실력자에겐 나도 그랬으니까. 소문난 실력자들은 결코 솜씨를 보여주지 않았다. 그냥 주위에서 알아주는 걸로 족했다. 다만 소문난 실력자들 뒤에는 의리의 사내들과 왕년의 실력행사에 대한 신화 같은 추억담만 너절하게 따라다녔다.

"형, 이때 한 구역 잡지 그래요. 형 같으면 큰판 먹을 수 있을 텐데 말예요. 우리 지역을 맡아서 형을 총재로 모시면 어떨까 생각했어요. 이 판이 어차피 나이로 먹는 건 아니니까요."

"까불고 있네."

내가 딱 잘라 거절하자 성근이는 피식 웃었다.

"정말예요. 내가 형 같으면 벌써 먹었을 거예요. 빈정 상하게 하는 놈들 보면……. 솔직히 말해서 나도 귀퉁이 떠맡긴 싫어요. 우리 쪽엔 까치독사만 쳐내면 통째 먹을 수 있어요."

성근이는 계속 나를 충동질하고 있었다. 어쩌면 그것이 작은 왕초들의 소망인지도 모른다. 한때 나도 그랬었다. 어린 나이에 물불 가리지 않고 왕초의 시중꾼으로, 왕초의 심복으로서 지역 쟁탈전에 뛰어들어 실력을 유감없이 보였었다. 그러나 한 번도 특정지역의 왕초 노릇을 해본 적은 없었다.

어느 지역이든 간에 나같이 전문 솜씨를 가진 패들이 있었다. 전문가에 의해 승패가 좌우되지는 않았다. 왕초의 치열한 경쟁심과 졸개를 다루는 솜씨와 선배의 지원 없이는 불가능했다.

우리는 다시 차를 몰고 천국직행교 쪽으로 달렸다. 장비와 준비물에는 이상이 없었다.

천국직행교가 바라다보이는 산 중턱에 훈련된 개들을 풀어놓고 우리는 작전계획을 재검토했다.

"저기 보이는 것이 천국직행교다. 설명했듯이 대기조와 방어조는 산밑을 돌아 큰길과 모퉁이에서 기다리고, 공격조는 나를 따라 이쪽 산길을 타고 간다."

애들은 눈앞에 위용 있게 버티고 있는 천국직행교를 쳐다보면서 긴장을 감추지 못했다. 막상 이 자리에 서보고 그들의 행동을 주시하면 내가 어째서 처절한 연습을 시켰는지 알 수 있었을 것이다.

"쟤들이 정말 센 겁니까?"

개를 끌고 나온 녀석이 이렇게 물었다. 나는 고개를 끄덕이고 내가 만든 지도를 펼쳐놓았다.

"여기서 정각 여섯 시에 출발한다. 모두 시계를 맞춰라."

애들은 성근이의 지시대로 시계를 맞추고 각기 조장을 따라 산 아래로 내려갔다.

나는 공격조를 데리고 산길을 타고 내려갔다. 천국직행교가 가까워지자 마음이 조금씩 떨리기 시작했다.

어둠이 서서히 깔리기 시작했다. 천국직행교를 밝히는 불빛만이 유난히 돋보였다. 그들은 우리 일행이 시간표대로 움직이리라곤 생각하지 못한 채 예정대로 성전으로 모여들고 있었다.
"그거 이쪽에다 설치해."
내 명령이 떨어지자 공격조는 야간 망원경을 설치했다.
"됐어요. 잘 맞춰놨어요."
나는 야간 망원경으로 검붉어 보이는 물체들을 찬찬히 들여다보았다. 거무죽죽했지만 섬세하리만큼 사물은 뚜렷하게 보였다. 마치 붉은 빛깔 도는 색안경을 쓰고 가까이에서 보는 것 같았다.
"신호하는 거 잊지 않았지?"
"그거 잊어먹었단 골로 가라구요."
나는 일부를 남겨놓고 다시 앞쪽으로 걸어갔다. 바람이 약간 불고 있었다. 오히려 작전하는 데는 좋은 것 같았다.
성전 둘레로 빽빽하게 우거진 숲이 있었다. 미나가 나를 그 숲 속으로 빼내준 걸 어렴풋이 기억할 수 있었다.
"너희들은 여기서 기다려. 개 입마개가 풀리지 않도록 해."
나는 숲 속을 빠져나와 손을 흔들었다. 산속에서 반딧불 같은 불꽃이 두 번 번쩍였다. 염려 말라는 신호였다.
성역을 들여다보았다. 산속에 설치한 야간 망원경보다 작은 휴대용이지만 성능은 별 차이 없이 좋았다. 성역의 구석구석을 살폈다.

어슬렁거리는 셰퍼드 두 마리밖에 움직이는 게 없었다. 옆에서 보니까 생각보다 크고 화려한 주택이었다. 그것은 개인주택이 아니라 독생성자가 기거하는 데 여러 가지로 불편 없게 만든 것 같았다.

성전의 종소리가 울려 퍼지기 시작했다. 신도들이 몰려서 성전으로 들어가는 게 보였다. 성역에서도 사람들이 잰걸음으로 빠져나와 성전 쪽으로 가는 게 보였다.

"너희들은 바깥을 맡아. 튀는 놈이 있어선 큰일야. 넌 전화선을 있는 대로 다 잘라버려. 우리가 바깥으로 무사히 나오는 순간에 넌 전깃줄을 몽땅 한꺼번에 없애야 돼. 알았지?"

어둠 속에서 애들은 고개를 끄덕였다. 입마개를 한 개들도 얌전하게 앞발을 모으고 앉아 있었다.

"되도록 개를 쓰지 않도록 해야 된다."

나는 두 녀석을 데리고 내려왔다. 잠복하는 일이 쉬운 노릇은 아니었다. 어둠 속에서 숨 쉬기마저 중단할 것처럼 긴장해야만 했다. 우리들 눈엔 아무 물체도 보이지 않았다.

불빛 신호가 왔다. 두 사람이 성역을 나서고 있다는 신호였다. 우리는 살금살금 기어 나가 대문 옆에 바짝 붙었다. 문이 열리는 순간 두 사내를 해치우고 안으로 문고리가 닫히지 않게 해둬야만 했다.

나는 살금살금 기어서 개나리숲 속으로 숨어 들어갔다.

"윽!"

사내가 내 손에 잡혀 뻗어 누웠다. 나는 사내를 끌고 올라가 공격조에게 인계했다. 공격조는 사내의 옷을 벗기고 재갈을 물려 나무에 묶었다.

"형, 제법 어울리는데요."

애들이 작은 목소리로 내 차림새가 그럴듯하다고 말했다. 얼핏 보아서는 독생성자의 보좌역이라고 할 수 있는 모습이었다.

사내 둘을 잡아내고 문고리가 닫히지 않게 돌멩이를 세웠다. 안에서 다른 인기척이 없다는 신호가 왔다.

"옷 벗겨 입고 잘 묶어둬."

내 명령대로 애들은 민첩하게 움직였다. 나는 애들이 옷을 다 입자마자, 허리를 펴고 대문을 밀고 들어섰다. 셰퍼드 두 마리가 우리를 올려다보고 꼬리를 흔들었다.

"앞장서라, 빨리."

애들이 앞장섰다. 나는 표창을 꼬나 쥐고 셰퍼드를 향해 내리꽂았다. 두 마리가 순식간에 공중으로 뛰어올랐다가 컹컹거리며 쓰러졌다.

애들이 달려들어 입마개를 씌워 담 밑에 처박았다.

현관문을 슬쩍 밀었다. 소리 없이 현관이 열렸다. 내가 앞서고 애들이 뒤따라 들어왔다. 응접실엔 아무도 없었다.

"지금부턴 한 방에 애들을 해결해야 돼. 알았지?"

녀석들은 무겁게 고개를 끄덕이고 벗겨 입었던 옷을 아무렇게나 벗어 던졌다. 응접실 옆에 있는 방문을 벌컥 열었다.

"누구냐?"

붉은 전등 밑에 나신을 드러낸 사십 대 사내가 보였다. 그의 목 밑에 날카로운 칼끝이 금방이라도 찌를 듯 버티고 있었다. 침대 속엔 나이 어린 소녀가 얼굴을 가리고 누워 있었다. 얇은 이불을 들추자, 실오라기 한 점 걸치지 않은 채 수그리고 있었다. 사내는 교주가 아니었다. 독생성자의 수제자라는 게 그의 목걸이에서 대번에 드러났다.

사내를 묶었다. 발가벗은 사내의 살집은 탄력 있게 좋았다. 재갈을 물렸지만 악쓰는 소리가 새어 나갈 만큼 강했다. 소녀를 이불로 싼 채 묶었다. 소녀는 아무 말 없이 눈을 감았다.

"짜아식, 병아리 끼구 자빠져서 세상 모르고 있어."

애들이 사내의 목뼈를 가격했다. 사내가 나뒹굴었다.

이곳에 들어온 여자 신도의 최초가 이러한 것이라는 걸 나는 짐작하고 있었다. 미나가 이런 곳에서 빠져나올 수 없는 이유 중에 하나도 이런 작태 때문인 것 같았다. 여신도는 나이에 상관없이 이런 꼴을 당해야만 했다.

이것이 그들의 교리이기도 했고, 배반할 수 없게 만드는 올가미이기도 했다. 남자 신도들도 마찬가지로 빠져들었다. 집단 혼음으로 남자 신도들의 본능을 이곳에 묶어두는 것이었다.

예배가 클라이맥스에 이르면 성전의 모든 불은 꺼진다. 그러고는 그 자리에서 성대한 집단 혼음 파티가 이루어지는 것이다. 한번 빠져든 신도들은 헤어 나올 수 없는 올가미를 뒤집어

쓰게 되고, 배반할 수 없는 약점을 잡히게 되는 것이다. 천국직행교의 말로를 볼 수 있는 날에 가서야 비로소 이들의 전모를 알 수 있을 만큼 이들은 모든 것이 철저한 비밀로 이루어지고 있었다.

 소녀를 응접실로 끌어냈다. 사내가 입을 열지 않을 거라는 걸 너무 잘 알기 때문에 소녀를 끌어낸 것이었다.

 "바른대로 대지 않으면 죽인다."

 소녀는 부들부들 떨고 있었다. 아직 입교한 지 얼마 되지 않았다는 증거였다. 골수 신도라면 이렇게 떨진 않을 것 같았다.

 "미나라고⋯⋯. 여기선 선녀인데, 그 여자를 알겠지?"

 소녀는 고개를 끄덕였다. 아마도 소녀에겐 대선배이고 어쩌면 소녀의 일상생활을 지도하고 감독할지 모르는 일이었다. 그것이 이곳의 규칙이었다.

 "지금 어디 있어. 바로 대."

 소녀는 잠시 망설였다. 그러나 칼끝이 무서운지 눈을 감고 있었다.

 "저⋯⋯ 지옥에요."

 "뭐라구? 지옥!"

 나는 그 순간 미나가 이미 이 세상 사람이 아니라는 생각이 들었다.

 "언제, 왜? 지옥이라니."

 내 격한 목소리였다. 애들이 내 등을 잡았다.

"진정해요, 형."

"이 자식들 다 죽인다."

나는 허리띠 속의 표창을 전부 꺼냈다. 소녀가 눈을 질끈 감고 입술을 씰룩거렸다.

"지하실 말예요. 이 아래 지하실요."

"미나가 지하실에 있단 말야? 시체를 거기다 뒀어?"

"아녜요. 미나 천사는 살아 있어요. 지옥이라고 해요. 여기선."

나는 안도의 숨을 쉬었다. 이곳에선 내가 갇혀 있던 지하실을 지옥이라고 부르는 모양이었다.

"거기 열쇠 어디 있어?"

"전 몰라요. 천사들께서 간수하니까요."

"누구? 저 안에 있는 자식도 알아?"

"그럴 거예요."

소녀를 다른 방에 넣고 우리는 사내가 있는 방으로 뛰어 들어갔다. 사내는 묶인 줄을 끊어내려고 몸부림을 치고 있었다.

"지옥 열쇠 어디 있나?"

사내는 고개를 저었다. 결코 말할 위인이 아니었다. 그의 목을 자른다 해도 그들은 차라리 죽음을 선택할 정도였다.

"이 새끼, 이거 비틀어줘."

나는 악이 받쳐 이렇게 말했다. 애들이 달려들어 사내를 헌 집 벽 털어내듯 갈기고 있었다.

아무리 찾아봐도 지하실 열쇠를 찾아낼 수 없었다. 사내는 초죽음이 되어 방바닥에 뻗어 누웠다.
"폭파할까요?"
"안 돼. 사람 다쳐. 지하실 속에 있는 사람 귀청 떨어져."
나는 지하실로 뛰어 내려갔다. 철문 위쪽의 창으로 미나를 불렀다.
"열쇠는 일등천사 서랍에 있어. 응접실에 크게 써 있어."
카랑카랑한 미나 목소리였다. 나는 응접실로 다시 뛰어가 일등천사라고 씌어 있는 서랍을 부수었다. 이층에서 사람 소리가 왁자하게 들렸다.
지하실 문을 열고 나오자, 독생성자의 제자들이 무더기로 쏟아져 나왔다. 애들이 솜씨 있게 파이프를 휘두르고 있었지만 위험했다.
"미나, 안내해라. 어서, 빨리!"
미나는 비틀거리는 걸음으로 애들을 데리고 나갔다. 나는 닥치는 대로 표창을 던졌다. 앞장선 제자들부터 차례차례 고꾸라졌다.
대문을 박차고 뛰어나왔다. 방어조가 불빛으로 공격을 개시하겠다는 신호를 보냈다. 나는 손을 들고 공격하라는 신호를 보냈다.
개들이 숲 속에서 뛰어나왔다. 그리고 갑자기 주위가 칠흑으로 변했다. 전깃줄을 약속대로 모조리 잘라낸 것이었다. 성전 안에 있던 신도들이 집단으로 어둠 속을 뚫고 뛰어나왔다.

우리는 계획했던 대로 철수를 시작했다. 우리가 풀어놓은 개들이 정신없이 날뛰는 소리가 뒤에서 들렸다.
"개를 불러. 어서!"
내가 소리쳤다. 호루라기 소리가 흩뿌려졌다.
"성공입니다."
길을 안내하던 애가 숨 가쁘게 말했다. 나는 대기조에게 신호를 보내게 했다.
성전 쪽에서 불길이 솟구쳐 올랐다. 뒤따르지 못하도록 휘발유를 뿌려놓은 곳에 불이 당겨진 것이었다.
산을 타고 옆으로 돌았다. 성근이가 스몰라이트를 켠 채 미나와 공격조를 태우고 있었다. 나머지 차량이 전속력으로 질주했다.
개를 실은 화물차가 먼지를 일구며 쑤셔 박힐 듯 달렸다. 나는 마지막 차에 올라탔다.
뒷산이 붉게 물든 듯이 밝았다. 아우성 소리가 아스라이 들렸다.
"전속력, 달려."
나는 통쾌하게 소리쳤다.

하느님, 봐주실 때도 다 있으십니다. 장하십니다.

저런 무리는 진작 뿌리를 뽑았어야 했습니다. 그런데 어째서 여태 놔둔 건지 모르겠습니다. 성황당을 믿던 저 착한 백성들에게 이게 무슨 작태란 말입니까.

하느님. 성황당은 미신의 본거지가 아니었습니다. 성황당은 우리 백성들이 마을을 지키고 나라를 지키던 병기고였습니다. 옛날에는 방어 무기가 두개골이었고 공격 무기라고 해봤자 돌멩이밖에 더 있었습니까.

우리 백성들이 돌멩이를 주워 모아 병기창고를 마을 어귀에 만들어놓고 침략자들과 싸우던 고마운 파수병이 바로 성황당이었습니다. 그래서 우리 백성들이 그곳을 고맙다고 떠받든 것입니다.

하느님. 뭐 좀 알고 없애든지 해보세요. 답답하다구요.

탐욕

 시험준비 때문에 하숙집을 지키고 있는데 전화 소리가 요란하게 울려왔다. 귀찮다는 생각으로 망설였지만 전화벨 소리는 그칠 것 같지 않았다.
 "Y동입니다."
 상대 여자의 목소리가 처음 듣는 소리여서 점잖게 전화를 받았다.
 "거기, 혹시 장총찬이란 학생 있나요?"
 "전데요. 제가 장총찬입니다."
 "나를 기억할지 모르겠네. 나 오은주라고……."
 말끝을 흐리는 목소리. 알고말고, 잊을 수 없는 여자인걸. 기억할지 모르다니, 잊을 수 없는 여잔걸.

"누나, 웬일야? 여길 어떻게 알았어. 지금, 거기 어디야?"

"으응, 아는 수가 있지. 시골에 갔다가 총찬이 엄말 만났어. 여긴 좀 먼 곳인데……. 총찬이 시간 있겠어?"

"그럼. 어디야, 내가 나갈게."

"그럴 거 없고. 내가 그 근처로 갈게. 한 시간쯤 걸릴 거야."

"학교 앞에 와서 날 찾아도 되고, 시몽이란 찻집에 오면 금방 연락돼. 그쯤 돼서 기다릴게."

은주 누나는 전화를 끊었다. 나는 책을 덮어놓고 설레는 가슴을 진정시키고 있었다.

내가 열여섯 살 때 은주 누나는 스물여섯 살이었다. 그 당시에 은주 누나는 초등학교 선생 노릇을 하고 있었고 나는 무기정학을 당해 무작정 가출을 했을 때였다.

배고픈 내겐 서울이란 놈의 도시는 빵 한 조각, 물 한 모금을 주지 않았다.

주린 창자를 채우기 위해 나는 무작정 무교동으로 갔다. 어느 놈이든지 주먹으로 한판 붙어서 빵값이라도 뜯어내고 싶었다.

나 같은 촌놈이 소문으로 서울에서 명동과 무교동의 주먹솜씨가 제일이라고 들었기 때문에 이왕 붙어보려면 그런 본바닥에 붙어보고 싶었다.

나는 구두닦이에게 이렇게 물었다.

"여기서 젤 센 놈이 누구야?"

구두닦이는 을씨년스럽게 생긴 내 꼴을 쳐다보고 피식 웃었다.

"젤 센 놈이 누구냐니까?"

시골에서 써먹던 식으로 목청을 돋우었다.

"너 어디서 굴러먹다 온 뼈다귀야?"

구두닦이가 벌떡 일어나 구두닦이통으로 나를 후려쳤다. 하마터면 머리통으로 방패를 할 뻔했다.

"이 자식이 이거, 눈깔 똑똑히 뜨고 봐. 내가 총찬이라구 임마. 칵!"

구두닦이통을 들고 있는 녀석을 바닥에 눕혀놓고 이렇게 소리 질렀다. 얘길 해놓고 보니까 서울의 구두닦이가 나 같은 촌깡다구를 알 리가 없다는 생각을 했다.

"언놈이 젤 세. 빨리 말해. 구두칼로 얼굴을 닦아주기 전에."

구두닦이는 눈을 크게 뜨고 내 등 뒤를 가리켰다. 뒤를 쳐다보았다. 거기, 내 등 뒤에 신사복을 단정하게 입은 사내가 팔짱을 낀 채 웃고 있었다.

나이는 갓 스무 살쯤 되어 보였는데 너무 세련되게 옷을 입고 있어서 부잣집 막내처럼 곱상하게 생겼다. 신사복 입은 사내의 둘레엔 비슷한 또래의 사내들이 대여섯 명이나 있었다. 그들은 간편한 옷을 입고 있었는데 첫눈에도 제법 깡치가 세어 보였다.

탐욕 23

"형씨가 이 바닥에서 젤 세진 않잖아. 난 진짜 센 친굴 찾는데."

내가 손을 털고 일어나 이렇게 지껄였다. 사내가 빙그레 웃었다.

"자식, 귀엽군."

"여봐 형씨. 나도 꽉 찬 스물야. 머리 깎고 다니고 싶어서 다니는 게 아냐. 이제 막 별판 떼고 나와서 그래."

나는 이렇게 능청을 떨었다. 그런 세계에선 감옥살이를 하고 나왔다는 엄포를 줄 필요가 있기 때문이었다.

"점점, 못 봐주겠구나. 너 어디서 굴러다니다 왔어?"

"명동 해먹고 이 바닥도 좀 먹어볼까 하고 왔다."

"으하하하……."

사내는 가소롭다는 듯이 웃었다. 그리고 옆에 있는 사내들에게 눈짓을 보냈다. 나도 그게 무슨 명령인지 알 수 있었다.

사내들이 순서 없이 주먹질과 발길질을 했다.

골목 안이 갑자기 시끄러워졌다.

나는 다섯 사내들의 손목과 발목을 적당히 때리며 구석으로 밀려갔다. 적극공격법으로 나서지 않으면 당할 것 같았다. 꽤 솜씨가 있는 사내들이었다.

쏜살같이 튀어나오며 두 명을, 돌아서며 다시 양발걸이로 두 명을 때려눕혔다. 신사복의 사내가 잭나이프를 펴 들고 느물거리며 웃었다.

"우리 신사적으로 하자. 날려놓고 사내답게 말야."

내가 주춤 뒤로 물러서며 말했다. 사내가 씩 웃었다.

"너 솜씨 괜찮은데 나하고 일해 볼 생각 없어?"

사내는 이렇게 묻고 잭나이프를 접어 넣었다.

"밥 먹여주면 생각해 보지."

"너 어디서 왔어?"

"콩밥 먹다 이제 나왔다고 했잖아."

"날 속이려고 하지 마라."

사내들이 죽 일어나 다시 나를 에워쌌다. 나는 벽에 기대어 그런 사내들을 노려보았다.

"너 몇 학년야?"

사내가 재차 물었다. 나는 더 버틸 수가 없었다. 콩밥 먹다 나왔는지 학생인지 그는 구분할 줄 아는 사내였다.

나는 그날 저녁, 무교동 건너편에 있는 태권도 도장에 가서 땅개의 심복부하들과 한판 붙었다. 확실히 촌놈들보다는 월등한 실력이었다.

나는 두 녀석을 깔아뭉겠지만 세 번째 칼자국 난 녀석에게 무릎을 꿇고 말았다. 녀석은 생긴 것만큼 솜씨가 있었다.

나는 그래서 그날부터 땅개의 부하가 될 수밖에 없었다. 시골에서 왕왕거리던 내 신세가 말이 아니게 된 것이었다. 서울 놈들의 실력이 그 정도로 탁월할 줄은 예기치 못한 일이었다.

땅개의 전위대원으로 무교동 일대를 휘젓고 다닐 때 은주 누나를 만난 것이었다.

은주 누나는 뾰족구두를 신고 무교동 큰 골목길을 걷고 있었다. 하얀 색깔의 핸드백과 원피스의 물빛 색깔이 어울리는 여자였다. 뒷모습이 어찌나 예뻤는지 나는 괜히 시비를 걸고 싶다는 생각이 들었다.

은주 누나가 길을 건너려는 순간 뒤에서 꼬마들이 은주 누나를 덮쳤다. 핸드백을 날쌔게 채가지고 골목길로 뛰었다.

"강도야, 강도야!"

은주 누나는 악다구니를 썼다. 나는 그 순간 은주 누나의 얼굴을 똑똑히 보았다. 뒷모습에 비하면 못생긴 여자였다. 길거리에서 흔히 볼 수 있는 그런 여자였다.

은주 누나는 뾰족구두를 벗어 들고 골목길로 뒤쫓고 있었다. 나는 쇼윈도 옆에 앉았다가 벌떡 일어나 골목길로 뛰었다.

꼬마들이 복잡한 골목으로 나누어 뛰었다. 나는 은주 누나를 앞질러 뛰었다. 핸드백을 들고 뛰는 녀석이 낙지 골목을 빠져나가 더 좁은 골목으로 뛰었다. 나는 속력을 늦추고 뒤따라 뛰어오는 은주 누나에게 소리쳤다.

"더 가지 말아요. 큰일 나요. 거기 꼼짝 말고 서 있어요. 내가 찾아줄 테니까."

은주 누나는 그 자리에 우뚝 섰다. 나는 천천히 골목으로 들어섰다. 붉은 벽돌집 계단으로 올라갔다.

꼬마는 나를 보더니 씩 웃었다.

"형, 그 기집애 갔어?"

나를 보더니 안심이 되었다는 듯이 말했다.

"이리 내놔, 임마."

"왜요? 형, 왜 그래."

표정이 사나워졌다. 무교동의 전통적 의리로 보면 그런 물건의 주인은 따로 있기 마련이었다.

"이리 줘. 어서."

내가 다가서자 꼬마는 눈을 부라렸다.

"꽁치 형님한테 깨지려고."

"꽁치? 까불면 박아버릴 거야. 어서 이리 줘."

꼬마는 핸드백을 바닥에 내던지고 험악하게 나를 노려보았다.

"형, 정말 왜 이러는 거야? 꽁치 형님 성깔 알면서."

"이 새끼가 뒈지고 싶은가. 곱게 말할 때 내놔."

"형, 왜 그래 정말."

"우리 누나야 임마. 나 만나러 왔다가 니들한테 걸렸어. 사람 봐가며 채야지 이 새끼들아."

"에이, 형. 공갈치지 마. 형이 먹으려고 그러지."

"진짜 누나야."

"꽁치 형님한테 뭐라고 하려고 그래."

"꽁치구 멸치구 간에 나 건들면 국물도 없다구 그래."

나는 핸드백을 들고 내려왔다. 핸드백 빼앗긴 여자들이 성급한 마음에 따라 올라갔다가는 도리어 큰 봉변만 당하기 일쑤였다. 꼬마들은 호락호락한 녀석들이 아니었다. 돈 찾으러 잘못 올라갔다가는 치마도 벗어줘야만 했다.

은주 누나는 골목 입구에 힘없이 서 있었다. 내가 핸드백을 들어 보이자 은주 누나는 안도의 웃음을 지었다.
나는 은주 누나의 간청을 뿌리치지 못하고 누나를 따라 빵집으로 들어갔다. 은주 누나와 얘기도 몇 마디 나누지 못하고 나는 바깥으로 나와야만 했다. 꽁치 형님이 나를 불러낸 것이었다.
나는 성질에 못 이겨 꽁치 형님과 꼬마들을 늘씬하게 패주었다. 꽁치 형님이 꼬마들을 데리고 도망가자 은주 누나는 나를 택시 속에 밀어넣었다.
내 딱한 처지를 자세히 들은 은주 누나는 나를 귀가할 때까지 데리고 있게 되었다.
은주 누나는 저녁마다 나에게 공부를 가르쳐주었고 저녁마다 내게 귀가할 것을 종용하곤 했다.
은주 누나에게 얹혀사는 나는 그렇게 행복할 수가 없었다.

창신동 고개턱의 자취방에서 나는 누나의 팔을 베고 누워 극성스런 어머니보다 훨씬 따스한 정을 느끼곤 했다. 은주 누나는 아침밥을 먹고 나가면 저녁때가 돼야 돌아왔다.
나는 하루 종일 누나와 손가락을 걸면서 약속한 대로 바깥에 나가지 않은 채 누나의 책꽂이에 가득 꽂혀 있는 책들을 읽곤 했다. 은주 누나는 아침마다 숙제를 내주었다.

나는 비로소 도스토예프스키며 카뮈 같은 사람이 나보다 훨씬 근사하게 살았다는 걸 인정했고 소설책을 왜 사람들이 읽어대는지 알았다.

나는 은주 누나와 한방에서 사는 두 달 동안 가장 행복했었는지 모른다. 누나는 잠옷 차림으로 누워서도 부끄러워하지 않았고 내 단벌 팬티를 빨아주면서도 꺼림칙해하지 않았다.

"너 같은 동생이 있었으면 좋겠다."

누나는 내게 이런 말을 했다. 우리는 또 손가락을 걸며 정말 친형제처럼 평생을 같이 살 것처럼 굴었다. 누나에겐 훤칠하게 생긴 애인이 있었다. 누나의 책상 위에서 나를 뚫어지게 쳐다보는 사진 한 장만으로도 나는 심한 질투를 느꼈었다.

가끔 늦게 들어오는 날이면 빵이며 음료수를 들고 와서 미안해했다. 그런 날이면 나는 더욱 행복했다.

누나의 가슴은 따뜻하고 컸다. 그러나 우리는 정말 아무 일도 없는 순수한 형제처럼 지냈다. 문득문득 나는 누나를 끌어안고 싶어 했다. 누나는 그런 내 이마에 가벼운 입맞춤을 해주었다.

"누나, 시집갈 거야?"

내가 이렇게 물으면 누나는 나를 도닥거리며 웃었다.

"그럼, 가야지 어떻게 해."

"꼭 가야만 되는 거야?"

"그럼. 나이가 차면 총찬이도 알게 돼. 그게 자연의 섭리며 인간이 살아가는 질서인 거야."

"나 같으면 혼자 살겠다. 얼마나 좋아."

"내가 혼자 살면 좋겠니?"

나는 고개를 끄덕였다. 누나는 그런 나를 주먹으로 때렸다. 평생 누나하고만 살고 싶었다. 나이를 먹고는 여자와 한방에서, 그것도 여자의 팔을 베고 그의 가슴에 얼굴을 묻으며 자본 것은 처음이었다.

"저 용근이 형도 좋은 사람이야. 누나한테 얼마나 잘한다구. 그러니까 총찬이도 좋아해야 돼."

용근이는 누나의 애인이었다. 고등고시에 몇 번 실패하고서도 굴복하지 않은 채 공부를 계속하고 있는 사내였다.

나는 누나와 살면서 용근이란 청년이 가난한 농사꾼의 아들이란 사실과 그가 공부할 수 있는 것은 은주 누나의 뒷바라지 때문에 가능하다는 것을 알았다. 누나는 용근이를 사랑하기 때문에 좋은 혼처와 풍족한 가정에서 뛰쳐나와 고생을 하고 있었다.

시골에서 풍족하다고 해봐야 별거는 아니었지만 용근이의 뒷바라지를 하기 위해선 직장을 버릴 수가 없다고 했다.

"너도 이담에 크면 알게 돼. 서로 사랑하면 어떤 희생이라도 감수할 수 있는 힘이 생기는 거야. 우린 행복하단다. 그 사람이

고시에 패스하기만 하면 우리가 지금까지 고생한 걸 아름다운 추억으로 간직할 수가 있어. 설령 패스하지 않아도 좋아. 그저 사랑하는 걸로 난 만족해."

누나는 음악 소리에 맞춰 대사를 읊듯 이렇게 잔잔한 음정으로 말했다. 나는 슬그머니 돌아누웠다. 누나는 나를 잡아당겨 이마에 입술을 대주었다.

"총찬이 질투하니?"

나는 아무 대꾸 없이 다시 돌아눕곤 했다. 한 번도 만나지 못했지만 누나가 하도 말을 많이 해줘서 그의 표정까지도 알 것 같았다. 나는 견딜 수 없는 질투에 휩싸여 있곤 했다.

누나는 가을에 결혼하게 되어 있었다. 용근이의 나이 때문에도 더는 버틸 수 없다고 했다. 그리고 이번 고시에는 꼭 패스할 거라는 확신이 누나에겐 있었다.

누나와 헤어지기 싫었지만 우리는 헤어질 수밖에 없었다.

용근이가 고등고시에 패스했기 때문이었다. 누나는 교육대학에 다닐 때부터 용근이의 학비와 책값을 대는 아르바이트를 했고 용근이는 오직 공부만 전념할 수 있었던 노력의 결정이었다.

"총찬아. 내가 뭐랬니? 된다고 했지. 내가 귀신이지. 정말 그렇지?"

누나는 최종 합격자 발표를 듣고는 기뻐서 어쩔 줄 몰라 했다. 나는 슬펐다. 울적해서 견딜 수 없었다. 아니 죽고 싶기까지

했다. 나는 마음속으로 언제나 용근이가 평생 고등고시에 합격하지 않기를 빌고 있었다.

그런 말을 차마 누나에게 할 수는 없었다. 용근이가 행정고시에 합격하는 순간부터 나는 맥이 빠져버렸다. 누나와는 반대의 심정이었다.

나는 그날 밤 누나를 빼앗고 싶었다. 어린 나이였지만 누나를 몽땅 갖고 싶었다.

나는 밤중에 누나에게 매달렸다. 누나는 그런 내 심정을 이해하고 있었다.

"네 맘 안다. 그러나 이래선 못쓰는 거야. 누나의 행복을 네가 빌어주지 않으면 누가 빌어주니? 난 부모님에게서도 쫓겨났고 친구도 없어. 오직 그이만을 위해 살아왔어. 그러니 너라도 우릴 축복해 줘야지."

나는 울었다. 누나도 울었다. 그리고 우리는 또 한 번 손가락을 걸고 맹세를 했다.

영원히 헤어지지 않는 형제가 되자고.

이튿날 누나와 나는 헤어졌다. 누나는 내게 깊고 그윽한 입맞춤을 해주었다.

"널 사랑한다는 징표야."

나는 눈을 감고 누나의 입술을 빨았다. 달콤했다. 황홀했다. 아니 무엇인지 모르지만 내 전체가 부풀어 터질 것 같았다.

헤어진 지 만 육 년이 넘은 지금까지 나는 한 번도 누나를 찾지 않았다. 어린 마음이었지만 내가 나타남으로 해서 누나의 행복을 조금이라도 깨뜨리고 싶지 않았던 것이다.

누나가 그 뒤에 결혼을 했다는 것과 용근이가 공무원생활을 치우고 국내 최대를 자랑하는 T그룹 중견간부로 자리를 옮겼다는 것 정도는 알고 있었다.

그런데 뜻밖에 그런 은주 누나가 나를 찾아오겠다는 것이었다. 나는 과거 속으로 빨려 들어가며 누나가 어떻게 변했을지를 그려보고 있었다.

옛날처럼 어렵게 살지는 않을 것 같았다. 30대 초반의 여인, 대기업체 간부의 사모님, 적당히 살도 찌고 아이들을 키우느라 잔주름이 조금씩 생긴 여인.

나는 그런 상상을 했다. 아무튼 몹시 보고 싶은 얼굴이었다. 시계를 들여다보아도 시간이 잘 가질 않았다. 나는 미리 나가서 기다리기로 작정하고 시몽으로 나갔다. 심상치 않은 일이 은주 누나의 주변에 생긴 것 같았다.

그녀가 갑자기 나를 찾는 것이 보통 일이 아닌 것 같았다. 내가 대학생활을 하고 있는 것 정도밖에 그녀는 알고 있지 못했다.

"여기, 여기요."

나는 손을 흔들었다. 은주 누나는 웃었다. 초췌한 얼굴, 핼쑥한 낯빛, 어딘지 쫓기는 듯한 모습, 그런 표정 속에서 나는 은주 누나의 불행을 읽었다.

"별일 없었니? 정말 오랜만이구나."

누나는 내 앞에 털썩 앉았다. 두 어깨에서 나는 또 한 번 초조함을 읽었다.

"누나, 무슨 일 있구나? 그렇지."

나는 어째서 용근이 얼굴을 떠올렸는지 모른다.

"그럴 일이 있었어. 그래서 널 찾은 거야. 나 이혼했단다. 엊그제 감옥에서 나왔구……. 내가 이 꼴이 될 줄이야."

누나는 한숨을 푹 내쉬었다.

삼십 대 초반의 여자 눈에 물방울이 맺히면 그것이 어떤 능력을 갖는 것인지 나는 구분할 줄 몰랐다. 그러나 그녀의 눈물은 서러움과 한 맺힌 눈물인 것만은 부인할 수 없었다.

삼십 대 여인의 눈물은 희열의 눈물이거나 통한의 눈물일 수밖에 없을 것 같았다. 나이가 그것을 증명하는 것이었다.

"누나, 왜 이혼을……."

그렇게 행복했었는데. 어린 내 가슴에 못질을 할 만큼 사내를 사랑했고 사내의 성공을 위해 희생을 치른 여자였는데.

"그럴 일이 있어. 차마 누구한테 얘기할 수도 없고……."

눈물을 닦는 은주 누나의 얼굴은 내가 잊지 못하던 그 얼굴이 아니었다. 한이 서린 얼굴, 굴욕감을 감수하려는 의지, 어린 내게 차마 말하기 거북스러우면서도 어쩔 수 없는 상황, 자존심을 팽개치며 자신을 질책하는 울분. 그런 것들이 가득 들어 있었다.

"누나가 감옥엘 갔었단 말야?"

"으응! 그게…… 그렇게 돼서."

"왜? 누나가 왜 가? 누구 때문에, 뭘 잘못했다구?"

나는 역정을 냈다. 은주 누나만은 감옥에 가서도 안 되고 갈 수도 없을 거라고 생각했기 때문이었다. 은주 누나는 내 상상 속의 작은 천사였었다.

그녀가 감옥에 가게 되었다면 이 세상 모든 사람이 감옥에 들어가야 한다고 나는 믿었다. 은주 누나는 옆으로 돌아앉았다. 처녀 때와 달리 군살도 있었고 앞가슴도 더 풍만해진 것 같았다.

"널 찾느라고 얼마나 고생한 줄 알아? 왠지 갑자기 생각나더라. 내가 그동안 너무 무심했단 생각도 들고 말야. 마침 총찬이 네 고향에 사는 친구가 있어서 전활 했어. 그랬더니 총찬네 집에 연락해서 알아냈어. 졸업을 했거니 했더니…… 아무튼 반갑다."

"다른 소리 말고 왜 감옥에 갔었는지 말해 봐. 남편 때문야?"

"그래, 그렇게 됐어."

"그 새끼……."

나는 욕지거리를 하려다가 멈췄다. 앞뒤 사정을 모르고 욕부터 먼저 할 수 없는 상황인지도 모르기 때문이었다. 나는 용근이에게 감정이 많았다. 괜히 미운털이 박혀서 턱을 올려붙이

탐욕 35

고 싶은 사내였다.

"누나가 뭘 잘못한 거야."

"글쎄, 나도 모르겠어."

"그런 얘기가 어디 있어. 있으면 있구, 없으면 없는 거지."

"있다구 하면 있겠고, 없다구 하면 없겠고…… 난 억울해서 그래. 어디 하소연할 데도 없고."

"무슨 일인데. 속 시원하게 얘길 해야 거 아냐."

"그래, 까짓 거 얘기하자. 어차피 이렇게 된 마당이니까."

은주 누나는 체념한 듯이 구석자리를 가리켰다. 나는 구석자리로 자리를 옮기며 커튼을 내려달라고 말했다.

붉은 조명등 한 개만 켜져 있는 자리였다. 은주 누나는 어두운 속에서 코를 훌쩍 마셨다. 울고 있는 은주 누나를 나는 끌어안고 싶었다.

누나는 나를 팔 베어 재워주곤 했었다. 그때처럼 누나의 가슴에 파묻히고 싶었다. 왜 그런 생각이 들었는지 모르겠다. 나는 누나만 생각하면 언제고 포근했다.

"애들도 잘 크고, 그 사람도 큰 회사 부장이고 부족한 게 없이 살아봤었다. 구체적으로 행복이 무엇인지는 모르지만 그냥 사는 것같이 말야."

은주 누나는 얘기를 하면서 계속 울었다. 어깨를 들썩거리기도 했고 자꾸 코를 마시기도 했다.

"누나, 무슨 일인지 모르지만 옛날처럼 강한 누나였음 좋겠다. 나를 매섭게 다루던 그 누나 말야. 울지 좀 마."

나는 역정을 냈다. 은주 누나에 대한 내 감정이 너무 쉽게 깨어지고 있어서 나도 견딜 수 없었다.

"어디서부터 얘기해야 할지 나도 몰라서 그래."

한 번 더 눈물을 훔친 은주 누나는 내 곁으로 바짝 다가앉았다.

"얘길 들어봐. 나로선 어쩔 수 없어서 이래. 나는 어느 날 갑자기 화냥년이 되어버렸어. 부정한 여자. 아주 간교한 여자가 된 거지."

크게 숨을 몰아쉬고는 내 손을 쥐었다. 열기가 느껴지는 체온이었다.

"고시에 패스하고 바로 결혼했지만 우린 정말 가난했어. 우리끼리 남의 도움 없이 살려니까 할 수 없었지만. 그러나 행복했단다."

눈물이 왜 그렇게 흔하게 되었는지 모를 일이었다. 강직하달 만큼 굳센 여자였었는데.

"맞벌이를 하고 그이가 쪼개 쓰고 해서 우린 아파트 한 채를 살 정도가 됐어. 조그맣고 보잘것없지만 말이다. 그런데 거기서부터가 문제야. 아파트 순위가 빠르기 위해선 정관수술을 한 사람에게 우선순위가 매겨진다고 했어. 그런 적 있잖니. 그래서 그이는 딸만 하나 낳아놓은 상황에서 어쩔 수 없이 정관수술했다는 증명서를 한 장 만들었어. 물론 알 만한 곳에 가서 거짓말로 서류를 만든 거지. 아들을 꼭 낳겠다는 그이 뜻 때문에 그럴 수밖에 없었어."

"가짜로 그런 서류를 만들었단 말이지."

"집은 사야겠고…… 그렇다고 어디 가서 부탁하기도 그렇고…… 아는 사람도 없었으니까 궁여지책으로 서류를 만들어서 아파트를 하나 샀어."

"그게 무슨 문제란 말야?"

"들어봐. 그게 문제가 아니지."

은주 누나는 잠깐 사이에 차가울 만큼 침착해져 있었다.

"그런데 어찌 된 셈인지 우린 애가 없었어. 병원에도 가보고 산에 가서 기도두 했지. 내가 그렇게 변하더구나. 애가 없자 그이는 자꾸 변해졌어, 뭐라고 꼬투리를 잡을 수 없었지만. 그이는 큰 회사에서 마침 픽업을 해갔고 능력을 인정받아서 승진도 했어. 경제적으로 아주 윤택해졌고 그이는 수완 좋게 부동산 투기도 했고 증권도 사들여서 정말 없는 것이 없게 됐어. 걱정이 있다면 아들이 없다는 것뿐였어."

"아들이 뭐 그리 대단하다고 그래. 나 원참."

"살다 보니 그게 아니더구나. 너두 이담에 누나 맘 알게 될 거야. 그래서 부러운 거 없이 살았는데…… 그이가 뒤늦게 바람이 났어. 아들 없다는 핑계로 차마 너한테 얘기할 수 없는 짓까지 하고 다녔어."

"그걸 그냥 뒀어?"

"아들 없는 죄지, 뭐. 난 참고 견뎠어. 바보였지. 지금 생각하니 정말 난 바보였어. 그런데 뜻밖에 내가 임신을 한 거야. 얼마나 기뻤겠니? 생각해 봐. 정말 너무 기뻤어."

나는 담배를 피워대며 누나를 측은하게 바라보았다. 누나는 맥주를 잔 끝까지 마시고 탁자 위에 곱게 놓았다.

"그런데 어느 날 그이는 나보고 누구 씨앗이냐고 다그쳐 묻기 시작했어. 이런 원통할 데가 있니?"

"누난 정말 다른 일 없었지?"

"그래, 그러니까 더 억울한 거야. 몇 번이나 이혼하자구 할 때부터 알아차렸어야 하는 건데. 그인 지독한 노랭이야. 원체 고생하며, 없이 살아와서 그런 거겠지만. 내가 봐도 너무 지독스러웠어. 위자료 없이 이혼하려고 든 사람이니까. 난 악이 나서 악착스럽게 위자료라도 받으려고 했었어. 그인 그걸 노린 거야."

"뭘 노렸다는 거야. 임신했겠다, 핑계가 없어진 거겠지. 갑자기 여유가 생긴 사내새끼들 특유의 공통점이 오입질인 건데 뭘."

나는 꽤 아는 척을 했다. 은주 누나는 씨익 웃었다.

"그이는 정관수술을 해서 애를 가질 수 없다는 거였어. 그런데 내가 임신을 했으니까 부정한 짓을 했다는 거지."

"가짜로 아파트 추첨하려고 뗀 거라며. 확인하면 되잖아."

"휴우……."

누나는 맥주를 따라서 한 모금 홀짝 마셨다. 얼굴이 붉어오르는 기색이었다. 어두운 조명이었지만 확실히 은주 누나는 취한 것 같았다.

"확인했어. 그런데 놀랍게도 그이는 정관수술을 했어."

"그럼 병원에서 정밀 조사를 받으면 되잖아. 정충이 있는지 없는지."

누나는 나를 빤히 올려다보고 힘없이 웃었다.

"별걸 다 아는구나. 왜 안 했겠니. 했지. 정충이 안 나온대. 그러니 어찌 됐겠니. 귀신이 곡할 노릇이지. 난 앉은자리에서 감옥에 가고 말았어. 간통죄였다. 내 팔자에 간통이라도 하고 살았으면……"

누나는 다시 울기 시작했다. 몹시 서러운 흐느낌이었다.

"세상에 그럴 수가 있어? 그게 무슨 얘기야? 생각해 봐, 잘 모르지만 그게 무슨 얘기야? 귀신이 곡하지 않고 배겨. 누나가 꼼짝없이 뒤집어쓸 수밖에 없는 거잖아. 과학적으로도 하자가 없고…… 누난 결백하다고 하고…… 당연히 누나가 감옥엘 갈 수밖에."

나도 이해할 수가 없었다. 아무리 교묘한 술수를 썼다고 하지만 그것은 혼란한 사건뿐이었다.

"하느님은 알 거야, 이 억울한 사연을. 정말 하느님은 알 거야."

누나는 내 손목을 쥐고 내 가슴에 쓰러져 울었다. 언제나 누나를 생각하면 내가 누나의 가슴에 파묻혀야 옳았다. 이젠 그것이 거꾸로 된 것이었다.

나는 그 순간에 누나에게 장가를 가고 싶다는 생각을 했다.

그러나 이내 머리를 흔들었다. 그럴 수는 없었다. 그런 내 동정심으로 누나를 돕자는 각오를 했다.

"하느님이 뭘 알아. 이러지 말고 더 얘길 해봐. 누나 생각은 어떻다는 건지 말야."

누나는 고개를 들었다. 좁은 공간 어디에도 눈빛을 두지 못하고 있었다. 어두웠으니까 누나에겐 용기를 주는 장소였을 것 같았다.

"이건 연극이었어. 내 추측이 맞을 거야. 처음 임신했다니까 그렇게 좋아할 수가 없었어. 그런 후에 감쪽같이 연극을 꾸몄을 거야. 정관수술도 몰래 했을 거고 계획적으로 나를 내쫓아서 위자료 한 푼 주지 않을 작정을 했을 사내야. 내 말 못 믿겠지만 정말 그러고 남을 사내야. 그이는 출세해서 아주 일류 신사가 됐고 나는 교육대학 출신에 못생긴 여편네고…… 그래서 그이는 언제나 불만투성이였어."

나는 왠지 그 순간에 누나의 추리력을 믿었다. 상황이나 사내의 여러 가지 조건과 욕망으로 보아서 충분히 그럴 만한 능력과 그럴 만한 재간이 있다고 믿었다.

"누나. 지금까지 한 말 믿어도 돼?"

"하느님은 날 알 거야."

그 한마디로 나는 누나를 믿기로 작정했다.

어디서부터 손을 써야만 이 가엾은 누나의 추리력과 내 상상력을 합치시키며 사내의 술수를 밝힐지 아득했지만 나는 일단 누나를 돕기로 결심했다. 내가 사랑했던 여자에 대한 내 최고의 자존심이었다.

누나는 밤이 새도록 얘기를 하고 싶어 했다. 어둠 속에서 맥주를 끊임없이 홀짝거리며 마신 누나는 억울한 사연을 부끄러움 없이 조잘거리고 있었다. 더러는 지나치게 자기 주장만 하는 경우도 있었고 어느 것은 전혀 믿어지지 않는 잠자리 얘기까지도 서슴없이 했다.

삼십 대. 부끄러움을 잃어버린 여자.

나는 은주 누나를 이렇게 단정했다. 아니 그것은 삼십 대 여자의 공통점일 수밖에 없을 것이다. 많이도 적게도 살지 않은 어정뜬 나이에 알맞게 부끄러움 따위를 팽개칠 수 있는 나이인 것이다.

여자 나이 삼십 대에는 소녀 때나 신혼 때처럼 체면 차리고 부끄러움 탄다면 자식들한테 어머니 대접을 받지 못할 것이고 살림꾼, 억척스런 여편네로서의 집안을 꾸려나갈 수 없을 것이다.

부끄러움을 잃어버리는 것, 그것은 삼십 대 여자의 특권일 것이다.

"누나 말이 사실이라면 내가 무슨 수를 쓰더라도 그 새끼 모가지를 비틀어버릴 거야."

"그렇게 해선 안 돼. 보통 사람이 아냐. 무슨 짓을 할지 모르는 사람이라고 했잖니."

"누나, 나하고 헤어진 게 열여섯 살 때야. 그 뒤에 내가 어떻게 살아온지 알아? 그런 새끼 한주먹으로 해치울 수 있어."

"안 돼. 무슨 짓이고 할 사람야. 그렇게 출세한 것도 돈 번 것도, 나를 몰아낸 것도 다 그의 계획대로 된 거야. 무서운 사람야. 너무 무서워."

"난 해낼 거야."

"안 돼. 제발, 정당한 수단을 써야 돼."

"물론이지."

누나의 목소리는 점점 가라앉았다. 술 취한 목소리라서 새겨듣지 않으면 알아듣기 어려울 정도였다.

"그 새끼가 어떤 새낀데…… 회사 돈 빼내는 데도 귀신 같은 놈인데……. 나 얼마나 준지 아니?"

누나는 술이 취하자 용근이를 헐뜯기 시작했다. 마음 내키는 대로 욕지거리도 했다.

"위자료 말야? 얼마 받았는지 아냐구? 내가 얼마 받았는지 말야."

"내가 그걸 어떻게 알아."

"흐으으……."

힘없이 웃는 얼굴 위로 증오의 빛이 떠돌았다.

"이백만 원 주더라."

"이백만 원!"

"그래, 이백만 원. 내가 처음 결혼하고 셋방 얻을 때 내놨던 액수지."

"그래서 그걸 받았어."

"받지 않고 어떻게 하니. 간통죄로 감옥에 앉았는데……. 변호사가 그러더라. 이혼 합의서에 도장 찍으면 취소해 준다고. 그래서 찍어줬어. 생각 같아선 감옥에서 평생을 사는 한이 있더라도 버티고 싶었지만."

은주 누나가 감옥에서 풀려나오자 변호사가 2백만 원짜리 수표 한 장을 내밀었다고 했다. 변호사는 그러면서 그만큼 생각하는 남자도 없을 거라고 했단다.

간통한 부인을 석방시켜 주기 위해 뛰어다니고 이혼한 뒤에 충격을 줄이기 위해 여행이나 하라면서 이백만 원씩 주는 사내가 어디 있겠느냐고 남편을 칭찬했다는 것이다. 정말 그럴듯하게 어울리는 말이었다.

"간통한 마누라에게 이백만 원씩이나 여행비를 주는 새끼처럼 훌륭한 사내가 어디 있겠니."

은주 누나는 자조적으로 지껄였다. 몸을 제대로 가누지 못하면서도 계속 맥주를 마셨다. 화장실을 들랑거리는 횟수가 잦아지더니 결국 은주 누나는 내게 매달려 울기 시작했다.

"내가 해결해 줄게. 이러지 마. 제발 정신 좀 차려."

나는 누나를 끌어안았다. 괜히 눈물이 흘렀다. 정말 얼마 만에 내가 눈물을 흘리는 것인지 모르겠다.

나는 울지 않고 살았다. 철이 나고부터는 어떠한 일이 있어도 눈물을 남에게 보인 적이 없었다. 그런데 이 형편없는 여자 앞에서 나는 눈물을 흘리고 있었다.

"누나, 가자. 어서 가자."

나는 누나를 부축하고 일어섰다. 누나는 내게 매달려 겨우 걸었다.

"이거 너 가져라. 난 필요 없어."

이백만 원짜리 수표를 내민 누나의 팔목에는 작은 상처가 나 있었다. 나는 누나의 팔목에 입술을 댔다.

은주 누나가 늦게 들어오던 날 밥을 지어놓고 반찬을 만들다가 손가락을 다쳤을 때 누나는 내 손가락을 그렇게 빨아주었었다.

하숙집 문턱에서 은주 누나는 완강히 들어가지 않겠다고 버티었다. 나는 되돌아서서 가까운 여관으로 누나를 데리고 갈까 생각했다. 그러나 반강제로 끌고 들어갔다. 그렇지 않으면 나는 누나를 범하게 될지도 몰랐다.

아랫목에 누운 누나는 울고 있었다. 흐트러진 치맛단 사이로 속치마가 보였고 큰 젖가슴 한쪽이 눈부시게 보였다. 나는 누나를 훔치고 싶었다.

옛날부터 갖고 싶던 누나였다. 누나를 끌어안고 자면서 언젠가는 내 것이 될 거라고 믿기도 했었다.

나는 누나의 이마에 입을 맞추었다. 누나가 실눈을 뜨고 웃었다. 나도 웃어주었다.

누나는 금세 잠들어버렸다. 이불을 덮어주자 한 번 꿈틀거렸다. 치마를 여며주고 불을 껐다.

윗목에 앉아 나는 잠든 누나의 얼굴을 쳐다보았다. 초췌했지만 예전처럼 예쁜 모습이었다.

갖고 싶었다. 아주 훔치고 싶었다. 그러나 난 누나를 훔칠 수 없었다. 그것이 내가 사랑했던 내 마음을 배신하기 싫은 고집이었다.

누웠지만 잠이 오지 않았다. 은주 누나의 고통을 해결해 주고 싶어 미칠 지경이었다. 성질대로 하자면 이 밤이라도 용근이에게 달려가 앞뒤 따질 것 없이 주먹으로 그의 음모와 술수를 털어놓게 하고 싶었다.

그러나 그렇게 해서 덕 볼 게 없는 일이었다. 그만한 준비 없이 연극을 꾸몄을 사내는 아닐 것이기 때문이었다.

밤새 잠을 설쳤다. 나는 누나가 누워 있는 아랫목으로 가고 싶었지만 이를 악물고 참았다.

내 마음속에 철조망을 치기가 그렇게 어려울 수 없었다. 난 누날 사랑했었다. 그 고운 사랑의 감정은 그대로 지켜나가고 싶었다. 괴롭지만 상쾌한 아침을 위해서.

햇살이 커튼을 뚫고 들어왔다. 누나의 모습이 또렷하게 보였다. 엊저녁보다 훨씬 평온하고 정숙한 모습이었다. 화장 얼룩과 눈물 자국에서 나는 은주 누나의 한을 읽을 수 있었다.

누나는 눈을 떴다. 겸연쩍게 웃었다.

"누나, 이제 정신 좀 났어?"

"으응. 내가 여기서 잤구나."

"술 먹는 솜씨가 보통이 아니던데."

"미안하다."

"이젠 좀 어때?"

"조금은 후련하다. 네게 괜히 푸념만 했나 부다."

"얘기 잘해줬어. 나는 그 사람한테 응어리가 많은 놈이야."

은주 누나는 내 응어리가 어떤 것인지 알고 있었다. 누나를 좋아했기 때문에 상대적으로 누나와 결혼한 용근이를 미워했다는 것을 알고 있었다.

"술 먹은 날 아침엔 해장국으로 풀어야 돼."

우리는 밖으로 나갈 채비를 했다. 누나는 화장품으로 얼치기 세수를 했다. 문을 열고 나서자 하숙집 아주머니는 눈을 동그랗게 뜨고 나를 쳐다보았다.

아무리 하숙방이지만 낯선 여자, 그것도 중년 여인과 밤샘을 했다는 게 불쾌한 모양이었다.

"누나예요. 누나, 우리 주인 아줌마셔."

나는 정말 머쓱한 기분이 되었다. 누나도 겸연쩍은 눈길로 인사를 했다.

해장국을 한 그릇씩 비운 우리는 엊저녁에 못다 나눈 얘기를 다시 시작했다.

누나는 용근이와 가까운 여자의 주소와 환경을 자세히 얘기해 주었다. 처음에 아파트 추첨을 받기 위해 가짜로 정관수술 증명을 해주었던 병원에 대해서도 아는 데까지 얘기를 털어놓았다.

"누나, 정말 결백한 거지?"

"내가 결백하지 않으면 어떻게 널 찾아올 수 있었겠니."

걸쩍한 목소리였다. 결혼한 후에는 한 번도 만나본 적이 없었지만 누나의 처녀 때 성격으로 미루어 거짓말을 할 여자는 아니었다.

"누나도 악착같이 조사를 해봤을 거 아니겠어. 정관수술을 가짜로 했다는 병원 얘기며…… 수술한 자리 보면 대충 얼마쯤 됐다는 걸 모르나?"

"나도 할 만큼은 해봤어. 꼬리가 잡히지 않아. 잡힐 만큼 그 사람이 바보도 아니지만."

"뭐든 의심스럽거나 참고가 될 만한 게 있으면 죄다 얘기해 줘야 돼. 조그만 꼬투리가 단서일 수 있으니까. 가령 가까운 친구 가운데 이번 일을 아는 사람이 있다거나 누나에게 동정적인 그쪽 집안 식구가 있다거나 말야."

"없어. 그만큼 치밀한 사람이니까. 우리 집에서 해볼 만큼 했지, 왜 가만 있었겠니?"

"만약 내가 매듭을 잘 풀었다고 가정해서…… 누난 어떻게 해결되기를 바라는 거야."

"생각 같아서는 생매장하고 싶지만. 우리 윤정이나 찾아오고, 내가 부정한 여자가 아니고 농간에 넘어갔다는 거나 확실히 밝혀야겠지. 그런 사람은 사실 벌 받아도 싼 거야."

사실이 누나 말대로라면 그런 사내는 다시 남자 행세를 할 수 없게 만들어도 하느님이 노하지는 않을 것 같았다.

"누나 원풀이 한번 해볼게."

그러면서 나는 수표를 누나 앞에 내밀었다.

"이건 네가 써. 난 돈 없어도 살 수 있는 여자야. 이번 일 해내려면 돈도 많이 필요할 거야."

"누나, 날 뭘로 보구 이래."

"그 사람이 보통 아니라구 했잖니."

"난 필요 없어. 이거 가지고 어디 여행이나 하구 와. 그나저나 하필 내게 부탁하는 이유가 있었을 거 아냐."

사실 나는 그 점이 궁금했다. 돈을 내밀어서 해결할 수 있는 곳은 많았을 것이기 때문이었다.

"몇 번 신문에 난 기사를 읽었어. 그래서 널 생각한 거지."

"그럼 왜 이제사 연락했어. 그런 소식 들었을 때 연락 않구?"

"가뜩이나 이혼하자구 해대고 하는데 무슨 정신으로⋯⋯ 너라두 만났다간 대번에 날벼락이 칠 텐데⋯⋯ 넌 그 심정 모른다. 한 여자가 시집가서 살 만하니까 이혼하자고 할 때⋯⋯."

은주 누나는 몸서리를 치듯 했다. 그럴듯한 말이라고 생각했다. 더러 지상에 내 이름이 떠돌 때가 있었다. 가엾은 여고생의 등록금 소매치기 사건이나 골동품의 밀반출 사건 때 내가 나서기 때문이었다.

"너만 믿고 갈게."

은주 누나는 힘없이 일어섰다. 나는 그런 누나의 등을 도닥거려주었다. 누나는 부끄러운 듯 씩 웃고 말았다.

시험 준비를 하면서, 또 시험을 보면서 나는 줄기차게 어디서부터 손을 써야 할 것인지를 생각했다. 아무리 해도 뾰족한 수가 생각나지 않았다.

증거도 없이 무조건 잡아다가 더러운 행위를 털어놓게 할 수도 없는 노릇이었다. 그렇다고 증거를 잡을 때까지 기다릴 수도 없었다. 기다리다가는 증거만 더 묻히게 할 수도 있었다.

가장 확실한 증거는 용근이가 좋아한 여자를 찾아내는 방법이었다.

그렇게만 되면 그 여자의 임신 여부나 그 여자의 입에서 어느 정도 증거가 될 만한 얘기를 찾을 수 있을 것이기 때문이다.

용근이가 자주 들랑거리는 술집부터 뒤지기 시작했다. 오랫동안 은주 누나를 멀리했기 때문에 손쉽게 여자를 조달하기 위해서 자주 들랑거리는 술집에서 무슨 짓을 저질렀을 것 같았다.

그러나 결과는 아무 소득도 없이 끝나고 말았다. 용근이를 접대한 적은 있었지만 술집 접대부들 자신이 먼저 방비를 하기 때문에 알 수 없다는 대답뿐이었다.

나는 여러 날째 집요하게 용근이 뒤를 밟게 했다. 어딘가에 감춰둔 여자가 있을 거라는 누나의 의견에 내 마음이 굳혀졌기 때문이다.

이런 일일수록 그의 주변이나 측근에게 눈치채이지 않게 진행시켜야만 했다. 눈치 빠른 그가 감쪽같이 증거를 없앨 수 있기 때문이었다.

그가 근무하는 회사의 소문을 들어보기 위해 나는 선배에게 부탁을 했다. 선배는 그의 부하직원으로 이태 동안 같은 부서에 근무한 적이 있어서 비교적 상세히 용근이에 대해 알고 있었다.

그러나 내가 알고 싶어 하는 것들은 하나도 알 수가 없었다.

"형, 그럼 좋아한 여직원이 혹시 없었는지 좀 알아봐줘요. 만약 그런 사실도 없다고 하면 요 몇 년 사이에 퇴직한 여직원, 적어도 대졸 이상의 학력이거나 괜찮은 집 딸들에 대해서 알아봐줘요."

선배는 앞뒤 안 가리는 내 성깔을 잘 알고 있었기 때문에 사연조차 묻지 않고 내게 여자의 명단을 넘겨주었다.

나는 할 수 없이 애들을 동원하지 않을 수 없었다. 학력이나 집안이 괜찮고 인물이 빼어난 여자들만을 골라 뒷조사를 시켰다.

예상 외로 내 작전은 자꾸 빗나가기만 했다. 아무 단서도 찾아내지 못한 채 일주일이 흘러갔다. 도대체 알 수 없는 인물이었다. 그만큼 여러 각도에서 치밀하게 조사를 해도 작은 구멍 한 개를 뚫을 수가 없었다.

"형, 비상수단을 써보는 게 어때요?"

"무슨 비상수단이 있어."

"애가 유괴된 것처럼 꾸며보죠."

"그건 안 돼. 아무리 그 자식을 때려잡을 수가 없더라도 애를 장난삼아서라도 그럴 순 없어. 다른 방법을 찾아봐. 뭐든 있을 거야."

"형이 신경 쓰는 게 너무 안타까워서 그래요."

"그래도 난 비겁한 놈은 되기 싫어. 뭐든 곧 잡히겠지. 기다려봐."

그리고 또 며칠이 지나갔다. 은주 누나는 몸이 달아서 어쩔 줄 몰라했다.

"너무 정직한 게 더 이상한 거 아닐까요. 보름 가까이 됐는데 너무 도덕군자처럼 산다 말예요. 뭐 눈치챈 건 아닐까요."

내가 초조해하는 것 이상으로 애들도 신경을 썼다.

"할 수 없다. 정면공격이다. 손 빠른 애들한테 수첩 빼오라구 해."

내 명령이 떨어진 뒤 불과 두어 시간이 지나지 않아서 나는 그의 수첩을 손에 쥘 수 있었다. 나는 수첩을 사진복사한 뒤에 다시 원상태로 용근이의 호주머니 속에 넣도록 했다.

수첩을 가지고 다시 우리는 다각적인 작전을 짜나갔다.

우리는 이튿날 밤에 C동으로 달려갔다. 아파트 단지가 운집한 C동에 내가 그렇게 기다리던 용근이의 정부가 있었기 때문이었다. 54평짜리 고급아파트에 그렇게 감쪽같이 여자를 숨겨놓고 살 거라는 건 미처 짐작하지 못한 것이었다.

용근이는 수첩만 봐도 치밀한 사내였다. 은성상사라고 써 있는 전화번호는 확인한 결과 은성이란 요정이었고 대하주식회사는 대하홀이었다. 모든 게 그런 식으로 눈가림을 하고 있었다.

내가 아파트 철대문 앞에 서서 초인종을 누르자 안에서 누구냐고 확인하는 여자 목소리가 들렸다.

"이 부장님께서 급히 이걸 전하라고 해서 왔습니다. 부장님 모시고 있는 미스터 장입니다."

문이 열렸다. 나는 봉투를 내밀었다. 봉투를 찢어서 편지 내용을 읽는 여자의 눈빛에서 나는 제대로 찾아왔다는 실감이 났다. 물론 편지는 내가 타이프를 쳐서 만든 가짜였다.

"다른 말씀 없으셨나요?"

상상한 것보다 훨씬 세련된 용모였다.

"편지에도 쓰셨듯이 절대 전화나 다른 연락도 하지 마시라고 신신당부하셨습니다. 그리고 돈이 더 필요하시면 저보고 찾아다 드리라고 했습니다."

나는 이렇게 능청을 떨었다.

탐욕 53

"일이 뭐, 잘못됐나요?"

"그런 것 같습니다. 부장님께서 다른 말씀은 일체 드리지 말라고 했습니다. 걱정하신다고요. 대신 저보고 편히 모셔서 다른 사람 눈에 띄지 않도록 보살펴드리라고 했습니다."

"얘기해 줘요. 무슨 일이 있었는지."

"……"

나는 일부러 난처한 표정을 지어 보였다. 커피를 끓여 오고 옆에 앉아 애원하는 여자에게 마음이 약해진 척 이렇게 말했다.

"경찰에서 조사를 시작했나 봐요. 그 여자가 억척스럽게 물고 늘어진 모양이에요. 부장님이 만약 정관수술을 엉터리로 한 뒤에 지난번에 한 것처럼 몰래 했다는 게 발각되거나 사모님이 기르시는 애가 있다는 게 알려지면 큰일 나는 거죠. 그래서 애하고 사모님을 숨어 계시라는 거죠."

"그 여자가 그렇게 질긴가 봐요. 위자료를 준다고 해도 뻗대고 그러더니…… 어떻게 괜찮을까요?"

"괜찮을 거예요. 법적으로 아무런 하자가 없잖아요."

나는 아파트에 앉아서 능청스럽게 이용근 부장의 심복부하처럼 굴어서 몇 가지 결정적인 사실을 캐낼 수 있었다.

은주 누나의 짐작대로였다. 용근이는 여자에게서 아들 두 명을 얻었고 아파트 추첨 때문에 뗀 증명서는 가짜였다는 게 판명되었다. 또 은주 누나를 임신시킨 후에 몰래 정관수술을 했다는 심증이 굳어진 셈이었다.

내 교묘한 수단에 휘말린 여자는 만나게 된 동기부터 지금까지 몰래 살아온 고통에 대해 털어놓기도 했다.

  "이제 떳떳하게 사나 부다 싶었는데. 우린 사랑하면서도 이런 고통을 겪어요. 미스터 장은 결혼 안 해봐서 우리 맘 잘 모를 거예요. 그인 사회적으로 이름이 난 분이고…… 그러니까 더 어려워요."

  "그러실 거예요. 가끔 부장님도 그런 말씀 하시곤 해요."

  나는 가능한 한 맞장구를 쳐서 한 가지 사실이라도 더 알아내기 위해 몸부림을 쳤다.

  "이제 그만 나가시죠."

  나는 여자를 안내하고 아파트에서 내려왔다. 대기하고 있던 승용차에 여자와 이 부장의 감춰놓은 아들을 태우고 밤길을 달리기 시작했다.

  내 작전대로 일단 성사가 된 셈이었다. 여자는 내 치밀한 작전대로 움직여주었고 나를 전적으로 믿어주었다. 서울 근교의 호텔에 짐을 푼 여자는 내게 소식 자주 줄 것을 당부했다.

  은주 누나는 내가 낚아 올린 얘기를 듣고 주르르 눈물을 흘렸다.

  "고맙다, 정말 고맙다."

  "이제 억울한 건 풀어지게 됐어. 이젠 어떻게 새 출발하느냐가 중요해."

  "그래, 열심히 살게."

누나를 보낸 뒤에 나는 이튿날 이 부장과의 신경전에서 솜씨를 보이기 위해 만반의 준비를 서둘렀다.

하느님, 지켜봤죠? 저런 사내가 있답니다. 아니 이 땅에 저런 사내보다 더 악랄한 사내도 많이 있을 것입니다. 가련한 한 여자의 일생만 망친 게 아닙니다. 회복할 수 없는 부정한 여자로 전락시켜 놓고 저 혼자만 신나게 살 궁리를 했습니다.
하느님.
내일 나는 그 작자를 데려다 분이 풀릴 만큼 혼내줄 참입니다.
부부가 한평생을 살면서 마음에 맞지 않아 이혼하는 것이야 있을 수 있는 일이고 있어줘야 재미도 있는 거겠지만 이건 너무 했잖습니까. 두 눈 멀뚱히 뜨고 보고만 있어서야 됩니까.
하느님. 인간은 하느님의 전지전능을 믿습니다. 제발 실력 발휘를 해주십쇼. 사람다운 사람들끼리 살 수 있게 말입니다. 조그만 죄를 짓고 사는 거야 인지상정이니까 못 본 척하는 게 하느님다운 것이지만 저런 탐욕스러운 사내들은 좀 벼락이라도 때려주십쇼.

용근이는 의젓한 동작으로 내게 무슨 일이냐고 물었다.
"감옥에 가주셔야겠소. 가짜 정관수술 증명서 떼준 의사와 함께 말요."

용근이는 갑자기 목소리를 낮추고 내게 물었다.

"실례지만 어디서 오셨는지?"

놀라는 기색이었다. 나는 책상을 내리쳤다. 서류뭉치가 굴러 떨어졌다.

"내가 장총찬이다. 너 같은 놈 때려잡으러 다니는 장총찬이다."

사무실이 발칵 뒤집혀졌다. 부장이 멱살 잡혀 끌려나가는 걸 말리려 들지도 않았다.

"여러분, 이 새끼가 즈이 마누라를 부정한 여자라고 조작해서 감옥에 넣은 사내입니다. 정관수술을 가짜로 해줬다고 자백한 의사가 있습니다. 또 숨겨놓은 여자가 아들을 떡두꺼비처럼 낳아서 잘 키우고 있습니다. 54평짜리 아파트도 사줬구요. 이 회사 경리장부를 한번 정밀 검사해 보십시오."

나는 되는대로 큰소리를 치고 사내를 끌고 나왔다.

경찰서에 넘길 사내를 때릴 수가 없었다. 웬만큼 마음이 넓은 척하던 나도 이번만은 경찰에 넘기지 않을 수가 없었다. 그 전처럼 따끔한 맛을 보여줘서 해결할 수가 없었다.

불쌍한 은주 누나의 죄명을 벗겨주기 위해선 사내의 죄를 법정에서 벗겨놓을 수밖에 없었다. 병원의 의사도 자신의 위증을 인정하면서 용서해 달라고 애원했지만 나는 용서할 수가 없었다.

성질대로 하자면 경찰에 인계하기 전에 실컷 두들겨 패고 싶었다. 그것은 단순히 은주 누나에 대한 복수심만은 아니었다. 내 어렸을 때의 감정도 포함된 것이었다.

한 여자의 단물을 다 빼먹고 출세하자 그 여자를 부정한 여자로 몰아 감옥에 집어넣는 철면피한. 나는 울분을 삭이며 그를 경찰에 넘겼다.

조사가 끝나자 누나는 죄명을, 그 억울한 죄명을 공개적으로 벗게 되었다. 신문과 방송으로 용근이의 치졸한 죄악상이 공개되었고 회사에서는 그의 공금 유용과 횡령을 밝혀내었다. 또한 가엾은 여자가 곤경을 당하는데도 끝까지 의사라는 신분과 위신을 내세워 정관수술을 자기 손으로 직접 시술했다고 고집하던 의사도 구속되었다.

용근이의 재산은 거의 모두 은주 누나에게 돌아왔다. 일부는 회사에 반납했고 또 일부는 용근이에게 속아 살아온 여자에게 주었다.

"윤정이하고 그 여자가 낳은 애들을 내가 맡아 키우기로 했다. 내 호적에 정식으로 입적시킬 거야."

은주 누나는 이렇게 말했다. 용근이를 믿고 살던 젊은 여자는 애들을 고아원에 맡기겠다고 했다. 은주 누나가 그 애들을 자기 자식으로 삼는 것을 나는 기쁘게 찬성했다.

"그러다가 데려갈 남자가 없으면 어쩌려고. 자신 있어?"

"그럼 혼자 살지, 머. 있는 재산으로 남 돕는 사업이나 찾아보겠어. 네가 좀 도와줘."

은주 누나와 나는 밤늦게까지 지난 얘기만 했다. 내게 미치도록 아름다웠던 과거를 쉼 없이 우리는 쏟아놓았다.

누나와 나는 그날 밤, 모처럼 정말 모처럼 옛날같이 팔을 베고 잠들 수 있었다.

연습으로 사는 거

하숙집을 나와 은주 누나네 집으로 짐을 옮기겠다고 하자 다혜는 펄쩍 뛰었다.
"하숙비가 없어, 뭐가 없어. 편하게 학교 앞 두고 왜 멀리서 다니려고 해. 꼭 누나 신세를 져야 돼."
다혜는 곱지 않게 말했다. 내가 은주 누나에게 얹혀사는 게 싫은 모양이었다. 언젠가 지나가는 말로 은주 누나를 사랑했었다고 털어놓은 것을 다혜는 잊지 않고 있었다.
"그게 아니고 좀 편할 수 있을 것 같아서 말야."
"뭐가 편해."
"아무래도 낫잖겠어."

"그렇게 편하면 평생 그 집에서 살아봐, 얼마나 편한지."
"그러지 마."
나는 다혜의 질투를 달게 받았다. 나를 좋아한다는 증거를 보고 있는 느낌이었다. 은주 누나한테 얹혀 있으면 하숙비도 하숙비려니와 마음의 안정을 찾을 수 있을 것 같았다. 다혜는 요즘 들어 어딘지 모르게 내가 변하고 있다는 공박을 했다.
"난 이해할 수가 없어. 뭔가 숨기는 게 너무 많아."
"내가 다혜 몰래 애인이라도 만든 줄 아니?"
"누가 알아? 옛날에 사랑했던 여자도 만났겠다, 그 집으로 아예 들어가겠다, 얼마나 좋겠어."
"차암, 다혜가 그렇게 소갈머리 없이 나올 줄 몰랐다."
"속 넓은 여자 찾아보지그래."
"생각해 봐. 하숙집이 얼마나 불편한지 알잖아. 그렇지만 누나집은 아무래도 내 집 같고 시간 제약도 안 받잖아. 다혜도 맘 놓고 다닐 수 있잖아."
"내가 왜 가?"
다혜는 투정을 부렸다. 나는 그런 다혜가 사랑스러워 보였다.
"다혜도 질투하니?"
"질투, 질투 같은 소리하네."
"그럼 왜 그래?"
"그걸 왜 나한테 물어. 생각해 봐. 뭔가 숨기고 있는 사내의 말을 어떻게 믿으란 말야. 믿는 게 바보지."

"뭘 못 믿게 했다고 그래."

"증발을 한두 번 했어? 어디 갔다 왔단 말 한 번이라도 했어? 그전엔 어디 간다, 무슨 일 때문에 이렇게 됐다고 했었잖아. 난 뭐 바본 줄 알아. 눈치 없는 사람인 줄 알면 오해야. 여자들 하고 어울려 다닌다는 소문 들었어."

"누가 그따위 소릴 해?"

"알 만한 사람이. 뭔가 이상하다고 싶었더니 고작 한다는 소리가 옛날 애인네 집으로 들어간다 이거였군. 잘해봐. 축하해 줄게."

"차암, 이거야 원."

나는 별로 변명거리가 떠오르지 않았다. 그동안 다혜 몰래 은주 누나 건과 미나 건을 해결하러 뛰어다닌 것에 적당한 변명거리가 없었다.

"이제 졸업논문도 준비해야 하고, 막판 아냐. 여태 엉터리로 다녔으니까 마지막 정리라도 잘 해야지 않겠니. 그래서 누나네 집으로 들어갈 궁리를 한 거야. 그러니까 상의하는 거 아냐."

"언제 상의하고 그랬나 머. 하고 싶은 대로 해. 아무도 말릴 사람 없으니까. 난 시골로 내려갈 거야."

다혜는 내 손을 뿌리치고 뛰어갔다. 몇 번이고 붙잡을 생각이었지만 내 자존심이 그걸 허락하지 않았다.

누나네 집으로 이삿짐을 옮겼다. 다혜가 심통 부린 것은 쉽게 가라앉을 거라고 생각했다. 다혜가 나를 좋아하기 때문에 그런 질투를 느끼는 것일 테니까 잊어버리기로 했다.

넓은 이층방 한 개가 내 방이 되었다. 하숙집과는 비교도 할 수 없는 좋은 분위기였다. 책상과 책장도 새로 들여놓았고 침대와 옷장도 따로 준비해 주었다.

"공부나 열심히 해. 다른 생각 말고."

"글쎄, 그럴 생각이었는데."

"왜? 다혜가 뭐라고 그러든?"

"막무가내로 말리던데."

"하긴 나라도 그랬겠다."

"나보고 옛날 애인 찾아가는 거래."

"후훗. 듣던 중 반가운 소리구나."

"같이 가자고 했다가 뺨 맞을 뻔했어."

"네가 맞을 때도 있니?"

"다혜한테만."

"얘, 나두 질투난다 머."

"이루저루 나만 행복하게 생겼네."

"여기 있으면서 심심하면 우리 애 공부나 좀 가르쳐주고 그래라."

"아르바이트 했다 어떻게 되는 줄 알면서 왜 이래."

"그게 무슨 아르바이트니?"

"싸우는 거 가르쳐달라면 얼마든지 독종으로 만들어줄게."

우리는 한집 살림을 시작했다. 누나는 내가 들어온 뒤부터 집안에 안정감이 생겼다고 좋아했다. 남자 없는 집안의 기둥 같은 느낌을 누나는 받은 것 같았다.

"차라리 시집이나 가지그래."

"누가 날 데려가니."

"뭐 그래. 애인도 하나 없었단 말야."

"글쎄다. 이럴 줄 알았으면 하나 구해놓을 걸."

누나와 나는 짝 맞춘 사람들처럼 정겹게 지내고 있었다. 그러나 내 마음 한구석이 텅 비어 있는 것 같았다. 다혜 때문이었다. 다혜는 그날 헤어진 이후로 한 번도 전화를 걸거나 만나자고 한 적이 없었다. 내가 몇 번인가 전화를 걸었지만 다혜는 받지 않았다.

언젠가는 풀리겠지.

이렇게 생각하고 있었지만 마음은 편하지 않았다. 한 번쯤 집으로 찾아갈 생각도 해보았지만 아직까지는 자존심이 내게 깊숙하게 남아 있었다. 다혜한테만은 지금까지 대체로 내가 지고 있었기 때문에 이번만은 지고 싶지 않았다. 다혜가 나를 좋아하고 있다는 걸 확인했기 때문에 생긴 여유이기도 했다.

방학 중에 잠깐 시골에 내려갔다 오는 일을 제외하곤 졸업시험과 논문 준비를 할 계획을 세우고 있었다.

바깥나들이를 하게 되면 자꾸 복잡하게 얽혀들 것 같아서 되도록 출입을 삼갈 생각이었다. 은주 누나도 그러길 바랐다.

저녁 무렵에 은주 누나와 테니스장에서 돌아왔다.

샤워를 끝내고 나오자 병구(炳九) 녀석이 추레한 모습으로 응접실 소파에 앉아 있었다. 같은 과 친구였다. 녀석도 나 같은 촌놈이었지만 가정형편이 좋아서 씀씀이가 헤픈 녀석이었다. 학교 애들과 별로 친하게 지내지 않은 내 성깔에 녀석만은 꽤 가깝게 지내는 터였다.

정신적으로 피곤하게 하지 않는 성격인 데다 삼 년이나 재수를 해서 마음속이 다른 애들보다는 깊어 보였다.

"웬일야?"

내가 이렇게 물었다.

"뭐 좀 할 얘기가 있어서 왔다."

"집에 내려갈 생각이나 하지, 뭐하러 돌아다녀."

"방학 동안 쓸 돈 몽땅 날렸어."

"지랄하구 다니니까 그렇지 임마."

"지랄이나 하다 그렇게 됐음 좋겠다."

"얼마나 털렸어. 부자가 뭘 따지고 그래."

"오십사만 원. 그깟 돈이 아까워서 그러는 게 아냐. 당한 게 억울해서 그런 거지."

"나 좀 쉬자."

"친구 좋다는 게 뭐냐? 내가 너보다 두 살이나 많으면서 너랑 터놓고 지내는 덕 좀 보자."

귀찮은 생각도 들었지만 녀석의 그 한마디가 나를 충동질했다. 사실이 그랬다. 병구 녀석은 나보다 두 살이나 위이면서 부담 없이 나와 터놓고 지내는 사이였다.
"누구한테 당했는데?"
"계집애들."
"내 그럴 줄 앞았다."
"이건 보통 사건하곤 달라. 전문적인 계집애들이란 말야. 내가 꼼짝없이 당하고 말았으니까."
"언제는 네가 꼼짝하고 당했니? 어서 주워섬기기나 해."
"좀 길다. 얘길 다 듣고 나면, 네가 더 못 견딜걸."
"너스레 그만 떨고 얘기해 봐."
병구는 은주 누나가 내온 주스를 내 몫까지 마셔가며 주절주절 엊그제 당한 얘기들을 늘어놓기 시작했다. 덩치에 비해 성질이 급한 녀석이어서 얘기가 앞으로 달려갔다가 다시 뒤로 달려오는 식이었다.

방학 동안 쓸 향토장학금을 은행에서 찾아 나오다가 병구는 두둑한 주머니를 치며 한잔 꺾자고 제의했다. 같이 돌아다니던 덕수(德洙) 녀석이 회가 동했던지 맞장구를 치고 따라왔다.
"이왕이면 쭉 빠지게 꺾자."
덕수가 병구의 두둑한 사정을 알고 이렇게 거들었다.
"총찬이 새끼나 끌어내자. 그 새낀 끝내주는 데 알 거니까."
병구가 공중전화로 달려가 연락했지만 하숙집에서 짐을 싸

들고 나간 뒤여서 연락이 되지 않았다.

"우리 집 쪽으로 가다 보면 괜찮아 보이는 데가 있던데."

병구는 두둑한 호주머니를 믿고 신사동 쪽으로 달려갔다. 녀석은 그 근처에 아파트 한 채를 가지고 있었다. 여유 있는 촌놈이어서 미리 집 장만을 해준 것이었다. 녀석은 한동안 나를 그 집으로 끌어들이려고 애를 쓴 적이 있었다.

컴컴한 술집. 데칸홀. 인도풍의 냄새를 피우려고 애쓴 흔적이 있는 술집이었다. 터번 두른 사내들과 힌두교사원 냄새나는 벽걸이, 장식, 카펫이 유난히 눈에 띄었다.

"신나게 흔들고 나서 살 좀 빼자."

그건 사내들의 암호였다. 춤을 추고 나서 괜찮은 여자를 꾀어 재미를 보자는 신호였다.

"잘 골라라."

두 녀석은 컴컴한 미로 같은 술집의 이 구석 저 구석을 살펴가며 자리를 잡았다. 이런 곳일수록 의젓하게 굴어볼 필요가 있는 장소였다.

맥주와 안주를 시켜놓고 무대 위에서 흔들며 돌아가는 춤꾼들을 하나하나 훑어보았다. 무대 왼편에 악사들이 둘러앉았고, 무대 아래에는 컴컴한 사내들과 빨간 여자들이 비집고 들어갈 틈 없게 깔려 있었다.

"얼지 말고 눈 똑바로 뜨고 골라 임마."

병구가 약간 주눅이 들어 있는 덕수의 어깨를 끌어당겼다.

"모두 그게 그거 같다."

"그게 눈깔이냐? 쟤들 어때."

짝 없는 계집애들을 가리키며 병구가 물었다.

"급한데 뭐 따지고 자시고냐. 어차피 하룻밤 풋사랑인걸."

"놀구 있네. 이왕이면 다홍치마야 임마. 눈깔 똘똘하게 굴려."

웨이터가 쫓아와 공손하게 절하고 배시시 웃었다.

"아가씨 찾으세요?"

병구가 고개를 빳빳이 세우고 끄덕였다. 이런 곳의 생리를 좀은 알고 있다는 시늉이었다.

"쓸 만한 애들 있나?"

"그럼요. 두 명 데려올까요."

"여기 애들 말고 아마추어로. 알았나."

"알아 모시겠습니다만 쉽진 않겠는데요."

"이 자식아, 술값 올려주면 되잖아."

"한번 알아보겠습니다."

웨이터는 담뱃불을 붙여주고 돌아갔다.

"임마, 여기 애들이 낫잖아."

덕수가 뭐가 그리 급한지 맥주를 꿀꺽꿀꺽 삼키며 말했다.

"벼엉신. 애들 팁 줄 거 가지면 더 신바람 낼 수가 있어. 가만 자빠져서 어른신네 하는 거 보기나 해."

병구가 아는 척을 했다. 덕수가 말없이 술잔만 비우고 있었다. 병구는 이런 곳엘 몇 번 다녀본 것 같았지만 덕수는 눈치가 처음인 것 같았다.

"아저씨, 한번 출래요."

뒤돌아보았다. 조명을 받아 화려한 의상이 더욱 선정적이었다. 약간 취한 듯싶은 두 여자가 병구와 덕수를 잡아당겼다.

"나가자."

병구가 벌떡 일어났다. 여자 쪽에서 먼저 프로포즈했기 때문에 굳이 사양할 필요가 없었다. 행색이나 생긴 것이 아마추어인 것 같았고 빼어난 용모가 수틀린 직업적인 여자는 아닌 것 같았다. 나이는 적지도 많지도 않아 보였다.

템포 빠른 음률이 사이키 조명과 어우러져 광란하는 무대 같았다. 음악이 바뀌었다. 귓가에 익은 디스코 음률. 캔스톱 더 뮤직.

사람과 사람이 마구 허물어져 내릴 듯한 속도와 뼈가 삭을 만큼 흔들지 않고는 못 배길 율동이었다.

"뭐해요?"

귓밥이 늘어질 만큼 큰 이어링을 흔들며 여자가 물었다. 큰 소리로 말하고 대꾸하지 않으면 도대체 통하지 않는 곳이었다.

"광명건설 알아?"

"알죠."

"꼰대 밑에서 기획실장 보구 있어. 그자가 염라대왕하고 면담하러 가야 내 신세가 편해지겠지."

"흉측해라."

"아가씬 뭐하러 이런 마귀 소굴엘 왔어."

"친구 따라 강남 간대잖아. 쟤 일본서 나왔는데 이런 데 못 가서 몸살을 하잖아."

"재일동포?"

"귀화한 애니까 그쪽 씨지, 머."

"쪽발이들이 더 신나는 곳 많을 텐데."

"남편 없는 데서 신나게 놀다 가려고 그러지, 머. 쟤 좀 즐겁게 해줄 수 없겠어?"

"아가씨도 임자 없잖아?"

"나야 머."

병구는 곁눈질로 덕수의 짝을 쳐다보았다. 두 여자 모두 꽤 잘생긴 여자였다. 어느 쪽도 기울지 않는 용모였다.

병구는 자연스럽게 파트너를 바꾸었다. 흔한 여자보다는 일본 여자라는 데 자극을 받은 것이었다.

병구는 일본 여자라고 하는데 귀가 번쩍 뜨였던 것이다. 녀석은 왜색시들의 추태나 일제시대의 정신대 생각을 지우지 않고 기회만 닿으면 일본 여자를 짓뭉개고 싶어 안달했다.

녀석은 일본을 쳐들어가면 옛날이나 지금이나 쪽발이들에게 몸 바친 여자들의 복수를 한꺼번에 하겠다고 큰소리치곤 했었다.

"반갑습니다. 난 여기서 조그만 사업체를 하고 있습니다."

병구는 능청스럽게 일본 여자를 떠보기 시작했다.

"전, 한국말, 자리 못해."

혀가 돌아가지 않아 알아들을 수 없는 일본말과 우리말을 더듬거렸다.

"여기가 좋아요?"

"매우 매우 아름답고."

"언제 갔는데 아직도 우리말 조금 하는 건가."

"아이 때, 다 잊어버려서요."

가까스로 존칭어를 쓰기도 했다.

그녀는 아노, 하, 스미마셍, 오까리마스, 오우 케이, 땡큐…… 그런 식으로 세 개 국어를 썼다. 대충 그 상황을 옮길 수도 없을 만큼 그녀는 횡설수설 지껄이기도 했다. 술에 흠씬 취했으면서도 혀 꼬부라진 소리로 외롭다거나 쓸쓸하다고 했다.

"외로워 죽겠어."

일본 여자는 일본에 있는 남편과의 사이가 좋지 않다는 것과 외롭다는 걸 술판이 끝날 때까지 강조했다. 병구는 기회다 싶었다.

이런 기회에 일본씨가 섞인 여자라도 해치워서 마음의 위안거리와 친구들에게 자랑거리를 갖고 싶었던 것이다.

"날 좀, 날 좀 이뻐해 줘."

일본 여자는 아예 밀착해 들어왔다. 병구는 싫지 않았다.

"사랑해 주지. 이뻐도 해줄 거구."

병구는 일본 여자를 힘차게 안고 돌았다. 덕수 녀석은 힘 빠진 눈알을 굴리며 흐느적거리고 있었다.

데칸홀에 갑자기 밝은 조명이 터지며 올드 랭 사인이 울려 퍼졌다. 마지막까지 눌어붙어 있던 사람들이 한 사람씩 일어났다. 더러는 데칸홀의 여자 종업원 팔소매를 잡고 눌어붙어 있는 사내들도 보였고 재빨리 도망가는 여자들도 보였다.

병구는 웃옷을 걸치고 일본 여자의 옷 입는 걸 거들어주었다.

"잠깐 다녀올게."

여자 둘이 화장실로 들어가며 말했다.

"어디로 갈래?"

덕수가 기운차게 말했다.

"임마, 집으로 데려갈 순 없잖아."

"나 돈 없는데."

"걱정 마. 내가 다 처리할 테니까."

병구는 돈을 꺼내 덕수의 주머니 속에 찔러 넣어주었다. 여자하고 같이 있으면서 돈이 없으면 괜히 주눅 든다는 걸 병구는 이해하고 있었다.

"잠깐 뵐까요."

웨이터가 다가서더니 병구 팔을 끌고 커튼 뒤로 갔다. 덕수도 따라 들어왔다.

"저 여자를 잘 아나 해서요."

"잘은 모르지만 왜 그래?"

"우린 우리 손님을 보호할 의무도 있잖아요. 저 여자들은 좀 위험스러운 것 같아서 그래요."

"뭐가 어때서 그래? 일본 여자잖아."

"그래도 이상해서 그렇습니다. 꼭 필요하시면 제가 좋은 여자애들을 소개해 드릴게요."

"시꺼운 소리하구 있네."

웨이터는 자꾸 말리고 나섰다. 구체적으로 얘기는 하지 않았다. 웨이터를 밀쳐내고 밖으로 나왔다. 두 여자 모습은 보이지 않았다. 두 녀석은 밖으로 뛰어나갔다.

신사동 네거리는 혼잡했다. 남자와 여자들은 염치를 가리지 않고 택시 잡기에 혈안이 되어 있어서 전쟁터의 피난민 같았다.

병구와 덕수는 어우러져 있는 사람들 틈을 비집고 두 여자를 찾으러 다녔다.

"저기 간다."

덕수가 소리쳤다. 병구가 사거리의 빨간 신호등을 쳐다보고도 큰길을 뛰었다.

호루라기 소리, 구두발짝 소리, 악쓰는 소리가 들려왔다. 병구가 돌아섰다. 난처한 듯 잠시 망설였다. 덕수가 비틀거리며 뛰어왔다.

"뛰자, 어서."

병구가 소리치며 뛰기 시작했다. 덕수가 뒤돌아보고는 정신없이 병구 뒤를 쫓았다. 교통순경이 붉은 신호등을 흔들며 뭐라고 소리 질렀지만 병구와 덕수는 흘끔흘끔 뒤돌아보며 뛰었다.

두 여자는 웬 낯선 사내에게 매달린 채 택시를 탔다.

"쌍년들."

덕수가 뒤돌아보고 이렇게 욕지거리를 했다. 덕수는 헛디뎌 발랑 자빠졌다가 일어나며 구두 한 짝을 들고 뛰었다.

"눈깔 똘똘하게 굴리랬잖아……. 왜 놓쳐."

병구가 뛰던 걸음을 조금 늦추고 말했다.

"쌍년들, 어떤 놈팽이한테 매달려 갔잖아."

"먹을 만한 거 물어놓으니까."

"그럴 줄 누가 알았니."

"야, 다 틀렸어."

두 녀석은 골목 끝에 서서 쫓아오는 순경이 없자 서로 마주쳐다보며 으르릉거렸다.

"준 거 이리 내."

병구가 비틀거리며 손을 벌렸다. 덕수가 힘없이 받아 넣었던 돈을 병구의 손바닥에 던졌다.

"너는 집에 가."

병구가 등 돌리며 말하고 골목 밖으로 바깥 동정을 살폈다. 시계를 들여다본 덕수가 난처한 얼굴로 입맛을 다셨다.

"통금 다 됐는데 어딜 가, 야."

"그럼 왜 놓쳐, 임마."

"그렇게 될 줄 누가 알았어."

"……."

"미안하다."

"미안하다면 다야, 임마."

"이왕 이렇게 된 거 어떻게 해."

"그럼 어쩔 거야?"

"어디 가서 낚아채면 되잖아."

"웃기구 있네. 이 시간에 어디 가서 꼬셔."

"내가 책임질게."

"거리에 서 있는 애들은 싫어."

"뭐, 어때?"

그들은 시계를 들여다보며 옥신각신 입씨름을 계속했다. 파장이 나버렸지만 선뜻 집에 가고 싶지는 않은 눈치들이었다.

"이왕 버린 몸, 가자."

병구가 네온사인에 껌벅거리는 여관 간판을 가리키며 앞서 걸었다. 덕수가 힘이 나는지 잰걸음으로 따라갔다.

여기까지 얘기한 병구가 컵을 흔들며 주스 한 잔을 더 달라고 말했다.

"되게 속 타는 모양이구나. 그래서 어찌 됐어. 그냥 들어가진 않았겠지. 덕수나 너나 되게 밝히는 놈들이니까."

"덕수가 놔줘야 말이지. 그래서 여관에 가서 구했지, 머."

자랑스런 표정이었다. 사내들은 언제나 여자와 밤샘한 걸 자랑으로 여기는 것이 특징인지도 모른다.

"머리에 피도 안 마른 것들이…… 그러다 뼈 삭어 임마."
"야, 내가 첫아들 키웠으면 너만큼 컸을 거다."
"시꺼, 속 타는 얘기나 어서 해봐."
"소설 잘 쓰는 놈 있으면 근사한 거 한 편 될 텐데."
"네가 써라."
"이럴 줄 알았으면 연애편지나 실컷 써볼 걸 그랬어."
"어찌 됐냐니까 그래."

나는 그 뒷일이 괜히 궁금해졌다. 병구 녀석은 분통이 터질 일이면서도 앞뒤의 얘기를 재미있게 하려고 뜸을 들이곤 했다.

"빤하지, 머. 땀 흘리는 수고하고 구렁이 심줄 같은 돈 날리고 몸 버리고 그랬지."
"이 녀석, 내 동생 주려고 했더니…… 다 틀렸다 틀렸어."
"사내 놈들 다 그런 거지, 머. 어느 놈은 별수 있니?"
"날 봐라. 최소한 이 정도는 도덕적으로 살아야지."
"나두 인격 그 자체라구."
"빨리 본론으로 들어가."

나는 또 한 번 재촉했다. 웬만한 일로 호들갑스럽지 않은 그의 성격을 알기 때문에 더 호기심이 발동되었다.

"차근차근 할게. 되게 궁금하지?"

얘기하는 동안 여유가 생긴 것 같았다. 내가 궁금해하자 녀석은 무슨 비밀스런 정보나 쥐고 있는 것처럼 굴었다.

"얘기하기 싫으면 관둬, 안 들으면 그만이지."

내가 뻗대고 나갔다. 녀석이 다가앉으며 소곤거리듯이 말했다.

"그날이야 덕수 놈하구 살 빼는 신세로 쫑 난 거구, 그 뒤가 문제였어. 덕수 놈이 그날 원수 갚는다면서 나를 끌어냈거든. 향토장학금이 온 모양이야. 그래서 덕수 놈이 술값 내기로 하고 내가 나머지 책임지기로 하고 너한테 전화했던 거야."

"그날 내가 나갔던들 그런 참변은 일어나지 않았겠구나."

"누가 아니래. 그날 네가 뻗대더라도 악착같이 불러낼 걸 그랬어."

"봐, 임마. 내가 없으니까 당장 표가 나잖아. 언제든지 나를 모시고 다닐 각오를 이제부터 단단히 해."

"그러지 않아도 그럴 맹세를 하고 다닌다. 제길."

녀석은 큰 비밀이라도 털어놓듯이 얘기를 다시 시작했다.

지난번에 있었던 아쉬운 사건을 연상하며 다시 신사동의 데칸홀에 나가 술을 뻑적지근하게 마셨지만 지난번에 걸려들었던 일본 여자나 아마추어 춤꾼들을 꼬시지 못한 녀석들은 밤 열한 시가 넘어서 데칸홀에서 나왔다.

"나가서 기다리세요. 파트너했던 애들 내보내드릴게요."

터번 두른 사내가 이렇게 말하고 병구가 찔러 넣어준 돈을 황송하게 받았다. 병구와 덕수는 바깥으로 나와 기생오라비처럼 머리를 쓸어올리고 있었다.

신사동 사거리는 여전히 혼잡스러웠다. 택시 잡는 인파와 흥정하는 인파로 붐비고 있었다. 명동의 번화가 밤거리처럼 새롭게 형성되는 밤거리라고 생각해도 무방할 것 같았다.

"쟤, 쟤가 그 기집애 아냐?"

덕수가 역시 눈은 밝았다. 병구가 길 건너의 일본 여자를 확인하고 허겁지겁 뛰어 건넜다. 덕수가 사방을 두리번거리고는 난처한 듯이 서 있었다.

"이리 와 임마."

병구가 손으로 덕수를 불렀다.

"여기 애들 나올 거잖아."

"냅둬. 쟤들 잡자니까."

덕수가 고개를 끄덕이고 길을 건너 뛰었다.

두 여자는 차를 잡으려고 서 있는 것인지 아니면 누군가를 기다리는 것인지 분간할 수 없는 표정으로 길가에 서 있었다.

병구가 가슴을 펴 보이고 성큼성큼 다가갔다. 두 여자 얼굴에서 술기운이 느껴졌다. 밝은 불빛에서 보는 얼굴은 지난번에 느꼈던 나이보다 좀 더 들어 보였다.

"오랜만이군."

병구가 어깨를 치며 앞에 섰다.

"누구야?"

약간 혀 풀린 소리로 한 여자가 대꾸했다. 일본 여자는 병구를 올려다보고 씨익 웃었다.

"와스 매러 유."

혀 풀린 것치곤 꽤 능숙한 영어였다.

"당신 누군데 그래?"

옆에 있는 여자가 병구의 가슴을 밀면서 말했다.

"나야, 나라구. 기억 못하겠어?"

"유 나우?"

일본 여자는 계속 영어로 씨부렁거렸다. 전에는 일본말로 유창하게 말하던 여자였는데.

"나라니까 그래. 며칠 전에 우리 데칸에서 만났잖아."

병구가 씨부렁거렸다. 며칠 전의 기억을 되살려놓기 위해 그때의 상황설명을 주절주절 늘어놓았다.

건장한 사내 두 명이 걸어와 병구를 밀치고 두 여자에게 물었다.

"누구야?"

"모르겠어. 괜히 와서 아는 체한다니까."

여자가 사내에게 이런 식으로 설명을 했다.

"이 친구들, 누굴 함부로 희롱하는 거야. 어서 꺼져. 대가리 피도 안 마른 것들이."

건장한 체격을 믿는 것인지 이렇게 험악하게 말했다.

"지난번에 만났잖아요. 아니까 그러는 거 아닙니까."

덕수가 갑자기 존칭어로 말대꾸를 했다. 사내들의 덩치 때문에 덕수가 고분고분해졌다.

"지난번에 만났잖아. 데칸홀에서 말야. 일본에 있다고 했잖아."

제 덩치를 믿는 병구가 이렇게 고집스럽게 나왔다. 사내들이 입이 찢어지게 웃었다.

"애들 뭘 잘못 먹었군그래."

"우리가 뭘 잘못 먹어요."

병구가 지지 않고 대꾸했다.

"이 친구는 미국에서 엊그제 다니러 왔단 말야. 모처럼 바람 쐬러 왔더니 별 거지 같은 것들이……."

여자가 앙칼지게 말을 받았다. 병구와 덕수는 할 말을 잃어버렸다. 분명히 일본 여자라고 알고 있는데 갑자기 미국에서 금방 온 여자로 둔갑되어 있었다.

"데칸에서 만났잖아. 지난 금요일 말야. 어려서 일본으로 건너갔다가……."

"이봐 젊은 친구들. 헛소리 말고 어서 가. 이 여자는 재미동포야. 뭔가 착각하고 있는 거라구. 엊그제 온 여자를 지난 금요일 무슨 재주로 만나나? 자네 귀신야?"

사내들이 덩어리가 되어 웃었다. 여자들이 득의만만하게 따라 웃었다.

"가라구, 어서."

사내가 병구와 덕수를 밀어냈다. 여자들이 자리를 비키며 우리말과 영어로 욕지거리를 계속했다.

"썩을 놈들, 괜히 시비야."

"갓뎀, 죽여."

우리말과 영어가 뒤죽박죽이 되어 거칠게 밤하늘로 퍼져 나갔다.

"개 쌍년들."

병구가 응어리진 소리로 맞받아 욕지거리를 했다.

"저 썩을 놈들 봐."

한 여자가 획 돌아섰다.

"콱 밟아 죽여."

혀 풀린 일본 여자, 아니 갑자기 미국 여자가 된 여자가 병구를 향해 몸시늉으로 밟는 시늉을 했다.

"저런, 야이 쌍갈보야!"

양쪽 토끼를 놓친 병구가 이렇게 악 받치게 욕을 하고 침을 탁 뱉었다. 여자들이 돌아서서 쫓아왔다. 병구가 느물스럽게 웃었다.

"쌍놈의 새끼들, 지금 뭐라고 했어?"

미국 여자가 병구의 멱살을 잡았다. 건장한 사내들이 힐끔거리며 웃었다. 재미있다는 표정이었다. 여자들은 사내들의 힘을 믿는 것인지 계속 병구를 잡아 흔들었다.

"이것들이 돼지고 싶은가."

"뭐라구?"

"우리 만났었잖아. 당신 일본 여자라고 했잖아."

건장한 사내가 버티고 있어서 더 완강하게 나갈 수 없어서 병구가 이렇게 눅게 나왔다.

연습으로 사는 거

"니들이 언제 봤다고 이래."

영어와 우리말로 귀가 따갑게 떠드는 여자들은 너무 악다구니를 썼다. 병구는 여자들이 너무 악다구니를 쓰니까 혹시나 착각하고 있는 게 아닐까 하는 생각을 했다.

"왜 유부녀를 희롱하고 그래, 이 미친놈들아. 술을 처먹었으면 아가리로 처먹었지 유부녀 희롱하라고 처먹었냐?"

흥분한 여자는 아까처럼 더듬거나 영어를 섞어 쓰지 않았다.

"당신은 일본 여자였잖아."

"사람 잡네."

"우리가 잘못 본 모양요."

"유부녀 실컷 희롱해 놓고 잘못했다고 말하면 다냐?"

"미안해요."

"저런 한국 새끼들 칵 밟아 처넣어야 하는 건데."

병구와 덕수가 사태를 더 크게 끌고나가기 싫어 이렇게 양보를 했지만 여자들은 사내들에게 자신들이 미국서 온 여자라는 걸 확인시키기 위해서 그러는 것인지 악착같이 물고 늘어졌다.

"잘못했다잖소."

여자들이 멱살을 잡았다 놓았다 하면서 계속 욕지거리를 했다.

"내가 네 새끼냐?"

병구의 성깔이 툭 불거져 나왔다. 더는 참을 수가 없었다.

"어어! 이것들이."

사내들이 다가섰다.

"쌍년들이, 한국 새끼가 뭐야, 이년들아. 참다 참다 못 봐주 겠네. 형씨들, 이것들이 저따위로 말하는데도 그 편 들 거요?"

"쬐구만 새끼들이 뵈는 게 없어."

"한국 사람 긍지 좀 가지슈. 저년들, 아가리로 까부는 거 보슈."

"허, 이것들을……."

두 사내가 주먹부터 뻗었다. 이미 각오하고 있던 터였다. 병구가 살짝 비켜서며 건물 벽에 세워져 있는 방화봉을 꼬나 잡았다.

"어쭈 제법 놀구 있네."

사내가 발길질을 했다. 병구의 방화봉이 두 사내를 후려갈겼다. 한 사내가 고꾸라져 기었다. 다른 사내가 발길질을 하다가 발목을 잡고 모로 자빠졌다. 병구는 사정없이 내리쳤다. 두 사내가 엉겁결에 도망가버렸다.

눈 크게 뜬 여자가 병구를 노려보고 서 있다가 바락바락 소리 질렀다.

병구가 달려들어 두 여자를 주먹으로 후렸다. 힘없이 쓰러진 여자를 구둣발로 또 걷어찼다.

"아악! 사람 살려."

그러나 더 악쓰지는 못했다. 병구가 한 번씩 더 걷어찼기 때문이었다.

"튀자."

병구가 몰려드는 사람들을 비집고 골목으로 뛰었다. 덕수는 그 반대 골목으로 질주해 들어갔다.

숨차게 골목길을 돌아 술집 골목으로 막 꺾이는 곳에서 병구는 멈칫 섰다. 무지막지하게 덩치 큰 사내가 병구의 멱살을 옭아 쥐었다.

"저, 사실, 저, 사실."

더 얘기를 할 수가 없었다. 멱살을 너무 옭아 쥐어서 말이 목구멍으로 나오지 않았다.

뒤에서 강도 잡으라는 소리가 나면서 급한 여자 발짝 소리가 들려왔다.

"어마, 장 선생님."

일본 여자 행세하던 여자가 병구의 멱살을 잡고 있는 사내에게 이렇게 말했다. 그리고 속사포처럼 뒷말을 이어나갔다.

"이 새끼가 나를 희롱하다가 무조건 패고 도망쳤어요."

"너 깡패냐?"

덩치 큰 사내가 병구의 목덜미를 한 손으로 쥐고 흔들었다. 워낙 좋은 체격이었다. 그건 보통 사람이 아니라 거인이었다.

여자들이 달려들어 병구를 물고 할퀴기 시작했다. 장 선생이란 친구는 고양이 앞에 쥐 내밀듯이 병구를 움켜쥐고 여자들에게 내맡겨주었다.

"아닙니다. 제발 좀 놔주세요. 제발 좀 놔주세요."

병구가 안타깝게 소리쳤지만 장 선생이란 친구는 놔주지 않았다. 여자들 말만 믿고 있었다.

"저 새끼가 얘보고 일본 여자라고 우기면서 무자비하게 패잖아요."

병구는 무방비로 여자들에게 쥐어뜯긴 채 끌려 나갔다.

"쟤 병원에 가야 돼요. 우선 파출소에 집어넣고 봐요."

일본인 행세하던 여자의 얼굴이 부어 있었다. 병구는 체념한 채 파출소 쪽으로 끌려갔다. 끌려가면서 병구는 학생이란 사실과 전후 사정을 대략 장 선생에게 얘기했다. 장 선생은 난처한 듯이 입맛을 다셨다.

"난 자네가 소매치긴 줄 알았어. 그렇지만 연약한 여자를 패면 되는가 이 사람아. 일단 다쳤으니까 저 여자들이 하자는 대로 해줘야 하잖아. 차암……."

앞뒤 사정을 듣고 나서 장 선생은 이렇게 난처해했다. 장 선생은 알고 보니 레슬링 헤비급 선수였다.

"좋아, 젊은 사람이 그럴 때도 있지, 머. 내가 잘 얘기해 볼게. 치료나 해주자."

장 선생은 여자들을 떼놓으며 젊은이를 무조건 파출소에 넣는 게 아니라고 강조해 주었다.

장 선생의 완강한 회유책에 여자들은 겨우 고개를 끄덕였다.

"택시 잡아."

장 선생이 병구에게 이렇게 말하고 귓속말로 치료비 정도로 해결하라고 얘기해 주었다.

"골치 아프게 걸렸어. 쉽게 해결해 보도록 해. 이제 와서 내가 빠질 수도 없잖아."

"알았습니다. 고맙습니다."

병구가 한숨 놓고 이렇게 대꾸했다.

"저 자식 도망가면 어떻게 해요. 신병 확보를 하려면 먼저 파출소에 신고하는 게 좋잖아요."

여자가 조잘거리고 있었다.

"주민등록증 뺏어요."

일본인 행세하던 여자가 이렇게 맞물고 나왔다.

"주민증 내놔봐."

장 선생이 이렇게 말했다.

"안 가지고 나왔어요."

"봐요. 저 자식 어떻게 믿어요."

여자들은 계속 욕지거리를 했다.

"학생증은 있나?"

"그것도 없어요."

장 선생은 병구의 윗주머니에서 지갑을 꺼내 펼쳤다. 주민등록증과 학생증을 빼낸 장 선생이 병구에게 알밤을 한 대 먹였다.

"이 자식 이거……."

장 선생은 눈을 부라렸다.

"임마, 봐주려고 하면 알아들어야지. 너 정신 좀 번쩍 나야 알겠어."

병구가 고개를 잔뜩 숙인 채 대꾸를 하지 않았다.

"그것 봐요. 저 자식 지능적인 폭력배라구요."

여자가 또 병구의 머리를 잡아 흔들며 악을 썼다. 물려도 더럽게 물린 것이었다. 장 선생이 여자를 밀어내고 골목으로 데리고 갔다.

"임마, 내가 널 잡은 게 한이 된다. 이왕 이렇게 된 거 적당히 치료는 해줘야잖아. 내 체면이 뭐가 돼. 이 자식, 팍 튀지 못하구."

"형님하고 어떻게 되는 사이예요. 저 여자들 뭐하는 여잔데 그래요. 저것들 사기꾼들이라구요."

"임마, 넌 알 것 없어. 패지나 않았어야, 다치지나 않았어야 무마를 하든 할 거 아냐."

"저 여자들 사기꾼이잖아요."

"지금 그런 거 따질 때가 아니잖아. 왜 팼어 임마."

"그렇게 딱하면…… 놓쳤다고 하면 되잖아요."

"이게, 정신없어. 내가 헤비급 선수라는 거 몰라. 내 체면 생각 못하겠어."

"이거 환장하겠잖아요."

"튀려면 아까 튀었어야지. 지금 주민증까지 밝힌 마당에 네가 튀면 얼루 튄다는 거야. 쟤들이 그냥 있을 애들인 줄 알아."

"그럼 어떻게 하면 좋겠어요."

"너 그런 술집 다니는 거 보니 굶는 놈은 아니잖아. 그러니 가엾다 생각하고 치료비나 해줘. 내 말 알아듣겠지. 사내가 그런 거 가지고 쩨쩨하게 굴면 못써."

"그거야 쉽지만……."

결국 병구는 장 선생의 말대로 고분고분하게 말을 듣기로 작정하고 나왔다.

택시를 잡았다. 병구가 앞자리에 타고 장 선생과 두 여자가 뒷자리에 앉았다. 여자들은 분이 안 풀렸는지 계속 욕지거리를 해댔지만 병구는 꿀 먹은 벙어리처럼 앞만 쳐다보았다.

"저런 자식은 콩밥 먹여야 정신 차린다니까. 장 선생님, 재 불쌍한 거 아시잖아요. 얼굴이 저 꼴이 됐으니 저걸 어째요."

"저 자식을 다시는 못 걸어다니게 해야 하는 건데."

여자들은 뒷자리에 앉아 악착같이 병구를 이빨로 물어뜯으려고 했다. 그때마다 장 선생은 여자들을 말려주곤 했다.

Y의원에선 여자의 머리통을 살펴보고 큰 병원으로 가보라고 했다.

여자들이 또 한차례 병구에게 달려들어 악다구니를 썼다.

다시 택시를 잡아 시립병원으로 달리게 했다. 요금의 세 배를 받기로 한 운전사가 무섭게 통금이 임박한 거리를 내달렸다.

시립병원 입구에서 내린 일행은 응급실로 들어갔다. 병구는 아깝게 십만 원짜리 수표를 예치시키고 돌아섰다. 장 선생이 등을 두드려주었다.

"너 땜에 나까지 밤새우게 생겼다."

"어디 가서 소주 한 병 가져올까요."

"그냥 앉아 있어. 쟤들 신경 건들지 말고 꾹 참아. 살다 보면 별의별 꼴 다 보고 사는 거야. 그게 다 인생수업인 거야. 나도 너처럼 젊었을 땐 혈기왕성하게 해치우곤 했었지. 그냥 사는 연습한다고 생각해."

장 선생은 병구에게 여러 가지로 위안을 해주었다. 운동 선수답게 통이 커서 병구는 금방 친형님이나 되는 것처럼 부담 없이 굴었다.

"어때 소설 같지 않니?"

얘기를 그 정도에서 끊은 병구가 나에게 이렇게 물었다.

"그런 소설처럼 살다 뼈 부러지겠다. 그게 장충만 형님한테 걸렸으니 망정이지."

"너 그 양반 아니?"

"왜 몰라. 그때 내 얘기만 했어도 덕 좀 봤을 거다."

"그땐 그런저런 생각 하나도 못했어. 네 생각도 해봤지만 밤 열두 시가 넘어서 어쩔 수도 없었고."

"그래서 어떻게 전개된 거야? 네 말마따나 그놈의 소설이."

녀석은 담배를 뻑뻑 피우고는 신경질적으로 비벼 껐다.

"말도 마라. 내 평생을 두고 그런 치욕적인 역사는 아마 전무후무일 거다. 그 기집애들이 얼마나 독종인지 수없이 머리끄댕이 잡히고 걷어차이고 할퀴고…… 정말 혼이 났다."

"그거야말로 잘됐구나. 넌 언제고 한번 여자한테 제대로 걸려야 돼."

"네가 안 당해서 그렇지. 밤새 지랄발광을 해대는데…… 워낙 그러니까 차라리 파출소 가는 게 낫겠더라고. 그래서 나중엔 내가 먼저 파출소 가자고 소릴 질렀어. 그랬더니 기집애들이 꺼리는 눈치였어. 그 선수 양반만 없었으면 확 처박고 말겠더라만. 그 형님이 너무 잘해줘서 그럴 수도 없고."

"치료는 어떻게 됐어?"

"말도 마라. 기집애들이 하두 악쓰니까 내가 폭행당사자란 걸 안 거야. X레이 찍어대는데 여덟 번인가 찍어대더라. 오죽하면 그 형님이 머리 맞았는데 뭐하러 가슴 찍고 다리 찍고 그러냐고 항의를 하더라니까. 그래도 난 끽소리 못하고 있을 수밖에. 혹시 병원에서 신고라두 해봐. 괜히 폭행전과자 돼가지구…… 새벽까지 그런 실랑이를 계속했어. 졸립기두 하고 신경이 곤추서는데 정말 못 견디겠잖아. 파출소에 신고한다고 전화 걸면 쫓아가 말리고, 따귀나 맞고, 누구한텐가 연락하려면 또 쫓아갔다가 욕만 바가지로 얻어먹고, 견딜 수 없어서 새벽엔 파출소에 가자는 선에서 마무리가 됐어."

"합의하는 데 오십사만 원을 줬단 얘기냐?"

"그렇다니까 그래. 그땐 충만이 형님도 이빨이 안 들어가더라니까. 화가 난 형님이 백만 원 달라고 떼쓰는 기집애들에게 막 화를 냈어."

"갈라서 오십이면 오십이지 오십사만 원은 뭐야."

"내가 때릴 때 사만 원짜리 구슬백이 깨져서 못 쓰게 됐다는 거야. 내 더러워서."

"제대로 걸리긴 걸렸구나."

"그나저나 그 기집애들 소행이 너무 괘씸해. 왜년이랬다가 미국년이랬다가 하던 그 기집애가 아예 내놓고 서울 말씨를 쓰는데 기가 막혀 입이 안 벌어지더라. 그래도 할 수 없지 어떻게 해."

"그 기집애들이 불쌍하긴 한 모양이구나. 충만이 형님이 그 꼬라지 보구두 내버려둔 걸 보면."

나는 충만이 형님을 잘 알고 있었다. 한때 충만이 형님네 집에서 밥을 얻어먹고 지낼 정도로 가까운 사이였다. 운동선수답게 그는 속이 탁 트인 사내였다. 후배들을 얼마나 아끼는지 고통스러운 꼴도 자주 당했었다. 못된 일을 보면 가리지 않는 성미이기도 했다.

그런 충만이 형님이 병구의 억울한 사정을 알면서도 내버려둔 것을 보면 그만한 까닭이 있을 법했다.

"내가 충만이 형님한테 연락해 보면 대번에 알 수 있어. 그러니까 나머지 얘기나 계속해 봐."

"그 기집애들 뿌리를 캐야 돼. 아마 내 생각엔 그 일대에서 여자 제비족으로 먹고사는 것들일 거라구."

"그거야 캐봐야 알 일이고, 얘길 계속하시라구."

통행금지가 풀리자 병구는 합의서 두 통을 작성하고 일어섰다. 은행에 박아놓은 돈을 찾자면 몇 시간을 기다려야만 했기 때문에 돈을 받을 때까지 합의서는 여자들이 가지고 있기로 했다.

"퇴원하겠으니 계산해 주세요."

병구가 내려가 카운터에 이렇게 말했다.

"누구 맘대로 퇴원하구 그래요?"

잠기 가시지 않은 앙칼진 목소리였다.

"환자와 합의가 돼서 나가기로 했어요."

"그거야 댁의 사정이죠."

"합의가 됐다니까 그래요."

"여보세요. 들어올 땐 맘대로 들어왔지만 나갈 때는 원장 선생의 진찰 후에나 가능한 거예요. 뭘 알구 말해야죠. 병원 규칙예요. 만약에 그 환자가 나갔다가 무슨 사고라두 나면 댁이 책임질 거예요."

"지면 되잖아요."

"응급실 환자는 그렇게 처리할 수 없어요."

"환자가 나가겠다고 하잖아요."

"내 참, 누구 맘대로 나가요? 여기가 댁들 안방인 줄 알아요?"

"누가 안방이랬어요."

"시끄러워요."

매몰찬 한마디에 병구는 돌아설 수밖에 없었다.

환자인 여자가 링거를 꽂은 채 내려가 사정 얘기를 해도 그들은 막무가내였다.

"이것들이 뭐 이따위야. 내가 죽어도 좋다, 나간다 그러는데 누가 말려."

여자가 앙칼지게 되받아넘겼다.

"뭐라구요? 어따 대고."

카운터의 여자도 만만찮게 나왔다.

"더 큰 병원 가서 치료받으려고 그런다, 왜. 불친절하고 더러워서 여기선 치료받을 수 없다. 이거야. 왜? 떫어. 그럼 친절하고 성의껏 치료해야지. 이러고도 무슨 놈의 병원이라고 큰 소리야 큰 소리가."

"여기 규칙대로 하는 거예요. 뭘 알고 떠들어요."

"알긴 뭘 알아. 개떡 같은 놈의 병원을. 큰 병원으로 옮길 테니까 그런 줄 알아. 만약 여기서 내가 더 큰 병이라도 생기면 너희들이 책임질래?"

여자들이 십여 분 동안 카운터에 대고 악다구니를 썼다.

여직원이 견디다 못했는지 계산서를 정리했다. 입이 툭 불거져 나온 채로 병구에게 거스름돈을 내주었다.

병구 일행은 무사히 밖으로 나왔.

새벽녘의 바람은 을씨년스러웠다. 택시를 타고 다시 신사동 쪽으로 나왔다.

"난 갈란다. 이만큼 해결됐으니 서로 없었던 걸로 하고 잊어버려라."

장 선생은 택시에 탄 채 내리지 않았다. 몹시 피곤해 보였다.

"담에 연락 드릴게요, 장 선생님."

여자들이 눈웃음을 치며 말했다.

"우리 저기 들어가서 눈이라도 붙입시다."

여자들이 여관을 가리켰다. 병구는 어깨를 움츠리고 하자는 대로 따라 들어갔다. 여자들은 방값을 병구에게 계산하라고 하고는 되는대로 누웠다.

벌렁 누워 있는 그들에게서 병구는 묘한 충동을 받았다.

"누워서 눈 좀 붙여요."

일본인 행세하던 여자의 목소리가 제법 정겹게 들렸다.

"괜찮아요."

병구는 침을 꿀꺽 삼키고 이렇게 대답했다. 왠지 그들을 갖고 싶었다. 엊저녁의 그 악머구리 같은 장면이 잊혀지고 그들이 아름다워만 보였다.

은행시간이 됐을 무렵에 그들은 일어나서 화장을 고치고 병구를 따라나섰다.

오십만 원을 인출한 병구는 은행 옆의 빵집으로 들어갔다.

"여기 도장 찍으면 돼요."

여자가 도장 찍는 자리와 주민등록 쓰는 자리를 가리켰다.

병구는 손도장을 찍으며 눈을 한 번 비벼보았다.

분명히 국적이 일본이나 미국이어야 할 여자의 본적은 충청도 산골짜기였고 현주소는 서울의 잠실이었다. 주민등록 발행일 날짜는 1975년 10월 19일이었고 주민등록번호로 미루어 서른다섯 살짜리 여자였다.

그러나 어쩌랴. 속았다는 걸 알았지만 합의서를 건네받은 마당에 억울하다고 다시 폭행할 수는 없는 노릇이었다.

"우리 다 잊어버립시다. 살다보면 그런 일도 있는 거지요."

아주 의젓하고 숙녀다운 품행이었다.

"그럽시다 까짓 거."

병구도 쓰디쓰게 한마디 했다. 여자들은 택시를 잡아타고 가버렸다.

여기까지 얘기한 병구가 껄끄럽게 웃었다.

"내 팔자려니 생각하지만 두고두고 억울해 미치겠다. 그래서 내가 주소대로 쫓아가 박살을 내고 싶지만 그럴 수도 없고, 만약 그랬다가 그때 맞은 게 재발해서 머리가 이상하다느니 하고 트집을 잡으면 어쩔까 싶어서 참고 있는 거다. 참으려니까 미치겠다니까. 확실히 그 기집애들은 여자 제비족이야. 그렇게 사내를 꼬셔서 여관에 간 뒤에 돈을 빼내거나 공갈치거나 하는 패들인 게 확실해."

병구의 결론은 그 여자들이 지능적인 사기꾼 패라는 것이었다. 내가 병구의 어정뜬 얘기를 들어보아도 그 여자들 행동으로 미루어 그런 부류인 것만은 확실한 것 같았다.

"그래서 나보고 어쩌라는 거야?"

"좀 봐줘라. 너만 믿는다."

"이럴 때만 믿는 거지?"

"아냐, 이제부터 형님으로 모실게."

"너 맹세할 수 있지?"

"야, 어떻게 맹세까지 하냐."

나는 그 자리에서 당장 충만이 형님한테 전화를 걸었다.

"어어, 네가 웬일이냐?"

오랜만의 통화였다. 충만이 형님은 아주 반가워했다. 나는 이런저런 얘기를 하다가 병구 얘기를 했다.

"그 녀석 더럽게 걸려서 혼깨나 났지. 진작 네 친구라고 했으면 내가 좀 더 적극적으로 나설걸."

충만이 형님은 그때 그 상황에서 어쩔 수 없었다고 했다.

"쟤들 무서운 애들야. 쉽게 말해서 남자 제비족 같은 애들이지. 그때 내가 참은 건 떡치들 때문이었다. 걔들이 봐주니까 그 일대에서 굴러먹는 애들이거든. 내가 모르는 체하면 귀찮게 굴 거고, 또 불쌍하기도 해서 그쯤 하게 했지."

"내가 손 좀 볼까 그러는데 괜찮겠어요? 떡치 애들도 패씸하구요."

내가 이렇게 말하자 충만이 형님은 혀를 내둘렀다.

"잊어버려. 떡치 애들 독이 올라 있어. 지역 싸움 때문에 악받쳐 있어. 내버려둬라. 괜히 벌집 건들지 말고 네 과거의 명성을 모르는 신출내기들이어서 안 통할 거다."

"두목이 누군데요."

"글자 그대로 떡치가 두목이지. 떡치파하고 땅꼬마파가 으르렁거리니까 아예 냅둬."

충만이 형님은 그쪽 지역 사정에 대해 대충 얘기해 주고 내게 절대 손대지 말라고 수십 번이나 강조를 했다.

"알아서 할게요."

나는 대책 없이 물러서기는 싫어서 이렇게 말하고 전화를 끊었다.

"네 말이 맞았어. 전문적인 애들이래."

"그런데 왜 그때 그랬지?"

"걔들 뒤엔 떡치라고 막강한 패거리가 있어. 그때 네가 살아남은 것만도 큰 다행였어 임마. 형님이 널 그래서 끝까지 따라간 거래. 그 패거리가 발견해도 충만이 형님이 있으면 함부로 다루지 않기 때문에."

"그랬었구나."

병구는 한심했던지 크게 숨을 몰아쉬었다.

"뼈도 못 추릴 뻔했구나."

녀석의 어깨가 축 늘어졌다.

"걱정 마. 내가 네 속 풀어줄 테니까."

"괜히 걔들하고 붙지 마. 잊어버리자."
"이 자식 내가 어떤 놈인지 알잖아."
나는 소리를 꽥 지르고 말았다. 녀석이 겸연쩍게 웃었다.
"애들 델구 가지 않아도 되겠니?"
병구가 걱정이 되는지 이렇게 말했다. 술값과 팁을 부담하기로 약속한 녀석이 막상 내가 나서자 겁이 난 모양이었다.
"내가 패쌈이나 하는 그런 놈으로 알았니?"
"그래도 떡치파가 만만찮은 패거리들이잖니. 괜히 내가 네 제사 지내주게 될까 봐 그런다."
"이게, 재수 없는 소리하구 있어."
"그러게 애들 좀 데리구 가자."
"넌 신문도 안 보니? 패쌈해서 시끄럽게 구는 기사도 안 보냔 말이다. 떡치 애들이 몇십 명 떼거리로 덤빈다면 몰라도…… 이삼십 명이야 간단히 해치울 수 있으니까 염려 마. 너 보구 제삿상 보라구 하진 않을 테니까."
평소에 내 실력을 과신하는 녀석이었는데도 떡치파와 붙게 될지 모른다는 생각 때문에 녀석은 얼어 있었다.
"그 여자들만 잡아버리면 되잖아."
병구는 이렇게 조심스럽게 말했다.
"끽소리 말고 쫓아와. 넌 굿이나 보고 떡이나 먹고 있어."
"떡 먹다 체할까 봐 그런다."
우리는 조금 서둘러 데칸홀 근처로 나갔다. 지형정찰과 분위기를 미리 파악해 둘 필요가 있었기 때문이었다.

"넌 그 여자들만 알려주고는 얼씬거리지 마."

"알았어."

데칸홀은 어두웠다. 어둡고 검붉은 조명 때문에 분간하기 어려운 홀이었다. 조금 지나자 암조응이 되어 분위기며 사람들 표정을 알 수 있었다. 나는 구석자리를 골라잡았다. 무대 위의 악사들은 흥에 겨운지 몸놀림이 보기 좋을 만큼 흔들리고 있었다.

"너 그렇게 퍼마시다가 여자들 놓쳐. 정신 차리고 똑똑하게 살펴봐."

초조해서 그런지 연신 술을 따라 마시는 병구에게 이렇게 말했다. 병구는 두리번거리며 보이지 않는다고만 했다.

"쟤들 같은데…… 저기 춤추는 애들."

병구가 내게 바싹 기대며 무대 오른편을 가리켰다.

"확실한지 똑똑히 봐."

"맞아, 쟤들야."

병구가 자신 있게 말했다.

사이키 조명 아래 새하얀 원피스는 신선하달 만큼 찬란한 색상을 드러내고 있었다. 일곱 가지 무지개 빛깔이 어우러지는 대로 그녀의 자태는 순간순간 변하고 있었다. 하얀 실크의 치맛자락이 맴을 돌 때마다 무대를 휩쓸고 돌았다.

"거, 삼삼하게 생겼다."

나는 이렇게 말했다. 조명 아래선 하얀 옷처럼 어울리는 게 없었다. 그녀는 그것을 아는 여자 같았다. 춤동작도 유연했고 활짝 웃는 얼굴도 티 없이 젊어 보였다.
"어때, 대단하지."
병구의 목소리가 걸었다.
"지랄하구 있다."
"그냥 끝장 보고 말지."
"네 손아귀에 들어올 줄 알아?"
"그게 쌍방의 정신위생상 좋잖아."
"너는 당해도 싼 녀석이야. 그새 정신 놓고 있으니."
"좋은 게 좋은 거 아냐, 뭘."
"그냥 무릎 꿇을 애들이 아냐. 결정적 순간에 몽땅 털어먹는 애들야, 임마."
"엔조이하자는 거잖아."
"아가리 닥치고 있어. 쟤들 자리나 알아봐."
병구가 엉거주춤 일어나 여자들이 앉는 자리를 확인했다.
"놈씨가 둘 붙었는데."
"새치기해야지. 너 꼼짝 말고 여기 있어. 눈에 띄면 안 돼."
나는 병구를 앉혀놓고 자리에서 일어났다. 화장실 입구쯤에서 여자들과 같이 앉아 있는 사내들을 지켜보았다. 맥주를 벌컥벌컥 마시는 꼴이 금세 화장실을 다녀가야 할 것 같았다.
사내가 화장실 쪽으로 다가왔다. 나는 옆으로 비켜주었다.

사내가 화장실로 들어갔다. 나는 약간 비틀거리며 따라 들어갔다.

사내가 바지를 올리고 돌아섰다. 나는 다짜고짜 사내를 양변기가 있는 칸으로 끌어당겼다.

"다 당신, 누구요."

"쉬, 조용히 해. 당신 파트너가 일본 여자지?"

"아닙니다. 내 친구 파트너예요."

뒤가 켕기는지 고분고분하게 대답했다.

"그 여자들 사기꾼야. 같이 호텔에 갔다간 신세 망쳐. 내 말 알아들어?"

"예, 무슨 말인지 짐작이 갑니다."

"친구를 몰래 불러내서 튀어. 술값은 내고 말야."

"좀 이상하긴 하지만……"

"내 말 믿어봐. 쟤들 잡으러 나온 사람야. 빨리 꺼져."

"그럼 형사님…… 알겠습니다."

"눈치채지 않게 해."

"웨이터 시켜서 불러내죠, 뭘."

"곧장 나가. 미련 두지 말고. 당신들 오늘 운 좋은 거야."

"고맙습니다. 잘 알겠습니다."

사내는 꾸벅꾸벅 인사를 하고 나갔다. 나는 사내의 등 뒤에서 웃어주었다. 사내가 씨익 웃고는 카운터에 계산을 했다.

두 사내가 빠져나갔다. 나는 웨이터를 불렀다.

연습으로 사는 거 101

"이거 받아라."

만 원권 지폐 한 장을 내밀었다. 웨이터가 머리를 깍듯하게 조아렸다.

"쟤들 알지?"

"자주 오는 손님이죠."

"이 자식이, 너 떡치 몰라?"

"압니다, 알아요."

"그럼, 시키는 대로 해. 가서 파트너가 술값 안 내고 튀었다고 일러."

"괜찮을까요?"

"이 자식이, 쟤들 버릇 가르치려고 그래, 임마. 어서."

웨이터는 꾸벅 절을 하고 여자들 쪽으로 갔다. 나는 그 뒤를 따라갔다. 떡치파가 얼마나 텃세를 부리는지 알 것만 같았다. 웨이터가 그 한마디에 쩔쩔 기는 것만 보아도 알 수 있는 일이었다.

"저…… 아가씨, 같이 있던 남자 손님들이 아가씨한테 계산하라면서 급히 나갔어요. 그래서."

웨이터가 난처한 얼굴로 이렇게 말했다. 여자들 얼굴이 대번에 변했다.

"뭐라구, 그 사람들이?"

째지는 소리였다.

"그 사람들이 우리더러 계산하라구?"

"네, 그랬습니다."

"개자식들……후딱 나가자."

여자들이 벌떡 일어섰다. 나는 그 자리로 들어서며 말했다.

"이봐, 아가씨들 술값이야 내가 치러주면 되잖아. 그까짓 거 몇 푼이나 된다고 이래?"

"뭐라구요?"

여자가 반문했다.

"얼마나 돼. 내가 계산할게. 술값을 아가씨한테 씌우는 녀석들도 있구만."

그렇게 돼서 나는 그 여자들과 합석해서 술을 마시기 시작했다. 자세히 뜯어보니 이런 곳에 와서 무작정 흔들어댈 나이는 지난 것 같았다. 병구 말로는 서른 살이 넘은 여자가 너무 젊어 보인다고 했었다. 병구 말은 틀리지 않았다.

"얜 일본에서 나온 지 보름밖에 안 돼요. 그래서 말이 서툴러요. 한국말을 조금씩 하기는 하지만."

나는 속으로 웃었다. 사람을 잘못 봐도 분수가 있지.

하느님, 어떻게 할까요?

저렇게 간악한 짓으로, 육체 하나로 벌어먹는 게 아니라 뭇 사내들의 피를 빨아먹는 저 여자들을 어떻게 할까요.

설마 막달라 마리아 생각 때문에 내버려두라고 하시는 건 아니겠죠. 그런 여자들이 있어야만 함부로 몸을 흔들어대는 사내들 버릇을 고친다고 생각하시는 거나 아닌지 모르겠습니다. 멀쩡한 우리나라 여자, 잠실에 사는 이 여자가 지껄이는 저 입 좀 보세요. 썩 훌륭한 일본 여자 행세를 하면서 일본말로 지껄이는 저 입놀림과 그 뒤에 숨긴 음험한 계략을 하느님은 알고 계시잖아요.

그래도 내버려두라시는 겁니까? 우리나라 여자가 왜색시 노릇하는 것만 봐도 피가 끓는 판인데 멀쩡한 우리나라 여자가 일본 여자 흉내를 내어서 사내들을 홀리는 저 꼬라지를 그래 그냥 두고 보라는 건 아니시겠죠.

저 혀 풀린 일본말 좀 들어보세요. 한국 남자들 친절하다면서, 외로워죽겠으니 따뜻하게 해달라는 저 교태 좀 보십쇼.

나는 여자들한테 홀린 척하며 따라나섰다. 이제부터 본격적인 그들의 수법이 동원되는 찰나인 것이었다.

"쟤 취했어요. 외로워서 저래요. 저러다가 죽을지도 몰라요. 쟤 좀 외롭지 않게 해줘요. 일본인 남편하고 이혼하고 여기 와서 살겠다고 저래요."

일본 여자 행세하는 여자는 알아들을 수 없게 일본말로 뭐라고 지껄이고 있었고, 다른 여자는 나에게 일본 여자를 즐겁게 해주라고 떼를 썼다.

"그럼 아가씨만 외롭잖아. 어디 같이 가서 한잔 더 하지그래."

"난 가야 돼요. 남편이 기다려요."

"너무 정숙한 척하지 마. 내겐 정력도 있고 돈도 있어."
"그럼, 재미 못 보잖아."
"취한 여자하고 무슨 재미……."
"찬물에 샤워나 하구 그러면 돼. 쟤 끝내주는 애라구요."
"뭘 어떻게 끝내줘."
"다 암시롱."
"그럼, 옆방에서 자면 되잖아. 충직한 신하처럼 알아서 모실 테니까."

여자도 따라나설 마음이 생긴 것 같았다. 나는 가까이 보이는 곳을 가리켰다. 여자들은 서슴없이 앞장서서 들어갔다.

멀찍이서 병구 녀석이 손을 들어 보였다. 나는 호텔을 가리키며 뒤따라 들어오라는 신호를 보냈다.

두 여자는 거침없이 옷을 벗었다. 원피스 속에는 앙증맞게 생긴 브래지어와 실낱같은 속옷 한 개뿐이었다. 건방진 것이 내 가슴속과 아랫도리에 숨어 있었다. 나는 냉정한 척하느라고 담배를 빼물었다.

"몸매 좋은데, 그래."
"벗으면 더 화끈해."
"남편이 어느 녀석인지, 대꼬챙이처럼 뒤틀려 죽겠다."
"자지러지지. 이래 봬두 왕년에 놀던 솜씨가 있다구."

두 여자는 마지막 옷도 벗었다. 나는 샤워실 문을 열어주고 재빨리 밖으로 나왔다. 병구가 복도에서 서성거리고 있었다.

연습으로 사는 거

"너, 아예 자구 나오려는 건 아니지."

시샘 어린 투로 말했다.

"넌 망이나 잘 봐. 그리고 수상쩍으면 벽을 세 번 쳐 알았지?"

"재미 좀 보구, 그냥 보내지그래?"

"너 아직도 정신 못 차리고 지랄야. 빨리 들어가서 망이나 봐."

"너 진짜 혼자 놀아나면 재미없어."

병구가 주먹을 쥐어 보이고 옆방으로 들어갔다. 나는 다시 태연하게 방으로 들어갔다.

"사장님, 들어와서 같이 해요."

샤워실 안에서 이런 소리가 들려왔다. 나는 샤워실에다 대고 소리 질렀다.

"날 봤다가 아가씨들 기절할까 봐 그래."

안에서 몸살 나는 웃음소리가 들려왔다. 나는 허리띠 안쪽에 감추고 나온 표창을 확인하고 침대에 벌렁 누웠다. 머잖아 밀어닥칠 떡치 패거리들 작태가 궁금했다.

여자들이 밖으로 나왔다. 실오라기 하나 걸치지 않은 그들의 육체는 너무나 균형 잡혔고, 너무나 성적 매력이 흘러넘치고 있었다.

"난 저쪽 방에 가 있을게. 외로운 애부터……."

여자가 원피스로 앞부분만 가리고 옆방으로 갔다. 나는 의미 있게 웃어주었다.

"그래, 이 친구부터 기절시켜 놓고 갈게."

나는 옷 벗는 시늉을 했다. 일본 여자는 발가벗은 채 침대에 비스듬히 누워서 나를 불렀다.

"날, 사랑해 줘요."

더듬거리는 목소리에서 교태가 묻어났다. 내가 침대로 다가갔다. 사기꾼만 아니라면. 나는 그런 생각을 했다. 그냥 놔두기에는 너무 색정 어린 육체였다. 다혜의 큰 눈과 가슴을 생각했다. 그러나 나는 이 순간만은 다혜하고 헤어지더라도 이 여자를 해치우고 싶었다.

하느님, 솔직한 것도 죄가 됩니까? 이 음험한 여자를 해치우고 싶습니다. 그렇다고 사내들이 다 도둑놈은 아닙니다. 나를 뺀 모든 사람들은 모두 도덕적이거든요. 하느님, 세상의 모든 사람들의 아랫도리를 용서해 주세요. 용서하는 것만이 하느님의 직업이니까요.

나는 웃옷만 벗은 채 여자를, 일본 여자 행세를 하는 여자에게로 갔다. 여자는 알아들을 수 없는 일본말로 뭐라고 지껄이며 나를 끌어안았다. 그녀의 손이 내 허리띠를 풀고 있었.

나를 발가벗겨놔야만 할 의무가 그녀에겐 있었다. 나는 여자들이 계획적으로 문고리를 잠그지 않은 이유와 이 여자가 서두르는 이유를 알고 있었다.

문이 벌컥 열렸다.

나는 재빨리 돌아누우며 허리띠를 졸라매었다.

"어마! 여보, 여, 여보……."

정확한 발음, 멀쩡한 목소리, 여자는 앞가슴을 가린 채 들어선 사내에게 이렇게 말했다. 병구 녀석이 신호를 하지 않은 것으로 보아 아래층에서부터 올라온 것 같지는 않았다.

"너, 죽인다."

사내가 칼을 빼 들었다. 나는 누운 채 두 녀석을 올려다보며 말했다.

"형님 재미 보는데 웬 풍악이냐?"

"어허, 저게 뒈지고 싶어 환장했구나."

남편 행세를 하는 녀석이 칼끝을 세우고 침대 가까이 왔다. 여자가 내 어깨를 잡고 흐느끼고 있었다.

"저게 니 남편이란 작자냐? 왜놈 새끼가 제법 우리말을 하는구나. 왜놈 혼내주는 게 내 직업이지."

내가 이렇게 말하며 일어섰다. 여자가 부끄러움도 잊은 채 내 팔목을 잡았다.

"아녜요. 우리 남편예요. 내가 거짓말한 거예요. 우리 남편예요. 무슨 짓을 할지 몰라요. 여보, 용서해 주세요. 다시는, 다시는……."

사내가 여자를 낚아채어 방바닥에 내둘렀다. 발가벗은 여자가 사내에게 매달려 소리 높여 빌고 있었다.

"이 연놈들 다 죽인다."

사내가 악다구니를 쓰자, 뒤따라온 다른 사내가 말렸다.

"임마, 죽이면 어떻게 해. 감옥에 처넣으면 될 걸, 왜 그래."

"안 돼. 이 연놈을 죽여야 돼."

"참아. 여봐, 저쪽 구석에 가 있어."

티셔츠 차림의 사내가 나를 구석으로 밀었다. 나는 웃었다.

"이 친구가 취했나?"

나보고 한 말이었다.

"그래 취했다."

나는 물러서며 대꾸했다. 쉽게 칼부림을 하지 않을 거라는 걸 알고 있었다.

"여보, 용서해 주세요. 저는 억지로 끌려왔어요. 정말예요. 목에다 칼을 대고 끄는데 어떻게 해요. 정말예요. 믿어주세요. 저 옆방에 지영이 엄마도 잡혀 있어요. 물어보면 되잖아요."

여자가 능숙하게 나를 업고 넘어갔다. 그래도 나는 웃기만 했다. 티셔츠 사내가 문을 열고 나가 지영이 엄마라는 여자를 끌고 왔다.

지영 엄마라는 여자는 빨랫줄로 묶여 있었다. 입에는 재갈이 물려져서 죽는 시늉을 하고 있었다. 발가벗은 모습이 차라리 예술품 같기만 했다.

하느님, 두고 보셨죠?

박살을 낼 겁니다. 이 사기꾼들을 아주 치도곤 내서 다시는 이따위 짓을 못하게 할 겁니다. 그 정도는 이해하셔야 할 겁니다.

"형씨들 어느 연극단체 소속이냐?"
 내가 이렇게 물었다. 남편이란 작자가 칼을 치켜들고 악을 썼다. 나는 벌쭘거리며 웃었다.
"얼마 주랴? 돈은 얼마든지 있어, 임마. 느이 마누라 값 주고 델구 가면 될 거 아냐. 얼마 주면 돼?"
 내가 미리 치고 들어갔다. 잠깐 동안 녀석들은 어이가 없는지, 나를 노려보았다.
"이왕 버린 마누라, 델구 살 것도 아니잖아. 그러니 나 줘. 돈 주면 되잖아. 제삼자는 빠지고 남편 선생하고 마누라 선생하고 담판하자."
 내가 이렇게 또 채근하고 나섰다. 남편이란 작자가 그것만은 자존심이 허락지 않았는지 칼을 휘두르며 내게 돌진해 들어왔다.

제법 칼을 사용해 본 듯한 동작이었다. 그러나 칼을 내게 휘두르는 동작이 어쩐지 어색했다. 옆에 있던 사내가 완강하게 말리는 것이나 사내의 위협적 행동이 무엇을 뜻하는지 알 것 같았다.

"이러지 말고 말로 합시다."

나는 흥정에 응할 뜻을 비추기 위해 겁먹은 표정을 지어 보았다.

"말로? 너 칵 찔러버릴 테다!"

사내가 길길이 날뛰었다. 티셔츠 차림의 사내가 나를 잡고 목욕탕으로 들어가라는 눈치를 보였다.

목욕탕 문을 안에서 잠근 사내가 나를 벽에 세워놓고 의미 있게 웃었다.

"당신 이 근처 자주 들랑거려서 알겠지만 저 친구가 무서운 친구라구. 신사동 칼잡이라면 모르는 사람이 없을 정도지. 당신도 사낸데……. 딱하지만 어쩔 재간이 없잖은가."

"그래서 어쩌자는 겁니까? 저 여편네가 홀리는 데 안 따라갈 사내가 어디 있어요? 더구나 일본 여자라고 해서 안심하고 왔는데……. 이거야 원."

"그러니까 딱하다는 거 아닌가. 저 친구 인사불성이라 자네 까닥하다간 황천 간다니까."

"황천 가는 거야 무섭지 않지만 재미도 못 보고 이 꼬라지가 되니까 환장할 일 아닙니까."

"재수가 옴 붙은 거야. 저 여자가 바람피우는 거 같아서 그동안 애들을 풀어 감시를 시켰는데 당신이 걸린 거지. 지금 저 칼잡이 부하들이 호텔 아래서 기다린단 말야. 걔들은 이를 갈고 있어. 걸렸다가는 큰일 나. 그러니 저 친구를 구슬러서 여길 빠져나가야 돼."

"무슨 재주로 갑니까?"

"그러니까 타협하자는 거 아냐. 저 여자 어차피 이제 신세 망친 여자고 당신은 살아야잖아."

티셔츠 차림의 사내가 나를 구슬리는 동안 방에서는 사내의 고함 소리와 여자의 애원하는 소리가 귀에 거슬릴 만큼 들려오고 있었다. 여자는 얻어맞는지 비명 소리를 내고 있었다.

문이 열리고 사람이 들어오는 기색이 났다. 걸쭉한 목소리에 독기가 서려 있었다.

"형님, 그 자식 어디 있어요? 우리가 끌고 나가 없애버릴게요."

"그걸 그냥 뒀어요?"

"형수님, 우리가 그냥 둘 줄 아쇼?"

애들 목소리가 점점 험악해져 갔다.

"그 자식 저 안에 있어. 니들은 빠져. 내가 처치할 테니까."

사내가 애들을 달래고 있었다. 나는 바깥 동정을 살피면서 겁먹은 표정을 보였다.

"이거, 어쩌죠. 저 좀 어떻게 봐주세요."

내 목소리가 떨렸다. 일부러 떠는 목소리를 내려니까 잘되지 않았다.

"글쎄, 나도 이걸 어째야 하는지 모르겠지만……. 애들이 참을 리도 없고. 나 차암. 미치겠구만."

"그러지 말고 좀 봐주세요."

내가 이렇게 사정하고 있는 동안 목욕탕 문을 발길질로 걸어차는 소리가 요란했다.

"깜빵 가서 고생하지 말고 돈 좀 푹 내놔. 그 수밖에 없잖아. 어차피 저 친구들은 갈라설 거구……. 이런 꼴로 더 살지도 못할 거구 말야. 괜히 시끄러워서 신세 망치지 말구."

"얼마면 될까요?"

"얼마라기보단……. 얼마 내놓을 수 있겠어? 내가 한번 나서 볼게. 저 여편네 바람기 때문에 여럿 잡누만."

"그걸 내가 어떻게 정해요. 이런 꼴은 첨이라서."

"대충대충 맘 편히 먹고 내놔. 보아하니 궁하지도 않은 모양인데. 두어 장 내놔봐. 그거 가지고 될지 모르지만."

사내는 손가락 두 개를 내밀어 보였다. 이런 꾼들이 두 개를 얘기할 때는 이천만 원이란 뜻이었다.

"이백만 원요?"

내가 어리숙한 체하며 이렇게 반문했다.

"이게, 내가 농담하는 줄 알아?"

버럭 역정을 냈다. 나는 놀라는 표정을 감추지 않은 채 사내의 얼굴을 노려보았다.

"이천만 원 내란 말요?"

"그럼 이백만 원 가지고 공판 치려고 그랬나?"

"이백만 원이 동네 강아지 이름인 줄 알아요."

"어쭈. 이게 간덩이가 부었어."

연습으로 사는 거 113

"간덩이는 멀쩡하다구요. 바람난 여자 옷 벗는 거 구경하고 이천만 원 내라니 말이나 돼요?"

"너 지금 농담 따먹기 하는 거야?"

"농담을 어떻게 따먹어요?"

"이 새끼를 칵!"

티셔츠의 사내가 손을 치켜들었다. 밖에서는 계속 사내들이 험악하게 떠들고 있었다. 나갔다가는 당장 황천길로 갈 수밖에 없을 분위기였다.

웬만한 사내라면 이럴 경우 기절하고 싶을 일이었다. 꼼짝없는 함정 속에 남자를 몰아넣고 다그치는 데야 무슨 재주로 위기를 벗어날 수 있단 말인가.

"형씨, 이 손 놓으슈. 나두 태권도장에 놀러 다녀서 뼈 사릴 줄은 안다구요."

"허허, 이걸 그냥!"

티셔츠 차림의 사내가 껄끄럽게 웃었다. 내 말솜씨가 귀엽다는 투였다.

"이천만 원을 내느니 차라리 감옥살이하든지 어디 모가지가 부러지는 게 낫지. 나두 피땀 나게 모은 거라구요."

"너 정말 버틸 거야? 애들 불러줄까? 오늘 사람고기 구경하게 생겼구나."

또 한 번 손이 올라왔다. 나는 그의 손목을 잡고 말았다.

"나두 처자식 있는 놈요. 너무 까뭉기지 마슈."

"어허, 이게."

사내가 내 가슴을 쥐어박았다. 나는 그 순간에 사내의 목줄을 눌러 잡았다.

"너 한 번만 더 나한테 손 내밀면 손목을 못 쓰게 할 거다. 알았지?"

사내는 목줄이 죄어져 바둥거렸다. 나는 샤워기를 작동시켜 물살을 녀석에게 흠씬 뿌려 목욕통 속에 거꾸로 쑤셔 박았다.

"말해. 너두 떡치 부하지?"

사내가 고개를 끄덕였다.

"떡치가 시키더냐?"

사내는 고개를 드세게 흔들었다.

"저 녀석들도 떡치 부하지?"

"그, 그렇다."

"너 혓바닥이 반쪽이구나."

턱을 몇 번 올려붙였다. 사내가 앞으로 비틀거리며 넘어졌다.

"저 여자들하고 짠 거지?"

"그럴 리가 있소."

"칼잡이 마누라가 아니잖아."

"마누라, 맞소."

"이게 사람 비위 상하게 놀구 있어."

관절 두 개를 나란히 꺾인 사내가 숨 막히는 소리로 대꾸했다.

"우리가 뒤 봐주는 여자요."

"개자식들."

나는 사내를 변기 속에 거꾸로 집어넣어 물을 쏟아 먹였다.

목욕탕 문을 열고 나오자 사내들이 일제히 칼을 꼬나 잡았다. 물 먹은 티셔츠의 사내가 비척거리며 나와서 바닥에 주저앉았다.

"저 꼴 되기 싫으면 무릎을 꿇어라."

내가 이렇게 말하자 사내의 얼굴이 대번에 변색되었다.

"이 자식이 아직 뜨거운 맛을 못 봐서 그렇구나."

칼잡이는 무기를 믿고 큰소리치고 있었다.

"떡치가 그따위로 가르치더냐? 계집애 내세워서 벌어 처먹으라고."

나는 이렇게 말하고 칼잡이의 손목을 잡아 꺾었다. 칼이 방바닥에 떨어졌다. 다른 사내들이 일제히 공격 자세를 취했다.

"칼 버리지 않으면 손모가지를 못 쓰게 해놓겠다. 어서."

"어쭈, 저게 놀구 있네."

세 사내가 나를 포위하듯이 덤볐다. 두 녀석의 다리를 걸어 찼다. 나머지 한 녀석이 침대 위로 껑충 뛰어올라 섰다. 나는 시트를 힘껏 낚아챘다. 녀석이 비틀거리는 틈에 나는 턱을 걸어찼다.

"순순히 입을 열지 않으면 진짜 버르장머릴 고쳐주겠다. 내 말 명심해. 난 잔소리하기 싫은 성미니까."

다섯 명의 사내를 침대 위에 앉히고 두 여자를 바닥에 앉혔다.

"형씨, 떡치 형님 잘 아슈?"

칼잡이가 체념한 듯이 물었다. 나는 고개를 저어 보였다.

"소문은 들어서 안다만 쌍판대기가 어떤지 아직 한 번도 못 봤다."

"우리 신사적으로 끝냅시다. 없었던 걸로 칠 테니까."

티셔츠 사내가 건들거리며 말했다.

"지금부터 묻는 말만 대답해라. 잔소리하는 놈은 별 구경을 시킬 테니까."

눈앞에 불꽃이 튀게 주먹 세례를 하겠다는 암시였다.

"언제부터 저 계집애들과 장사했어?"

여자가 고개를 숙인 채 코웃음을 쳤다. 나는 여자 머리채를 잡아 방바닥에 굴렸다. 여자가 나뒹굴었다. 하얀 속살과 팬티가 음험한 여자 같지 않았다.

"이번 일은 없었던 걸로 합시다. 우리하고 친해져서 손해날 게 없을 거요. 떡치 형님이 알아서 대접해 줄 테니까 말요."

칼잡이가 기죽기 싫어서인지 고개를 빳빳이 세우고 말했다.

"또 지껄일 것 없나?"

"좋게좋게 합시다. 형씨 실력이면 우리 떡치 형님이 아끼실 거요. 우리 신사동 떡치파 소식 알 거 아뇨."

다른 사내가 칼잡이의 영향을 받은 듯이 거들었다.

"또……."

"우리도 형씨 같은 사람을 찾던 중입니다. 같이 손잡아봅시다. 나쁠 거 없잖소."

나는 침대 위로 뛰어오르며 녀석들을 차례로 올려붙였다.

으악, 억, 어크, 읍, 으으윽, 이이익.

사내들은 모두 비명을 지르며 나가떨어졌다. 꿈틀거리는 여자애들도 한 방씩 갈겼다.

"형씨 걔들은 건들지 마쇼. 떡치 형님이 그냥 있지 않을 거요."

칼잡이가 방바닥에 누운 채 역성들고 나섰다.

"넌 입이 성해서 아직도 지껄일 힘이 있구나."

사정 볼 것 없이 칼잡이를 두들겨 팼다. 워낙 다부지게 다루니까 침대 밑으로 기어 들어갔다.

"말하겠소. 하면 될 거 아뇨."

침대 밑에서 이런 소리가 튀어나왔다. 나는 녀석의 머리통을 한 번 더 걷어찼다.

"하면 될 거 아뇨."

침대 밑의 다급한 목소리가 계속 애원하고 있었다.

"몇 년 됐어?"

"한 삼 년 됐습니다."

"그동안 얼마나 벌었어? 몇 사람이나 잡았어?"

"우린 잘 몰라요. 일주일에 한두 명씩 그랬으니까요."

"그건 네가 대답해. 수틀리면 가랭이를 못 쓰게 할 테니까."

나는 여자에게 말했다. 여자가 눈을 크게 떴다. 그리고 눈을 내리깔았다. 나는 여자의 핸드백을 뺏었다.

핸드백 속엔 화장품과 손수건, 피임약과 수첩, 이상스런 기구들이 들어 있었다.
"바른대로 말해."
한 번 더 방바닥에다 내동댕이쳤다.
"나도 잘 몰라요. 그걸 어떻게 다 기억해요."
여자의 앙칼진 소리였다.
"그 돈 누구하고 나눠 먹느냐?"
"떡치 형님 드리니까 우린 잘 몰라요."
칼잡이가 침대 밑으로 고개를 내밀고 대답했다.

하느님, 저렇게 벌어먹고 사는 걸 나무라는 내가 잘못입니까? 다 들으셨으니까 아실 겁니다. 그렇게 걸려드는 사내가 보통 두 명 정도이고 그들에게서 갈취하는 돈이 평균 이백만 원은 된다고 합니다. 여자에 눈 뒤집힌 사내들은 그런 벌을 받아도 싸다고 생각하시는 건 아니겠죠.

세상에 어떤 사내가 그런 유혹에도 끄떡없이 살 수 있단 말입니까. 그런 미녀의 유혹, 더구나 일본 여자 행세를 기가 막히게 하거나 재미동포 행세를 그 정도로 해내는 여자의 유혹을 뿌리칠 사내가 어디 있단 말입니까.

그런 짓으로 벌어먹고 사는 부류들이 다 그렇다 칩시다. 뒤에서 그런 돈 알겨먹는 깡패들과 그 뒷바라지를 해주는 치들은 어떻게 해야 됩니까.

설마 하늘나라에도 그런 조직이 있는 건 아니겠죠.

들어보셔서 알 겁니다. 이 다섯 명의 사내와 두 명의 여자가 조잘조잘 털어놓은 것을 치부책에 써놓고 암기라도 하셔야 할 겁니다. 일주일에 평균 두 명의 사내를 낚아챘다면 일 년에 백여 명이 넘고 그들 말대로 삼 년이면 삼백여 명이 넘습니다. 많이는 기천만 원에서 적게는 백만 원까지 갈취해서 모두 유흥비로 탕진한 그 액수를 생각해 보세요.

하느님. 그들 떡치파 조직을 없앨 재간이 저에겐 없습니다. 두목을 잡아서 혼이나 내가 낼 테니 제가 칼이나 맞지 않게 해주십쇼. 워낙 떼거리가 많아서 저 혼자는 해치우기 벅찬 상대입니다. 그래서 떡치하고 몇몇 악머구리 같은 녀석들만 육체적 고통을 주겠습니다.

이따위 사건을 설마 치부책에 낱낱이 기록하지는 않겠죠.

하느님. 좀 봐주쇼. 높은 자리에 있을 때 말입니다.

나는 사내들을 족쳐서 떡치의 본거지를 쉽게 알아낼 수 있었다. 떡치는 H호텔 특실에서 오늘 밤 풋내기 가수를 끼고 잠들기로 결정되어 있다고 했다.

칼잡이는 떡치의 보디가드이기 때문에 떡치의 행선지를 소상히 알고 있었다.

"어떤 가수야?"

"나비라고 있잖아요. 요즘 '내 마음을 아세요'란 히트곡 부른 여가수 말입니다."

"그런 애가 왜 떡치하고 자?"

"이쪽 밤무대 나오려면 떡치 형님 승낙 없인 안 되잖아요."

"빌어먹을 자식."

나는 괜히 부아가 돋아났다. 밤무대 출연하기 위해서 그런 짓을 하는 여가수도 한심했지만 그렇게 몸 쓰고 나오는 여가수를 농락하는 떡치가 밉기도 했고, 다른 한편으로 부러웠던 것이다.

H호텔은 번화가 옆에 자리 잡고 있었다. 이미 통행금지 시간이 되어서 거기까지 가려면 뒷골목으로만 빠져나가야 될 것 같았다.

나는 다섯 명의 사내와 두 명의 여자를 목욕탕에 몰아넣고 시트를 찢어서 재갈을 물렸다. 그리고 손목을 뒤로 묶어서 적어도 일이십 분 고생을 해야 풀려날 수 있게 만들어놓고 나왔다.

H호텔로 들어서서 떡치를 찾아왔다고 하자 무슨 일이냐고 꼬치꼬치 캐물었다.

"떡치 형님이 빨리 들어오라고 해서 달려왔소? 몰래, 급히 오라는 걸 보면 무슨 일이 있는 모양이오."

나는 떡치의 심복부하처럼 거만하게 굴었다. 나비넥타이를 맨 사내가 삼층으로 나를 안내해 주고 내려갔다.

방문을 두드렸다. 인기척이 없었다. 나는 계속 두드렸다.
"누구냐!"
걸쭉한 소리가 들려왔다.
"형님. 급한 보고가 있어서 왔습니다. 칼잡이가 한남동 애들한테 끌려갔어요."

나는 목청껏 소리를 질렀다. 두런거리는 소리가 나고 문이 벌컥 열렸다. 나는 한 방 치고 들어갔다. 떡치는 팬티 바람에 방바닥으로 뒹굴었다.

불을 켰다. 침대 위에는 눈만 빼꼼히 내민 낯익은 얼굴이 보였다. 떡치를 걷어차며 시트를 잡아 내렸다. 성숙한 여체가 등을 보이며 일어났다.

나비, 텔레비전에서나 보았던 미녀가 거기 등을 보이고 있었다. 떡치가 몸 시늉을 하며 일어서려고 했다. 나는 다시 한 번 내리쳤다. 앞으로 고꾸라진 떡치가 발버둥치고 있었.

"얼굴 좀 보자."

나비를 돌려 앉혔다. 눈부신 육체였다. 나비는 고개를 숙였다. 나는 그의 얼굴을 바짝 세우고 따귀를 정신없이 갈겼다. 아마 두어 주일쯤 출연할 수 없을 것이다.

문이 열리고 사내들이 우르르 뛰어 들어왔다. 나비넥타이가 연락해서 쫓아온 친위대들인 것 같았다.

나는 들어서는 놈부터 사정없이 주먹을 뻗었다. 그리고 뒤미처 따라붙는 녀석들의 무기 때문에 할 수 없이 표창을 날리기 시작했다.

열두 명이나 되는 사내들이 호텔 특실에 길게 누워 있었다.

나는 엎드려 있는 떡치를 일으켜 세우고 코가 비뚤어질 만큼 마구 때려주었다. 떡치는 숨을 헐떡거리며 침대 모서리에 코를 박았다.

사내들이 뛰어오는 소리가 요란했다. 나는 긴장해서 표창을 꺼냈다. 문을 열고 들어선 사내들은 칼잡이 일행이었다.

"똑똑히 봐둬. 그리고 떡치 일어나거든 이따위 짓 계속하다간 명대로 못 살게 한다고 해."

나는 돌아 나오며 나비의 엉덩짝을 힘껏 걷어찼다. 나비가 떼구루루 굴렀다.

여름의 음모

 다혜의 절교선언은 내게 큰 충격을 안겨다 주었다. 한 번도 다혜와 헤어지게 될 거란 생각은 해본 적이 없었다. 우리의 만남이 보통 사람과는 다르기 때문이었다. 다혜는 내가 은주 누나네 집에 입주한 것에서부터 예민한 반응을 일으켰다. 쓸데없이 어렸을 때 은주 누나를 사랑했었다고 고백한 것이 화근인 것 같았다.
 "네가 그렇게 속 좁은 여잘 줄 몰랐어. 은주 누난 분명히 누나야. 그 이상은 없어."
 내가 답답해서 이렇게 말했다. 다혜는 별로 표정이 변하지 않았다.

"누가 뭐랬어? 이제 우리 그만 만나자는 거지. 찬이더러 그 여자하고 이상한 관계냐고 따진 거 아냐. 그런 건 내가 상관할 일도 아냐."

"그럼 갑자기 왜 헤어지자는 거야. 내가 뭘 어쨌다고 그래?"

"애 낳고 한집에서 살던 사람들도 싫으면 헤어지는 거야."

"내가 싫어서 이러는 거니?"

"좋은데 그럴까."

차가운 대답이었다. 나는 다혜의 이런 차가운 표정을 처음 보았다.

"내가 은주 누나네 집에서 나오면 되잖아."

"왜 나와? 그렇게 편한 곳에서 뭐하러 나와."

"장난하지 말고…… 내가 나오면 되잖아."

"나오고 안 나오고가 무슨 상관야."

"그럼 왜 그래. 무슨 불만이 있으면 얘기해 봐. 내가 다 들어줄 테니까."

"내가 그렇게 속없는 여잔 줄 알아? 치사하게 굴지 말고 깨끗이 헤어져."

표정이나 말투로 보아서 심상치 않았다. 나는 다혜가 크게 오해를 하고 있는 거라고 단정했다. 은주 누나가 과부라는 것과 내가 그 집에 입주한 것을 묶어서 나쁜 상상력을 발휘한 것만 같았다.

그리고 은주 누나를 만나기 전부터의 내 아리송한 행적에

여름의 음모 125

대해 믿음을 상실한 것 같기도 했다.

"난 하늘을 두고 맹세할 수 있어. 헤어져도 좋고 다시 안 만나도 좋아. 그러나 분명히 밝힐 건 밝혀야겠어. 은주 누나하곤 추호도 양심이 꺼릴 게 없어."

나는 정말 가슴을 열어 보이고 싶었다.

"이거 왜 이래. 누굴 바보로 알아? 나는 뭐 논 가운데 박힌 허수아비인 줄 알아?"

"그럼 말해 봐. 이유를 대봐."

"찬이가 그렇게 뻔뻔스러울 줄 몰랐어. 난 여태 그런 남잔 줄은 몰랐어."

아까보다 표정이 더 굳어졌다.

"다른 사람은 몰라도 나만은 완력으로 다루려고 하지 마."

다혜가 한 발짝 뒤로 물러섰다. 내 표정에서 그런 완력을 느낀 모양이었다.

"헤어져도 좋다. 사연이나 듣자."

나는 화가 치미는 걸 참고 이렇게 말했다.

"뻔뻔스러운 것도 정도가 있었으면 좋겠어. 말하라면 못 할 것도 없지."

"해봐."

"이거 놔."

"말해야 놓는다."

"웃겨. 내가 찬이 맘대로 되는 물건인 줄 알아?"

"잔소리 말고 말해."

"못할 거 없지."

"어서 해봐."

나는 다혜의 팔목을 움켜잡고 있었다. 죄 없는 은주 누나를 화냥기 있는 여자로 몰고가면 따귀라도 갈길 참이었다. 그리고 그런 누명만은 뒤집어쓰고 싶지 않았다. 다른 사람이라면 몰라도 다혜가 그렇게 소갈머리 없게 나오는 건 봐줄 마음이 없었다. 누구보다도 나를 잘 아는 여자였기 때문이었다.

"미나란 계집엘 모른다고는 않겠지?"

다혜 얼굴이 표독스러울 만큼 침착해졌다.

"알아. 우리 주임교수 딸……."

"교수 딸이란 걸 얘기하려는 게 아냐. 난 삼류 연속극 얘길 하는 거야. 우리나라 텔레비전 연속극 보면 으레 사내 하나에 여자 둘이 붙거나 여자 하나에 사내가 두어 명 붙는 거 몰라? 난 삼각관계 취미 없어. 더 얘기할 필요 없겠지."

다혜는 손목을 틀어서 빼고 또박거리며 걸어갔다. 나는 그 순간 힘이 빠지는 걸 알았다. 다혜를 붙잡을 힘이 없었다.

미나와 뜨겁게 끌어안고 입맞춤한 것이 그 순간에 떠올랐기 때문이었다. 지금까지 한 번도 그 뜨거운 입맞춤의 의미를 잊어본 적은 없었다. 그러나 그때의 상황을 설명할 방법은 떠오르지 않았다.

생명이 끝장나는 그 순간에 그 한 번의 입맞춤으로 나는 지하실에서 벌떡 일어나 밖으로 걸어나올 수 있었다. 죽음을 눈앞에 둔 처절한 순간, 일어날 힘조차 빼앗겨버린 폭행, 전신이 무감각하도록 매질을 당한 그 상황에서 미나의 입술, 그 뜨거운 입술은 나를 살려내는 마력을 지니고 있었다.

미나가 그렇게 뜨거운 열기로 내 입술을 끌어당겼을 때 내 어디에서 그런 질긴 힘이 솟구쳐 올랐는지 나는 지금도 알 수가 없었다. 미나의 입맞춤으로 나는 생명을 건져냈었다.

다혜한테 몇 번인가 그 얘기를 하려고 했었지만 차마 할 수가 없었다. 논리적으로 설명할 재주가 내겐 없었다.

그런데 다혜가 미나와의 일을 어찌 안단 말인가?

설마 미나가 다혜에게 그런 걸 고백했을 리는 없을 것이다. 그렇다면 다혜가 미나와의 일을 안다는 게 더 이상한 일이었다.

천국직행교 지하실에서의 뜨거운 입맞춤 뒤에 미나와 나는 두 번 만났다. 한 번은 병원에서였고 또 한 번은 퇴원하고 산에 들어가기 전날 저녁이었다.

병원에서는 미나의 식구들과 함께 만나서 어색한 분위기였지만 산에 들어가기 전날 저녁에는 미나가 특별히 나를 초청한 날이었다.

"오빠, 고마워요."

미나는 부끄러운 듯 고개를 숙이고 있었다. 나는 그녀의 생기 있는 입술을 쳐다보았다.

아버지를 닮았다면 크로마뇽인처럼 투박해야 마땅할 미나

의 입술이었지만 내 생명을 구해줄 만큼 소담한 매력이 들어 있는 것 같았다.

"오히려 내가 고맙다. 까딱했으면 지금 미나와 얘기도 못할 뻔했으니까. 미나 때문에 살아났으니까 말야."

"아녜요. 오빤, 괜히 나 때문에 죽을 고비까지 넘기고…… 그래서 인사나 하려고 나오라고 한 거예요."

우리는 어색한 만남이었다. 지하실에서의 그런 뜨거운 충돌이 없었다면 이렇게 어색하지는 않았을 것 같았다. 웬만해서 겸연쩍어하지 않는 나였지만 이 자리만은 그렇지 않았다. 자꾸만 그 뜨거운 입술과 혀의 감촉이 되살아나곤 했다.

어색한 시간과 침묵의 시간이 흘러갈수록 우리는 하고 싶은 말을 더 하지 못했다.

미나는 꽤 취해 있었다. 잘 마시지 못하는 맥주를 거푸 마셨기 때문이었다. 나는 취하고 싶었지만 더 말똥말똥하게 의식이 깨어 있었다. 붉어진 얼굴, 가빠지는 숨소리, 길게 내쉬는 한숨소리, 그리고 흐트러지는 자세, 그것이 미나의 술 취한 행동이었다.

"그만 일어나자. 우리 그런 건 몽땅 잊어버리자. 그건 젊은 시절에 한 번쯤 해프닝을 벌였었던 걸로 치부해 버리자. 자, 그만 일어나. 늦었어. 내가 바래다줄게."

미나는 일어나지 않았다. 못다 한 말이 남아 있는 것 같았다. 사실 나도 그녀에게 할 말이 없는 건 아니었다.

좀 더 솔직하게 말하라면 그녀와 다시 한 번 뜨겁게 충돌하고 싶었다. 내가 미나와 뜨겁게 부딪치고 싶은 것도 사실이었다.

"조금 더 있다 가요, 오빠. 나 어지러워서 그래요."

그녀가 주임교수의 딸이 아니었거나 내가 다혜를 사랑하고 있지 않았다면 그날 밤 나는 그녀를 훔쳤을지 모른다. 가슴속에서는 그런 욕망의 끈이 자꾸 나를 붙잡고 늘어졌다. 나는 그 두 가지의 제약 때문에 욕망을 겨우 달랠 수 있었다.

"늦었어. 집에서 기다리겠다."

"늦게 들어간다고 얘기하고 나와서 괜찮아요."

눈빛에 말할 수 없이 절절한 애원이 담겨져 있었다. 다혜보다 훨씬 성적 매력이 돋보이는 자태였다.

흔히 세상 사람들은 여자의 매력을 건강이나 지성, 얼굴의 생김새나 정신 따위라고 말했다. 물론 누구든지 나한테 여자의 매력을 물으면 그런 거라고 대답할 것이다.

그러나 내 본심은 그렇지 않았다. 매력 있는 여자를 제일 먼저 손꼽으라면 내 말을 잘 듣는 여자라고 대답할 것이고 그다음에 꼽는 것은 성적 매력이라고 자신 있게 대답하고 싶었다.

그리고 세속적으로 매력 있는 여자를 지칭하는 건강, 용모, 지성 따위는 그다음 순서라고 말하고 싶었다.

확실히 여자의 매력은 성적 매력으로부터 출발하는 것 같았다. 도덕으로 무장한 가면 쓴 인간들이 하기 좋은 말로 어쩌구 떠드는 게 나는 가소로워 못 견디었다.

하느님. 인간의 마음속을 훤히 들여다볼 수 있는 특수 촬영기나 안경 같은 게 없을까요?

사람 마음 참 알다가도 모르겠습니다. 마음속에 있는 본심을 숨긴 채 도덕이나 윤리 같은 걸로 무장하고 사는 거야 인간사의 혼란을 막는 것이니까 이해한다 하더라도 주둥아리는 그렇게 놀리고 행동은 본심대로 해치우는 족속들이 너무나 많은 것 같습니다.

하느님. 그런 안경 하나 만들어서 보내주실 의향이 없으십니까?

그렇게 되면 진짜와 가짜를 구별하는 아름다운 땅이 될 텐데 말입니다. 하느님이 굳이 천당이나 지옥 같은 무기로 사람들을 다스리는 것보다 그 편이 훨씬 다스리기 쉬울 겁니다.

미나는 비틀거리며 일어섰다. 내가 미나의 손을 잡았다. 미나는 내 손목을 잡고 의자에 앉았다.

"왜 이래?"

"오빠, 할 얘기가 있어. 나 취했어. 취했다고 하는 소리가 아냐. 꼭 하고 싶은 얘기가 있어."

"해봐."

"나, 오빠 좋아해도 돼?"

가슴 끝이 찌르르 했다. 뒤통수를 한 대 얻어맞은 기분이기도 했다.

"그게 무슨 소리야?"

"난 내 마음을 속이고 싶지 않아. 난…… 오빨 좋아해."

목소리가 깊숙하게 가라앉았다.

"알아, 안다니까. 그러나……."

"다혜 때문에 그러는 거야?"

"아냐, 그런 건 아니지만."

내 목소리가 약간 떨렸다. 나는 그 순간에 다혜보다 미나를 선택하는 것이 훨씬 심정적으로 편하다는 생각을 어째서 했는지 모를 일이었다. 그러나 나는 다혜를 놓을 수 없다는 가슴 밑바닥의 소리를 들었다.

"그럼 내가 싫어서?"

취한 목소리치곤 너무 엄숙한 표정이었다. 나는 그녀에게 잡힌 팔목이 행복해지는 걸 느꼈다.

"싫다기보다는…… 우린 그런 사이가 아녔잖아. 우린……."

내 말이 채 끝나기도 전에 미나는 내 입술을 손으로 막았다.

"내 입술은, 태어나서 처음으로 오빠한테 준 거야. 난 오빨 사랑해. 내 생명의 은인이라서 그런 게 아냐."

"알아, 안다니까 그래."

"그럼 날 가져. 오빠 거야, 난 오빠 거야."

"너 취했구나. 일어나. 어서!"

가슴속에서는 당기고 겉으로는 거부하는 내 이중성을 그 순간에 깨닫고 있었다. 나 자신을 내가 이해할 수 없었다. 그녀를 갖고 싶었다. 내가 한마디만 하면 오늘 밤 그녀를 조용히 가질 수 있을 것 같았다. 다혜처럼 훔칠 궁리를 할 것까지는 없었다.

"취한 게 아냐. 오빠, 난 취하지 않았어. 내 입술을 처음 줬기 때문야."

"그건…… 무슨 말인가 알지만…… 그러니까, 우리 이렇게 하자. 오늘은 일단 돌아가고 맑은 정신으로."

"오빠 치사해."

"그런 게 아니래두 그래."

"다혜를 그렇게 사랑해?"

"그건 아니지만."

"그럼 뭐가 두려워. 두려울 거 없잖아. 오빤 남자잖아?"

"아무것도 두려운 건 없어."

"그럼 날 다 가져버려. 오빠한테 다 주고 싶어."

"제발 정신 차려."

"난 멀쩡해."

나는 어째서 다혜를 사랑하는 게 아니라고 발뺌을 하는지 알 수가 없었다. 그녀에게 욕심이 남아 있어서 그런다는 걸 나는 알고 있었다. 사실 나는 그녀를 갖고 싶었다. 아주 쉽게 갖고 싶었다. 다혜처럼 드세게 나오지도 않을 것 같았고 그렇게 훔치려고 몸부림을 치지 않아도 될 것 같았다.

나는 다혜를 데리고 바닷가로 가기 위해 하숙비를 모아놓고 있었다. 언제부터인가 다혜는 여름의 바닷가에 가서 내가 해주는 밥을 먹고 싶어 했다. 나는 그런 다혜에게 올 여름엔 동해안과 설악산 일대를 안내해 주겠다고 약속했었다.

밤바다가 보이는 언덕 위에 텐트를 치고 나는 파도 소리 따라 다혜의 가슴을 요동치게 할 셈이었다.

그리고 다혜를 훔칠 생각이었다. 여자에게 분위기만 만들어주면 쉽게 넘어가는 거라고 믿고 있었다.

우리는 아직 한 번도 한방에서 단둘이 자본 적이 없었다. 평소에 내가 그녀를 갖고 싶어도 그녀는 냉정하게 거절을 했지만 한 텐트 안에서 자게 되면, 어쩌면 생각보다 쉽게 그녀를 소유할 수 있을 것 같았다.

나는 그녀를 훔칠 생각이었다. 그래서 못된 생각까지 품고 있었다. 음료수에 묘한 약이라도 타서 그녀를 내 것으로 만들고 싶었다.

"오빠, 나 처녀야. 날 가져봐."

미나가 내 가슴에 안겨왔다. 미나의 심장 소리가 드세게 울려왔다. 나는 미나를 밀어냈다.

"솔직하게 얘기할게. 솔직하게."

미나가 고개를 들고 나를 쳐다보았다.

"널 좋아하고 싶어. 그런데 내겐 다혜가 있어. 다혜는 나를 사랑해."

미나는 고개를 숙였다.

"알고 있었어. 알고 있었단 말야. 그렇지만 계약된 건 아니잖아? 그렇지!"

"사랑하는데 무슨 계약."

"그러니까 하는 소리야. 난 뺏을 거야, 오빨 뺏을 거야."

"미나야, 이러지 마. 정신 좀 차려봐."

미나는 힘없이 주저앉았다. 그녀의 눈빛은 묘하게 일그러졌다. 불꽃이라도 일 것 같았다. 우리는 그렇게 반 시간이 넘도록 입씨름을 하고 있었다. 나는 미나를 어떻게 할 수가 없었다.

"오빠, 그럼 좋아. 내 소원 하나 들어줄래?"

"그래. 무엇이든지."

나는 쾌히 들어주겠다는 약속을 했다.

"손가락 걸어."

미나는 새끼손가락을 내밀었다. 나도 손가락을 내밀었다.

"약속한 거다."

"그래."

"키스해 줘."

미나가 눈을 감고 말했다. 나는 망설인 채 앉아 있었다.

"첨엔 내가 했어. 되돌려 받아야 돼. 그렇지 않으면 난 갈 수 없어."

미나는 눈을 감은 그대로 이렇게 말했다. 나는 그 순간 그녀의 명령을 거역할 수 없다고 생각했다.

입술을 대었다.

미나는 두 팔로 나를 안았다. 그리고 뜨거운 입김을 뿜어냈다. 열기였다. 화상을 입을 것 같은 열정이 숨겨져 있었다. 나도 그녀를 끌어안았다. 그렇게 달콤할 수가 없었다.

미나는 뒤도 안 돌아보고 택시를 탔다. 나는 하늘을 올려다보았다. 어두운 하늘 한 자락을 물고 서 있는 초승달이 얼굴을 내밀고 있었다.

나는 뛰어가서 다혜의 팔을 잡았다.
"다 얘기할게. 얘기할 테니까 이리 와."
"듣고 싶지 않아. 이젠 끝난 거야. 이거 놔. 창피하게 왜 이래?"
"변명이라도 하자. 사실을 알고 이래야 할 거 아냐?"
"알고 싶지 않아. 그리고 두 번 다시 연락할 생각 마. 이건 이제 필요 없겠지."

다혜는 내게 설악산행 관광버스 예약표를 내밀었다. 내 음모와 그녀의 음모가 도사리고 있던 버스표 두 장이었다.

"너, 정말 이럴 거야? 이유나 알고 헤어지든 갈라서든 해야 거 아냐."

나는 염치없이 다혜를 끌어당겼다. 사람들이 우리를 힐끗힐끗 쳐다보고 있었다.

"창피하게 이러지 마. 사내답게 굴어."

다혜는 내 손을 뿌리치고 달려오는 택시를 세웠다. 문소리가 나고 그녀는 떠나갔다.

나는 그 자리에 멍청하게 서 있었다.

여름의 음모가 무너지는 걸 나는 깨닫고 있었다. 다혜를 훔칠 기회를 나는 또 한 번 잃어버렸다.

아니, 어쩌면 다혜의 완강한 의사가 우리들의 연결고리를 끊어버리는 결과까지 몰고 가게 될지도 모른다. 몇 번 전화를 걸었지만 다혜는 끝내 전화를 받지 않았다.

"성질이 못돼먹어서 그래요. 금방 괜찮아지니까 걱정 마요. 아침에 외갓집에 간다고 나갔으니까 며칠 있으면 올 거예요."

다혜 어머니는 이런 식으로 나를 달래주었다.

"글쎄요. 별거 아닌데 토라져서……."

"그럴 거예요. 좋아할 땐 싸우기도 하고 토라지기도 하는 거예요. 싫어봐요, 왜 싸우고 토라지고 그래요."

서글서글한 다혜 어머니의 목소리에서 나는 자신감 같은 걸 얻었다. 그러나 다혜 어머니의 싸운다는 표현은 어떻든 싫었다.

나는 여자하고 싸운다는 생각은 한 번도 한 적이 없었다. 싸움이란 마음속으로라도 상대가 될 거라는 가정이 있어야만 가능한 낱말이기 때문이었다.

전화를 끊고 돌아서서 나는 설악산행 차표 두 장을 어떻게 처리할까 궁리해 보았다. 좋은 생각이 떠오르지 않았다. 다혜를 외갓집까지 찾아가 끌고 올 수도 없었고, 그렇다고 표 두 장과 여관비를 손해 볼 수도 없었다.

미나를 생각해 보았다.

내 가슴이 용납하지 않았다. 미나를 생각한다는 건 그녀를 농락하겠다는 결심밖에 안 되었다.

다혜 어머니가 일러준 대로 시외전화를 걸었다. 다혜가 전화를 받고는 시큰둥하게 말했다.

"왜 걸었어?"

"변명이라도 할 여유를 달라고."

"듣고 싶지 않아."

"어디서 어떻게 해서 그런 오해가 생겼는지 알고 그만 만나든 때려치우든 해야 할 거 아냐?"

"무릎맞춤하고 싶거든 미나란 애한테 가봐."

"미나? 미나가 그러든?"

"왜 놀라실까?"

"미나가 뭐라고 그랬는데 그래?"

"당사자가 모르면 누가 알아. 전화비 많이 나오니까 그만 끊어."

"다혜, 왜 이래? 내 말 들어보지도 않고 이럴 거야."

"빤한 거 아냐. 나는 아무 죄도 없다, 미나가 그런 거다, 사실은 그렇지 않다, 뭐 그런 거잖아."

"그런 거야, 내 얘길 듣고 나서 결정할 문제라고 생각한다. 다혜만은 보통 계집애들처럼 그러지 않길 바란다. 내 얘기 알겠어?"

"알고 싶지 않아. 이젠 끝난 거야. 전화 끊겠어. 이런 것 다시는 하지 마."

다혜는 전화를 끊으려고 했다.

"잠깐!"

나는 급한 대로 전화 끊는 것을 막고 잠시 정리해 보았다.

"앞뒤 얘길 다 들으면 후회하게 돼. 그러니 내 얘길 끝까지 듣고……."

"후회하지 않겠어."

매몰찬 한마디였다.

"다혜, 너 정말……."

"분명히 얘기하지만 난 후회하지 않아. 찬이 하고 싶은 대로 해봐. 날 겁주려고 하지 마. 나한텐 안 통해."

"정말 너 이렇게 나올 거야!"

나는 전화통에 대고 소리를 질렀다.

"여자라고 깔보고 이러지 마."

"널 후회하게 만들 거다."

"좋도록 해봐."

다혜는 전화를 끊었다. 나는 화가 삭지 않은 채 전화기 옆에 벌렁 누웠다. 은주 누나가 깔깔거리며 웃었다.

"좋은 때다. 나도 사랑 쌈이나 했으면 좋겠다."

"누나, 남 약 올라 미치겠는데 웃기만 할 거야?"

"너답지 않게 사랑 쌈 하니까 그렇지. 여잘 하나 휘어잡지 못하고 질질 끌려다니고 그래. 여자란 그저 우지끈 뚝딱 꺾어놓고 보는 거야."

"누나도 그렇게 된 거 아냐?"

"나도 그렇다, 머."

"이젠 다 글렀어. 그게 아예 전화도 안 받으니……."

"널 무지무지하게 사랑하나 부다. 우리 집에 있는 것부터 싫어할 정도라면 말이다. 너, 혹시 미나란 애하고 무슨 일 있었던 거 아냐?"

"차암. 누나까지 이럴 거야."

"사내 녀석을 어떻게 믿어."

"안 믿어두 할 수 없지. 바람난 수캐라도 할 수 없고."

"그나저나 내일 떠날 준비나 해둬라. 표를 썩일 순 없잖아. 너희들 말처럼 현지조달을 하든지 차관을 얻든지 해얄 거 아냐. 그렇게 맘 상해하지 말고 훌쩍 갔다 와."

"차라리 그럴까 봐."

은주 누나는 밤늦도록 밑반찬이며 조미료 따위를 챙겨주었다. 나는 간단히 배낭을 챙겨놓고 마음 맞을 만한 녀석들을 주욱 연락해 보았다. 한 녀석도 집에 붙어 있는 녀석이 없었다. 모두 바닷가나 산으로 도망간 뒤였다.

"빌어먹을 놈들. 한 놈도 없어."

내가 투덜거리자 누나는 혀를 찼다.

"불황 불황 하지만 놀러가는 데만은 불황이 없는 거란다. 여름에 바캉스 안 갔다 오면 조상모독죄에라도 걸리는 줄 아는 거란다. 너두 마찬가지지만 말이다. 다혜한테 미쳐가지고 다른 친구들 다 떠나도록 그러고 있었잖아. 혼자 갔다 와."

"누가 아니래. 약 올라 죽겠잖아."

머리속에 스치는 얼굴이 있었다. 명식(明植)이었다.

한 번도 내게 반말을 해보지 않는 우리 과의 장학생이었다. 어려서부터 소아마비 때문에 거동이 불편해서 침울한 성격이었다. 명식이와는 꽤 친하게 지냈지만 어울려 다니지는 않았다. 명식이 쪽에서 피하는 눈치가 역력했기 때문이었다.

"누나, 갈 애가 하나 있는데 누나가 뒷돈 좀 두둑하게 줄 수 있어?"

"누구하고 가는지 말해 봐."

"명식이라고 있잖아. 우리 모였을 때 노래 젤 잘 부르던 녀석 말야."

"다리…… 소아마비 앓았다는 애?"

"그 녀석은 어디 안 갔을 거야. 공부만 해대는 녀석이니까."

"네가 어떻게 걔 생각을 다 했니. 걔하고 간다면 내가 뒷돈 아니라 장빚이라도 얻어줄게."

나는 명식이가 내 뜻에 응해줄지 그게 걱정이었다. 일학년 때부터 지금까지 한 번도 여행이나 답사길에 따라나선 적이 없었다. 가정형편도 좋은 편이 아니었지만 자격지심 때문에 늘 빠지곤 했었다.

명식이는 가정교사를 할 수 없게 된 뒤부터 더 형편없는 생활을 하고 있었다.

여유 있는 과 친구 집에서 친구 동생들 공부 뒷바라지를 하며 겨우 숙식을 해결하고 있는 형편이었다. 건강한 사내라면 일자리가 나서겠지만 명식이는 그런 자리가 나서도 갈 수 없었다.

"아예 짐 싸가지고 우리 집으로 오라고 할까?"

누나가 명식이의 사정을 알고 있었기 때문에 이런 말을 꺼냈다.

"과외했다고 소문나면 어쩌고."

"그게 무슨 상관이니? 동생 친구 그냥 와 있는 게 뭐가 나빠. 그러다 심심하거나 쉴 때 공부도 가르칠 수 있고…… 아무 조건 없이 받으면 되잖아. 그냥 말야."

"정말야?"

"내가 언제 거짓말하든?"

"누나! 정말 고마워."

은주 누나와 나는 죽이 맞는 편이었지만 이번 결정만큼 신나게 맞는 일은 없었다.

"나 충찬이오. 할 얘기가 있어서 전화했습니다."

내가 먼저 말문을 열었다.

"이 형, 나하고 같이 있읍시다. 우리 누나집 말요. 아무 부담 없이 와서 공부나 합시다. 우리 누나가 먼저 제안한 거고……
우리 누나 지난번에 왔을 때 봤지요."

 나는 앞뒤 사정을 죄 얘기하고 우리 집에 같이 있자고 했다.

 "나야 더 말할 나위 없이 좋지만…… 누님께도 미안하고 총찬 씨한테도 그렇고……."

 선뜻 응답을 할 수 없는 명식이의 마음씨를 나는 알 것 같았다.

 누나와 나는 번갈아가며 전화를 바꿨다. 명식이는 그러겠다고 했다.

 "한 가지 더 부탁합시다. 내일 아침 차로 설악산엘 가려고 하는데 이 형이 동행 좀 합시다. 빈몸으로 가기만 하면 돼요. 준비는 다 됐으니까. 다른 뜻은 없고 한집 살 사람끼리니까 배를 맞추자는 거요. 마침 다혜하고 가려고 표도 두 장 준비했었는데 그만 실연도 당하고 해서……. 이 형이 위로도 좀 해주쇼."

 "나랑 가면 불편할 텐데 괜찮습니까?"

 "그런 생각 말고 갑시다. 편하자고 떠나는 게 아니고 같이 고생하러 가자는 거니까요."

 "그래도……."

 "실연당한 사람 위로해 주지 않을 거요?"

 명식이는 한참 만에 같이 출발하겠다는 뜻을 표명했다.

 "새벽에 짐 싸가지고 일루 오쇼. 여기서 아침 먹고 같이 떠납시다."

우리는 통하는 데가 있을 것 같았다. 명식이가 한집에 살게 되면 내게도 큰 도움이 될 것 같았다.

"네 옆방 한 칸 내줄 테니까 걱정 마."

누나는 내 옆방을 가리켰다.

"신세 갚는 날까지만 살아 있어."

"알았다."

명식이가 편하게 공부할 수 있는 것은 마음이 편했지만 다혜와의 일이 해결되지 않은 것은 마음이 찜찜했다. 영 잠들 것 같지 않았다.

미나가 다혜를 찾아가 무슨 얘기를 한 것만은 사실인 것 같았다.

그렇다고 미나를 불러내서 따질 수는 없었다. 자존심을 팽개치고 내게 고백한 그 용기를 나는 보호해 줄 필요가 있었다. 나를 사랑한다는 건 내게도 그녀를 보호할 책임이 있다는 뜻이 포함된 것이기 때문이었다.

미나는 다혜에게 나를 사랑한다고, 죽음의 구렁텅이에서 한 번씩 서로 구해준 인연과 뜨겁고 긴 입맞춤, 고백과 또 뜨거운 입맞춤 따위를 서슴없이 얘기했을 것이다. 그러고는 다혜에게 물러나줄 것을 간청했겠지.

다혜가 뭐라고 대답했을까?

다혜는 만만찮은 여자였다. 뭐라고 대답했을지 알 수가 없었다.

헤어지겠다고 약속하고서 저렇게 강경해진 걸까? 아니면 헤어질 수 없다고 버티고선 약이 올라 저러는 걸가? 언젠가는 알게 되겠지.

하느님.
아무리 그래도 소용없어요.
다혜는 내가 도장 꽉 찍은 여자예요. 내가 한번 도장을 찍으면 무슨 수를 써서라도 차지하고 맙니다. 나는 살아 있는 동안 내가 해치우고 싶은 대로 해치울 겁니다. 난 결코 시시하게 살다 신문에 부고 따위나 내고 죽진 않을 겁니다.
신문마다 며칠씩 내 죽음에 대한 얘기를 쓰게 할 참입니다.

세종문화회관 앞까지 도착한 명식이와 나는 힘들게 마련한 관광버스 표와 숙박예약권을 놓고 나온 것을 알았다.
"니기미……."
나는 명식을 내려놓고 다시 택시에 탔다.
"짐을 싣고 무조건 버텨. 출발해 버리면 뒤차로 꼭 갈 테니까 걱정 말고 우격다짐으로 타라구. 이십 분이면 돼. 십오 분 후면 출발한다고 발광할 테니까 오 분 동안만 버텨."
내가 택시에 올라타며 소리 질렀다.
"까짓 거, 해볼게."
명식이는 소리쳤다.
택시는 무섭게 달렸다. 기사는 내 실수를 속력으로 감싸고 있었다. 나는 택시비를 두 곱쯤 주겠다고 마음속으로 약속을 했다.

누나는 멍청한 나를 눈 흘기며 쳐다보았다.

"다혜, 그 기집애 땜에 정신 뺏겨서 그런 거야 머."

"누군 사랑 안 해본 줄 아니?"

"알았어. 갈게."

택시는 왔던 길로 무섭게 질주하기 시작했다. 나는 시계를 보고 지금쯤 명식이가 악을 쓰고 있을 거란 생각을 했다.

택시가 세종문화회관 옆으로 꺾어 돌았다. 시계를 보니 오 분이 넘은 시간이었다.

"저 사람, 친구 아닙니까?"

기사가 손가락으로 여행사 버스 앞쪽을 가리켰다. 명식이가 맞았다. 명식이는 배낭을 멘 채 버스 앞에 앉아 있었다.

내가 뛰어가자 명식이는 씨익 웃었다. 여행사 사람들과 운전 기사들이 죽 둘러서서 혀를 끌끌 차고 있었다.

"성공시켰지."

명식이가 바지를 털고 일어나며 한 말이었다.

"세상에, 저런 친구 첨일세."

여행사 사람이 이렇게 말했다.

"당신들 땜에 출발도 못했잖소. 저 친구는 막무가내로 버스 앞에 누워버리고…… 내 기가 막혀서 말이 안 나오네. 살다 보니 별꼴 다 본다니까."

상황을 자세히 들을 필요도 없었다. 차가 시간이 되어 출발하려고 하자 명식이가 무조건 버스 앞에 누워버렸고 말리는 사람들이 지쳐서 구경하고 있던 참이었다.

출발시간 전에라도 손님이 다 차면 당겨서 출발할 수 있는 일인데 명식이는 한사코 버스 앞에 누워서 버티더란 거였다.

나는 표를 내밀고 몇 번이고 미안하단 말을 했다. 여행사 직원들과 운전기사들도 따라서 웃고 말았다.

"적당히 해두고 보내지 그랬어. 우린 고속버스 타고 가도 되는 거니까."

내가 녀석의 마음을 떠보기 위해 슬쩍 이렇게 말을 걸었다.

"나도 사내다. 한번 약속한 건 지키는 놈이다. 너 정말 그런 생각이라면 지금이라도 내릴란다."

명식이는 정색을 해가지고 이렇게 말했다.

"아냐, 해본 소리야. 기분 좋아서 한 말이라구."

"그럼 그렇지."

우리가 자리 잡자마자 관광버스는 출발했다. 명식이는 제2호차의 명물이 되어 있어서 쳐다보는 사람이 많았다. 운전기사도 명식이와 같은 독종을 이십오 년 기사생활 동안 처음이라고 혀를 내둘렀다.

"이놈의 차 어째서 냉방이 안 되는 거요?"

명식이가 서울을 벗어나자 안내원에게 물었다.

"미안해요. 고장이 났어요."

"하필 왜 오늘사 고장이 나는 거요?"

"모르겠어요."

"모르다니 말이나 돼요? 자동차 여덟 대가 몽땅 고장 나는 무슨 이유라도 있습니까?"

명식이는 차표 위에 써 있는 냉방 버스 운행이라는 글자를 가리키며 따져 물었다. 안내원은 미안하다는 말밖에 하지 않았다.

"내가 못 가게 한 건 미안한 일이고 이놈의 차가 사기친 것은 잘못된 일이다. 그러니 악착같이 따져야겠다."

명식이는 내가 미안해서 말리고 나서자 이렇게 옹골차게 말했다.

"사실은 고장 난 게 아니라 냉방장치를 회사에서 못 쓰게 합니다."

운전기사는 냉방장치 가동으로 생기는 경비를 줄이기 위해서 그러는 모양이라고 설명해 주었다.

"그런데 어째서 고장 났다고 합니까?"

"그 편이 말하기 편해서 그런 겁니다."

"이런 찜통차를 타고 가는 손님들 생각은 않고 저희들 돈 벌 궁리만 한다는 게 말이나 됩니까? 여행 갔다 와서 분명히 고발하겠습니다. 아까 제가 차 못 떠나게 한 것하곤 별개의 것입니다. 아깐 정말 미안했습니다."

"그거야 손님 맘대로 하세요."

기사의 대답이었다. 여름철의 관광버스라는 게 거의 모두 그 지경이란 걸 승객들은 알고 있으면서 이듬해 또 탈 수밖에 없는 것은 목적지까지 편리하게 태워다 준다는 것밖에 없다. 수요가 넘치면 공급자는 언제나 행패가 심한 것이 우리나라의 도덕인지도 모른다.

찜통차.
그렇게 표현할 수밖에 없는 관광버스는 낡고 칠이 벗겨지고 더러웠다. 냄새가 나고 불편한 것이야 늘상 겪는 일이지만 사고 예방도 마찬가지로 허술할 거란 생각을 하면 온몸이 근질거릴 일이었다.

우리의 기분을 좀 가라앉힌 것은 고속도로를 타고 달리는 게 아니라 팔당과 인제와 한계령을 잇는 산악으로 차가 달린다는 사실을 알게 된 뒤였다. 관광버스가 아니고선 그런 길을 굳이 달리려고 하지 않을 일이었다.

산악과 물굽이를 도는 아슬아슬한 버스의 행렬은 끊임없이 계속되고 있었다.

70년대 후반에 만들어진 산악길은 군인들의 피땀으로 얼룩져 만들어진 길이었다. 수없이 돈을 투자한 고속도로가 엉망진창인 것에 비하면 그 험산준령을 그렇게 정교하고 깨끗하게 다듬을 수 있다는 게 신기해 보였다.

설악산의 기암절벽을 타고 올라가는 버스에서 우리는 관광회사에 대한 불만을 아주 잊어버리기로 마음먹었다.

우리나라 최고의 도시라고 큰소리치는 서울의 다리에 구멍이 나고 아스팔트 길바닥은 옛날 거지의 옷처럼 누더기가 되어 있는 현실에 비추어 그 험난한 산악의 아스팔트를 보면 뭔가 잘못된 도시행정을 읽을 수 있는 것 같았다.

현대의 거지는 그런 누더기를 입지 않는다. 그런데 도시 행정만은 어째서 아직도 거렁뱅이의 누더기 꼴인지 모르겠다.

어떤 늙은이가 병사는 죽어서 말한다고 헛소리를 했었다. 병사는 살아서 말하는 것이지 죽어서 말하는 게 아니다.

한계령 산악길을 지친 듯 기어오르는 버스의 차창에 매달려 우리는 모두 감탄만 하고 있었다.

금강산에 비기면 욕먹는다는 설악의 정경 앞에 나는 갑자기 금강산 구경을 하고 싶었다. 아니 내 배짱대로라면 금강산에서 텐트를 치고 야영을 한 뒤에 백두산과 압록, 두만강에서도 텐트를 치고 싶었다.

한계령 위에서 차가 멎었다. 백팔계단 위에 올라가 목청 터져라 소리를 질렀다. 메아리가 길게 여음을 몰고 내리꽂혔다.

물 한 모금을 입에 물고 명식이와 나는 물싸움을 했다. 명식이는 뒤뚱거리는 걸음으로 잘도 쫓아다녔다.

"야, 사진 한 방 박자."

명식이가 카메라를 꺼내 들었다. 우리는 십수 년 전에나 유행했을 그런 어색하고 경직된 자세로 한계령 정상에 서서 승객 가운데 젊은 사람한테 부탁해서 사진을 찍었다.

사진 찍어주던 승객도 우리의 촌스런 자세에 웃고 말았다.

"돈 왕창 벌어서 이놈의 설악산 사버리자."

명식이는 이런 여행이 처음이라는 표시가 났지만 나는 그런 명식이의 말투가 좋았다.

"팔까?"

내가 익살스럽게 물었다.

"안 팔면 접수해 버리는 거야."

"거, 좋고좋고."

"사실 난 이런 데가 첨이다. 이 더러운 놈의 다리 때문에 미치게 가보고 싶어도 참을 수밖에 없었지. 이제부터 한쪽 다리마저 없어지더라도 돌아다닐 거다."

명식이는 흥분해 있었다. 우리는 겨우 오늘 아침부터 말을 터놓는 사이였지만 마치 어릴 때부터 친했던 것처럼 부담 없이 얘길 나눌 수 있었다. 우린 그만큼 배가 맞았다.

"너 돈 충분해?"

명식이가 물었다.

"억수로 써도 돼. 누나한테 보내달라면 되니까."

"그게 아니고 저놈의 옥수수 좀 먹어도 되느냐 말이다."

김이 무럭무럭 피어오르는 옥수수가 마당 한가운데 쌓여 있었다. 동네 아주머니인 듯싶은 사람이 철푸덕이 주저앉아서 어린애 젖을 빨리고 있었다.

"통째 다 사도 돼."

내가 기분 좋게 말했다. 명식이는 내게서 만 원짜리 한 장을 뺏어 가더니 옥수수 두 개를 사들고 왔다.

"임마, 겨우 두 개 사면서……."

"맛있는 건 조금, 모자란 듯 사는 걸 알아야지."

옥수수는 그 특유의 은근한 맛을 냈다. 출출할 시간이어서 그런지 맛이 좋았다.

"야, 법으로 옥수수를 이렇게 맛있게 할 수 없냐?"

명식이의 익살이었다. 법대생다운 농담이었다.

"옥수수 맛 하나 어찌지 못하는 놈의 법을 우린 지겹게 배우고 있으니 원."

"누가 아니래. 인류 최초로 법 만든 녀석이 누구더라? 그 녀석 그때부터 지금까지 하느님한테 죽어라 하고 매일 볼기짝 맞고 있을 거야."

"맞아 죽어도 싸지."

우리는 휴식시간이 끝나고 다시 차에 올라 탔다. 내버려두면 아까 출발 때처럼 명식이가 또 차 앞에 벌렁 누워버릴지 몰랐다.

태어나서 이런 여행을 처음 해보는 녀석이어서 몹시 흥분하고 있었다.

나는 실력이 없어서 고등고시를 치르지 않는 형편이고 명식이는 실력이 있으면서도 신체적 조건 때문에 포기하고 있는 것이었다. 그래서 우리들은 법조계에 대한 질투가 언제나 들끓고 있었다. 할 말을 다 하라고 내버려두면 볼만할 것이다.

버스가 내리막길을 달려 내려갔다. 맞은편 자리의 여학생인 듯싶은 애들을 아까부터 봐왔지만 꽤 인상이 좋아 보였다.

나는 명식이의 총각딱지를 이번 여행길에서 떼주고 싶었다.

"난 아직도 동정입니다. 나는 도덕 그 자체죠. 순진무구한 청년 그대로입니다."

언젠가 술좌석에서 명식이는 혀 꼬부라진 소리로 이런 고백을 했었다.

"총찬 씨는 숫총각입니까?"

명식이가 취한 얼굴로 내게 물었다.

"아뇨."

나는 간단하게 대답했다.

"부럽습니다. 총찬 씨는 숫총각 딱지를 어디서 뗀 거요."

"어려서…… 그냥 그런 여자죠, 머."

나는 갑자기 부끄러운 생각이 들었다.

"난 깨끗한 여자한테 떼줄 거요. 귀찮고 번거로워서 빨리 이놈의 동정 누구에겐가 주고 싶지만…… 숫처녀나 깨끗한 처녀가 아니면 안 줄 거요."

명식이의 어투가 사뭇 도전적이고 나를 불결하게 취급하는 것 같았다.

"이 형은 여자가 없소?"

내가 이렇게 건성으로 물었다.

"나라고 없었겠습니까. 그러나 난 계속 혼자이고 싶습니다."

그의 눈빛은 쓸쓸해 보였다. 신체적 불구 때문에 그 흔한 애인이 없는 것 같았다.

"쟤들 이쁘지?"

내가 작은 소리로 말했다.

"관심 없어."

차가운 목소리였다.

버스는 양양을 돌아 동해의 명승지 길을 타고 북상하기 시작했다. 오른쪽으로 바다를 낀 해변길이 길게 뻗어 나갔다. 낙산해수욕장에서 승객 일부가 내리고 차는 다시 낙산사를 끼고 돌아 설악 해수욕장으로 들어갔다.

울긋불긋한 백사장 풍경이 정겹게 가슴에 와 닿았다.

"병신이 수영하러 왔다고 욕하지 않을까."

"지랄하구 있다. 너 그따위 소리 한 번만 더 했다간 목을 비틀어버릴 거야."

내가 화를 냈다.

"아냐, 괜히 그런 거야."

명식이는 멋쩍게 웃었다.

"너 수영 잘한다고 했잖아."

내가 물었다. 명식이는 시골에서 자랄 때 수영만은 어느 누구보다도 잘했다고 했다. 다른 운동은 다른 애들을 도저히 따라 갈 수 없었지만 수영만은 물속에서 기량껏 겨룰 수 있었다고 했다. 얼마나 열심히 수영을 배웠는지 몇 번이나 강에서 빠져 죽을 고비를 넘겼다고도 했다.

그래서 결국 명식이는 동네의 수영선수가 되었었다. 그것이 내가 명식이를 가까이하는 명식이의 장점인 것이었다.

"여기서 네 수영 실력 한번 보여주자구. 구명요원들이 배 타고 쫓아오도록 보여주란 말야."

나는 명식이를 충동질했다. 녀석의 투지와 사람 앞에 자신 있게 나서는 배짱을 가르쳐주고 싶었다.

"바다는 첨인데."

"강물보다 쉬워. 처음엔 나만 따라서 해. 강물에서 한 시간 떠 있을 수 있으면 여기선 두 시간도 충분해. 물이 차니까 올리브유만 듬뿍 칠하고 들어가면 돼."

"까짓 거, 해보자."

우리는 다시 여행사의 미니버스로 설악동으로 들어갔다. 처음부터 명식이와 둘이서 떠날 여행이었으면 해수욕장 근처의 여관을 잡았을 텐데 다혜와 이 여름의 음모를 꾸미기 위해서 설악동 쪽에 여관을 잡은 것이었다.

내 음모는 간단한 것이었다. 다혜를 훔치는 것이었다. 그래서 누나 말대로 다혜를 우지끈 뚝딱 꺾어놓고 말 계획이었다.

여름의 음모 155

여자는 꺾어놓지 않으면 항상 팔팔하게 살아서 다루기 어려운 것이었다. 한번 꺾인 나무는 꺾은 사람 마음대로이듯이 나는 다혜를 마음대로 다루고 싶었다.

욕망의 끝에는 내 사랑이 있으니까 하느님도 책망할 일이 못 되는 것이다. 여자를 해치우고 도망가는 사내가 아니니까 그 정도는 괜찮은 것이다. 요즘 누가 결혼할 때까지 귀찮게 그놈의 처녀, 총각 딱지를 끌어안고 사느냐 말이다.

"다혜하고 왔으면 근사할 뻔했잖아."

명식이는 제법 내 기분을 이해하려고 들었다.

"현지조달도 있고 차관도 있는데 멀."

"그러면 죄 받는다."

"받을 때 받더라도."

"너 같은 비도덕군자와 나 같은 도덕군자가 같이 있다는 게 슬픈 일이다."

"어차피 인생은 그런 거 아니냐."

"너 같은 친구 때문에 더러운 놈의 법이 생긴 거 아니가."

"맞다 맞아."

설악동 여관단지는 깨끗하게 정리되어 있었지만 옛날의 어지러운 정취만큼 정들어 보이지 않았다. 이런 뻔질거리는 외모만이 관광개발이라면 뭐하러 개발하는 건지 모를 일이었다.

외국의 산장이 아니고 우리나라의 산장이라는 사실을 잃어버린 개발인 것만 같았다.

외국의 흉내를 그렇게 내고 싶으면 설악산도 외국의 산처럼 깎고 다듬어서 새로 만들 일이지. 이름도 알프스라고 고치고 구경 오는 사람들도 성형수술이라도 해서 고쳐놓을 일이지.

T산장에 짐을 풀었다. 주인 남자가 친절하게 짐을 받아주며 불편한 게 있으면 언제나 말하라고 일러주었다. 인상이나 태도가 장사꾼 같지 않았다. 태도나 말씨도 관광지의 장사꾼이 아니라 집안에 온 손님 대하듯 해서 기분이 좋았다.

온통 외국 흉내만 낸 설악산에서 내가 유일하게 맛보는 우리나라의 정취가 바로 주인의 친절이었다.

"오늘은 요 앞 물가에 가서 밥이나 해먹고 일찍 자자. 하루 종일 차를 탔더니 피곤하다."

내 제안이 달갑지 않은 듯 명식이는 자꾸 설악산과 바깥 풍경만 바라다보았다.

"있고 싶을 때까지 있을 테니까 오늘은 푹 쉬는 게 좋아."

내가 또 거들었다. 녀석은 그때서야 방바닥에 철푸덕 주저앉았다.

저녁밥을 먹고 우리는 계곡 쪽으로 천천히 걸어갔다. 텐트촌을 끼고 왼쪽으로 숲길을 따라 걸었다. 명식이는 느닷없이 시인이 되고 싶다고 했다.

"개나 걸이나 시인 되는 게 아니다."

"나는 개나 걸이 아니니까."

명식이는 확실히 명석한 두뇌를 가지고 있었다. 그런 그가 고시공부를 하지 않는 것이 뭔가 잘못된 것 같았다.

"어린 것들이 너무 많다."

명식이가 숲속을 가리키며 말했다. 텐트촌을 벗어나도 곳곳에 작은 촌락처럼 텐트들이 많았다. 외진 곳에는 까까머리 사내들과 단발머리 계집애들이 많았다. 우리는 호기심으로 그곳을 기웃거렸다. 어둠 속으로 경쾌한 디스코 음률과 괴성이 쏟아져 나오고 있었다.

우린 숲속으로 자꾸 빠져 들어갔다. 형광랜턴의 조명 밑에 나이 어린 소년과 소녀들이 얼크러져 춤을 추고 있었다. 맥주병과 소주병이 그들처럼 땅바닥에 질펀하게 깔려 있었다.

"저 꼴을 눈 뜨고 봐야만 하는 거니? 정의도 이런 땐 침묵하는 거니?"

명식이가 나를 충동질하고 있었다.

"한두 쌍도 아니고 수십 쌍을 어떻게 다뤄."

"대여섯 쌍씩이니까 차례차례 훈계를 하면 되잖아."

"저런 경우엔 경찰에 연락해서 훈계하는 게 현명해. 철모르는 애들이라서 우리 얘기가 씨도 안 먹혀."

우리는 어린 그들의 반사작용을 짐작하고 눈길을 피해 더 안쪽으로 걸어갔다.

"저런 저런!"

명식이가 이렇게 소리 질렀다.

"이놈들! 이 나쁜놈들."

내가 말릴 틈도 없이 명식이가 버럭 고함쳤다. 나도 차마 눈 뜨고 볼 수 없는 장면이었다.

청계천 골목에서 눈짓 신호로 파는 이른바 문화영화 필름 한 장면 같았다.

"어떤 새끼야? 콱 씹어버린다."

술 취한 목소리가 쩌렁쩌렁하게 소리쳤다. 소녀들은 벗은 채 텐트 속으로 뛰어 들어갔고 소년들은 재빨리 수영복이나 반바지를 입었다.

벌써 그들 손에는 손도끼와 등산용 칼, 식칼과 몽둥이가 들려 있었다. 아홉 명의 소년들 덩치가 모두 건장해 보여서 명식이가 움츠렸다.

"건방진 놈들 같으니라구. 학생 녀석들이 이따위로 놀아!"

내가 앞으로 나서며 맞받아 소리쳤다.

"으흐흐, 우리의 청춘공화국을 무단침입한 너희들을 지금부터 심판하겠다."

소년들이 재빨리 우리를 포위했다. 술냄새가 역하게 끼쳐왔다. 술병을 깨뜨려 들고 서 있는 소년은 비틀거리고 있었다.

"한 놈은 병신이구나."

"머리통을 수박 쪼개듯 박살 내줄게."

"어른입네 하는 새끼들 보면 골통을 깨줘야 해."

"쟤들도 어른야? 그렇다면 표본실의 청개구리 실습 좀 해주지."

여름의 음모 159

"배때기 갈라서 창자 구경 좀 해보자."

모두들 입이 험했다. 나는 대꾸할 필요가 없다는 생각이 들었다. 명식이가 썩은 나무를 들고 입을 앙다물었다.

"느이들은 형도 없냐?"

명식이의 목청 터지는 소리였다.

"형님 아구통부터 조져주지."

한 소년이 도끼를 치켜들었다. 나는 명식이를 그 자리에 주저앉혔다. 그리고 명식이의 몽둥이를 뺏어 들었다.

"얼씨구, 한번 춰보자 이건가!"

소년들이 바짝 다가섰다. 나는 몸을 낮추고 소년들의 동작을 유심히 살폈다. 어린 애들한데 표창을 쓰고 싶지는 않았다.

"좋게 말할 때 비켜라."

내가 위엄 있게 한마디 했다.

"나쁘게 말해 보시지그래."

애들이 일제히 덤볐다. 나는 명식이를 밀어내며 앞쪽에서부터 몽둥이를 후렸다. 세 녀석이 비명을 지르며 쓰러졌다. 다시 세 녀석을 걷어찼다. 조금이라도 여유를 줘선 안 되는 게 어린 애들이었다. 몸 사릴 줄 모르기 때문에 큰 녀석들보다 더 위험한 것이었다.

나머지 세 녀석을 땅바닥에 눕혔다. 텐트 속에서 고개를 내밀고 구경하던 소녀들의 고개가 쏙 들어갔다.

"너희들 모두 나와."

내가 소리쳤지만 텐트 속의 소녀들은 아무 말이 없었다. 명식이가 랜턴을 찾아 켰다. 텐트 속의 소녀들은 아직도 발가벗은 채 수건이나 등산모자로 부끄러운 부분을 가린 채 잔뜩 수그리고 있었다. 그녀들도 술에 취해 있어서 술 내음이 풍겨왔다.

"이년들, 빨리 옷 입어."

명식이가 계집애들의 따귀를 한 대씩 올려붙였다.

"잘못했어요. 용서해 주세요."

계집애가 무릎을 꿇고 명식이에게 빌었다.

"빨리 옷 입어!"

명식이가 악쓰듯 했다. 계집애들이 다른 텐트 속으로 뛰어들어가 옷을 입고 나왔다. 쓰러졌던 소년들을 풀밭에 앉혀놓았다. 녀석들은 아직도 도전적인 자세를 풀고 있지 않았.

나는 돌아가면서 한 녀석씩 갈겨주었다. 급소를 정통으로 맞은 녀석들이 비명을 지르며 그 자리에 쓰러졌다.

"빨리 옷 입고 짐 챙겨. 늦는 놈은 진짜 맛을 보여주겠다."

"형님, 저희들이 잘못했습니다. 다시는 이러지 않을 테니 한번만 봐주세요."

한 녀석이 무릎을 꿇자 나머지 녀석들도 모두 무릎을 꿇고 빌었다.

명식이가 내 옆구리를 쿡 찔렀다.

"저 녀석들 파출소에 넘기면 모두 퇴학당하고 부모들이 알면 기집애들은 머리끄댕이가 싹뚝 날아가. 그러니 대충 용서해 버려."

나는 그 순간에 내 계집애 동생 미숙이 생각을 했다. 하찮은 일로 퇴학을 당한 한때의 실수를 그들만의 잘못으로 치부하기엔 어른들 세계가 너무 지저분하고 야박하다는 생각을 했다.

어린애들을 저렇게 팽개쳐둔 부모와, 어린애들이 이런 곳에 와서 저 지경으로 놀 수밖에 없는 사회의 몰이해를 나는 그 순간에 또 생각했다. 건전하게 교제할 수 없게 만든 어른들 잘못을 나는 따지고만 싶었다.

"좋다. 대신 나하고 약속한다. 내가 여기서 너희들 떠날 때까지 같이 지낸다는 조건이다."

"승복하겠습니다."

소년들이 이렇게 말하자 계집애들도 고개를 끄덕였다.

"세 명은 명식이 형님 따라가서 짐을 가져와라."

명식이가 세 녀석을 데리고 짐을 가지러 갔다.

나머지 녀석들의 근육을 풀어준 나는 애들을 둘러앉게 하고 오락시간을 갖게 했다. 애들은 티 없이, 언제 그런 일이 있었느냐는 듯이 재미있게 놀기만 했다.

불타는 욕망

학생들이 올라가고 난 뒤에 우리는 다시 산장으로 자리를 옮겼다.
"미안합니다. 저희는 수표를 취급할 수가 없는 형편입니다."
사람 좋게 생긴 주인은 내가 내민 수표를 난처한 얼굴로 쳐다보았다.
"대한민국 어디를 가나 통용되는 화폐 아닙니까?"
"그건 저희들도 압니다. 그러나 여기선 서울 수표를 받아주지 않아요. 돈 찾으러 가면 십만 원짜리 수표를 사천팔백 원이나 빼는 걸요. 그걸 손님에게 받을 수도 없고요. 각종 세금이나 공과금을 내도 마찬가지입니다. 영수증을 안 줘요."

"속초는 대한민국이 아닙니까?"

"우리도 답답해 죽겠어요. 서울서 온 분들이 간편하게 수표 갖고 오는 걸 여기 은행서 저렇게 취급 않고 또 터무니없이 추심료를 많이 받으니까 우리는 취급할 도리가 없습니다."

산장 주인은 얘기가 나온 김에 이곳의 물가가 보통 시중보다 세 배나 비싼 것이며 여관값이 처음 지을 때보다 형편없이 싼 이유며 망해서 손든 사연을 주절주절 늘어놓았다.

"여기 사람들 후회하지 않는 사람이 없어요. 세금은 비싸죠, 손님은 없죠, 이것저것 뜯기는 것 많죠, 휘파리라고 해서 여관 소개해 주고 뜯어먹는 패들 득시글거리죠, 단체손님 받아봤자 관광회사 운전사들에게 뜯기고 나면 사십 명짜리 단체손님 받아봐야 만 원 한 장밖에 안 남아요. 이거 거짓말 같지만 한번 조사해 보세요. 너무해요. 운전사들 쥐어주는 액수가 자그마치 오만 원입니다. 먹여주고 술 사다 바치고 돈까지 쥐어줘야만 겨우 이 짓이라도 합니다."

"운전사에게 뭣 하러 줘요. 그렇게 안 벌리는 장사하면서."

내가 어이가 없다는 듯이 이렇게 말했다.

"그랬다간 그나마도 손님 끊어져서 손가락 빨아야 돼요. 정말 관광회사의 담당자 횡포하고 운전사 횡포만 없어져도 살겠어요. 얼마나 지독한지 아세요? 돈 안 주거나 대접 시원찮으면 설악산 들어오는 길목을 막고 다른 운전사들에게 어느 집엔가지 말라고 해요. 그러면 자기들끼리 통하는 게 있어요. 일제히 다른 데로 가버려요. 그러니 울며 겨자 먹기죠."

주인 남자는 종이 위에 볼펜으로 끄적거려 가며 손님 머리 숫자와 들어오는 돈을 적고 그 아래에 운전사나 관광회사 담당자에게 뜯기는 액수를 적어나갔다.

"보세요. 뭐가 남는가 보세요. 인건비도 안 나오잖아요. 그러니 이놈의 여관을 어떻게 합니까."

나는 주인의 뺄셈하는 종이를 유심히 보다가 이익금의 거의 전액을 운전사와 관광회사 직원이 채간다는 걸 알았다.

"참 미련하네요. 업주들끼리 단합해서 몰아내면 되잖아요."

명식이가 옆에서 거들었다. 그런 쉬운 상식문제를 가지고 걱정한다는 표정이었다. 물론 나도 동감이었다.

"우린들 왜 모르겠어요. 그게 안 되니까 문제죠. 겉으론 그러자고 해놓고 몰래 자기 혼자 그런 짓을 하니까 안 돼요. 결국 그래서 공공연한 비밀인 거죠."

우리는 주인 말을 듣고 흥분을 했지만 우리 손으로는 도저히 해결할 수 없는 뿌리 깊은 모순이라고 생각했다.

"그럼 이 수표는 휴지쪼가리란 말입니까?"

주인은 난처한 듯이 처음 얘기로 돌아가서 수표 때문에 창피당한 얘기며 억울하게 당한 얘기를 또 주절주절 늘어놓았다.

"어떻게 만들어서 나갈 때 주시죠."

"그럼 그래 봅시다."

우리는 그렇게 하기로 하고 산장의 방 한 칸을 빌렸다.

"호텔에 가서 한잔 빨고 바꾸지, 머."

내가 투덜거리며 이렇게 말하자 명식이는 속초에 가서 필수품을 사고 바꾸는 편이 좋겠다고 했다.

현금을 모두 차비 떨어진 학생들에게 주어버린 뒤여서 우린 당장에 현금이 필요했다.

"까짓 거, 한판 놀아보지, 머. 원님 덕분에 나발 불어본다고 대한민국에서 수표가 통용되지 않는 땅에서 한번 제껴보지, 머."

호텔에 가지 않겠다고 우기는 녀석을 나는 끌고 나섰다. 절룩거리는 다리 때문에 녀석은 사람 많은 곳에 되도록 가지 않으려고 했다.

"누가 알아? 쫄깃쫄깃한 계집애라두 하나 걸릴지."

내가 이렇게 말했다. 녀석은 나를 올려다보고 씨익 웃었다.

"임마, 나 아직도 동정이라구. 사나이 정조를 그렇게 깔보는 게 아니라구."

"여자는 배짱, 사내는 정조 그렇게 된 거냐?"

"다혜 씨 생각 좀 해라."

"다혜."

나는 그 말 한마디에 말문이 막혀버렸다. 괜히 가슴속이 찌르르 아파왔다. 어쩌면 영원히 다혜 마음을 돌려버릴 수 없을는지도 모를 일이었다.

그러나 내 가슴속에서는 아직도 다혜를 분실한 게 아니었다. 다혜를 사랑하고 난 이후에는 아직 한 번도 다른 여자에게 몸을 내던져보진 않았었다. 그것이 내 사랑의 징표인지도 모른다. 다혜가 그런 내 마음을 알아줄 리도 없겠지만 그런 말을 할 수도 없었다.

다혜에게 구체적으로 사랑한다는 낱말을 지껄여본 적은 없었다. 사랑한다는 말이 왜 그런지 지독스럽게 천박해 보였다.

마치 삼류 소설이나 시답잖은 텔레비전 연속극 주인공, 형편없는 주간지 속의 낯 간지러운 작태, 젊은애들의 말장난, 더러는 반라의 유행가 가수가 몸 쓰며 떠벌리는 처량한 곡조, 그렇지 않으면 방석집의 색시가 치마를 반쯤 벗고 앉아 껌을 잘근잘근 씹으며 아무 남자한테나 지껄이는 소리 같기만 했다.

사랑한다.

정말 그 좋은 낱말이 왜 그렇게 변질되었는지 알다가도 모를 일이었다.

사랑뿐 아니었다. 첫사랑, 첫경험, 순정, 보고픔, 연애, 미소, 행복, 기다림, 사모 따위가 모두 삼류 인생들에게나 타당한 낱말처럼 인식되어져 가는 것 같았다.

이제 그런 말을 쓰는 부류는 서커스단의 고전극이나 코미디 오락물 따위에나 써야 어울리는 낱말로 추락되었다.

넌 내 거다. 난 네 거고. 사그리 다 줘. 요즘의 점잖은 사람은 이런 말을 해야 하는 것만 같다.

어쨌든 그놈의 유행가 가사와 연속극 대사와 삼류 잡지와 소설들 때문에 꽤 좋은 낱말들이 치사한 낱말로 둔갑된 건 부정할 수 없는 것 같다.

사랑한다는 말은 이제 세 살만 넘으면 쓰지 않는 걸로 통용될 것 같다. 어쩌면 나도 그런 부류가 된 것인지도 모른다.

명식이에게도 사랑하는 여자가 없었던 건 아니었다. 그러나 그 여자는 명식이가 소아마비라는 걸 알고 이 년이 넘게 편지로만 사랑해 온 것들을 아낌없이 한순간에 철회해 버렸다. 그는 그 이후로 다시는 여자를 가깝게 하지 않겠다는 결심을 했다.

지금도 그 결심에는 흔들림이 없었다.

"나도 한때는 이 더러운 놈의 동정을 술집 샥시한테 줘버리려고 했었지요. 귀찮드만요. 거추장스럽고……. 그런데도 그 썅녀러 계집년이 병신이 꼴값한다고 투덜거렸지요. 그래서……, 그래서 병신춤 한번 췄지요. 쌍녀러 가시내를 깔고 앉아 조져줬지요. 그냥 잘근잘근 조진 거지요. 아따, 겁나대요. 술집 샥시들이 특수훈련 받은 것처럼 나를 조집디다. 머리털이 서너 주먹은 빠졌지요. 기분이 짜합디다. 왠지 샥시들한테 맞으니까 온몸이 화악 풀립디다. 병원 가고 파출소 가고 그랬지요. 그런데 웬일루다 그년들이 밉지 않습디다. 병신 보고 병신값 한다는 게 그년들 잘못만은 아니질 않습니까. 내가 병신이면서 병신 아닌 척한 게 잘못이었지요. 당신들은 모를 겁니다. 알아봤자구요."

어느 술좌석에서 명식이는 이렇게 말했다. 좌석에 어울린 어떤 녀석이 명식이를 조금 깔보는 투로 얘기를 했었기 때문에 의도적으로 한 말인 것 같았다. 그때부터 나는 녀석을 좋아하기로 결심을 굳혔던 것이다.

오늘은 무슨 수를 써서라도 녀석의 동정을 없애줘야지.

나는 이런 생각을 했다.

호텔 나이트 클럽은 설악산 구석에 박혀 있다고 깔볼 것이 아니었다. 규모도 그렇거니와 무대장치나 서울에서 초청해 온 가수나 그룹사운드들이 보통은 넘을 것 같았다.

"이왕 술 사줄라면 맥주 말고 다른 걸로 사주라."

"왜?"

내가 반문했다.

"맥주 그놈의 걸 먹었다가 내가 뛰뚱거리며 화장실 다니게 된다. 그 꼬라지 안 보려면 말이다."

나는 가슴 끝이 저려오는 느낌이었다. 소아마비가 얼마나 처절하게 배어 있으면 저럴까. 그래 오늘 저 녀석에게 소아마비는 별게 아니라는 걸 가르쳐주자.

그래서 육체의 불구는 마음이 병든 친구들보다 천만 배나 행복하다는 걸 보여주자.

컴컴한 속에서 눈을 부릅뜨고 나는 사냥감을 찾아보았다. 내 이빨이 들어갈 만한 계집애를 하나 찾아야만 했다. 무대를 중심으로 한 넓은 공간에는 음악이 바뀔 때마다 템포와 동작을 바꿔가며 춤추는 사람들로 꽉 차 있었다.

내 계획에 협조하는 계집애만 있다면 십만 원짜리 수표 한 장을 아낌없이 줄 셈이었다. 이것은 무모한 짓인지도 모른다. 그러나 내겐 그만큼을 써도 좋을 친구가 있는 것이었다.

은주 누나는 나를 그런 면에서 행복하게 해주는 여자였다. 비록 다혜에게 오해를 받고 난처한 입장이었지만 공부할 수 있는 분위기를 충분히 만들어주는 여자였다.

춤을 추러 나가서 몇 명의 여자들을 바꿔 잡아가며 그런 제안을 해보았지만 어느 누구도 내 제안을 받아주려고 하지 않았다.

어떤 여자는 돈을 더 주면 내 뜻대로 할 용의가 있다고 했다. 그러나 나는 그 여자를 사지 않았다. 돈 때문에만 그런 일을 하겠다는 여자를 믿을 수가 없기 때문이었다. 오히려 그랬다가는 녀석의 비위를 더 건드리는 결과를 초래할지 모른다.

나는 할 수 없이 비상책을 동원하기로 마음먹었다.

"춘삼이 형 아슈?"

내가 지배인을 불러가지고 으슥한 곳으로 데리고 가서 이렇게 물었다. 지배인은 내 아래위를 슥 훑어보고 가볍게 고개를 끄덕였다.

"술 공짜 먹으려고 부른 게 아뇨. 할 얘기가 있어서 그럽니다."

"어디 해보슈."

역시 지배인답게 나왔다. 춘삼이 형은 꽤 얼굴이 팔려 있는 사내였고 나와는 한판 승부를 걸어봤던 사내였다. 이런 계통에선 춘삼이 형이라면 족보가 높은 사람이었다.

나는 춘삼이 형과 내 관계를 소상히 털어놓고 내가 꾸미고 있는 일을 죄다 얘기했다.

"거, 기분 좋수다. 한번 해봅시다. 그럴 만한 애가 있지요. 아주 적격인데요. 저 방에 가서 기다리슈. 내가 금방 델구 올 테니까."

지배인이 껄껄거리며 나가고 나는 호텔방으로 들어갔다. 한 오 분쯤 되니까 노크 소리가 들렸다. 문을 열고 들어온 것은 지배인이 말한 여자가 아니라 힘깨나 써 보이는 사내 다섯 명이었다.

"이거, 왜 이래. 나 가지고 진짠가 가짠가 확인하려 들지 마. 그러다가 오래 못 살면 어쩌려고."

나는 침대에 벌렁 누우며 말했다. 사내들이 나를 둘러싸고 일격을 보낼 동작을 취했다.

"지배인보구 그래. 그 정신은 좋은데 좀 섭섭하다구."

그러나 사내들이 내 진심을 이해하지 못한 것 같았다. 다섯 명이 동시에 돌진해 왔다.

"내 순정을 꽤 몰라주네."

나는 이렇게 말하고 벌떡 일어나 차례로 관절을 꺾어 집어던졌다. 다섯 사내가 재빨리 뒷걸음질을 쳤다.

불타는 욕망 171

지배인이 웃으며 들어왔다. 그 옆에는 지배인이 말한 것보다 훨씬 예쁜 여자가 방싯거리고 있었다.

"이해하슈. 하두 그러는 친구들이 많아서 말입니다."

"이해는 하지만 좀 섭섭합니다. 표창 솜씨도 보여드려야 믿겠소?"

"관둡시다. 친하게 지내려면 그쯤은 봐줘야죠."

"그럽시다."

"이 친구가 얘기한 서유리입니다. 대충 얘기했으니 알아서 하슈."

지배인과 다섯 명의 사내가 자리를 떴다. 유리는 생글거리며 웃었다. 지배인한테 들은 얘기 때문인 것 같았다.

"손톱 깎고 매니큐어 지울 자신 있어요? 또 화장 지우고 수수하게 차릴 수 있겠어요?"

"자신 있다면 안 믿으시겠죠?"

"글쎄, 너무 시원시원해서 믿어지질 않아요."

"믿는 자에게 복이 있어요."

"어려운 부탁이라 그래요."

"진짜 해보고 싶어요. 아무리 이런 곳에서 굴러는 먹지만 말예요."

"정말 고마워요. 대신 내가 한 장 더 줄게요."

나는 갑자기 기분이 좋아져서 처음 지배인에게 말한 십만 원보다 곱으로 쳐서 주고 싶었다.

"그건 사절하겠어요. 대신 제 부탁 하나 들어주시겠어요?"
"뭔데요."
"이건 영원히 비밀을 지켜주실 수 있겠죠?"
"물론입니다. 맹세합니다. 아니 오히려 내가 부탁할 일인데요."
"그리고 또 있어요. 시간이 늦으면 설악동 가게들이 문을 닫아요. 그러니 지배인님한테 부탁하든지 해서 금목걸이 하나 사다 주세요."
"왜요?"
"저도 오늘을 기념하고 싶어요. 내가 태어나서 착한 일을 처음 해본다는 기념 말예요. 두 돈쯤 나가는 거면 돼요."

유리는 내게서 받은 십만 원짜리 수표를 도로 내게 내밀었다.

"그건 내가 해주고 싶어요."
"억만금을 줘도 내가 하기 싫은 일이면 안 돼요. 이건 내가 하고 싶은 일예요. 그러니 이러지 마세요."

나는 그녀의 완강한 의사에 더는 말을 꺼낼 수가 없었다. 유리는 그 자리에 앉아서 손톱을 다듬고 매니큐어를 지웠다. 나는 그녀의 그런 자세를 쳐다보면서 숙연한 마음으로 내 계획을 털어놓았다. 유리는 연신 고개를 끄덕이며 들었다.

유리는 서울의 D여대 삼학년을 중퇴한 여자였다. 이런 곳에 나오게 된 것은 빈한한 가정 탓이었지만 잘생긴 외모와 아르바이트를 해서 학비와 집안 살림을 돕겠다는 생각 때문에 한 발 한발 빠져들어 이제는 빼낼 수 없는 구렁텅이에 양쪽 발을 들여놓은 여자였다.

"저도 한 달에 한 이백만 원쯤은 버는 여자예요. 저를 하루 저녁이라도 사려는 사람이 지배인에게 예약까지 하니까요. 그러나 아까처럼 깔보면 정말 그만둘 거예요."

나는 유리의 말에 고개를 속절없이 끄덕거렸다. 정말 화류계에 이런 여자가 있다는 게 기분 좋았다. 내가 그동안 품고 있던 그들에 대한 경멸감이 그녀의 자세 때문에 마구 허물어지고 있었다.

"이왕 저는 버린 몸예요. 제가 할 수 있는 일예요. 해보고 싶어요. 제 말 이해할 수 있어요?"

"할 수 있어요."

"정말이죠?"

"정말예요."

"준비하고 갈게요."

나는 유리를 남겨두고 방문을 나섰다. 유리가 뒤에서 불렀다.

"이만하면 되지요?"

"좋아요."

그녀는 깎은 손톱과 매니큐어 지운 손톱을 내게 보여주었다. 어디 한 점 나무랄 데 없는 미녀였다. 생김새나 표정도 좀처럼 천박해 보이지 않았다. 저런 미녀가 어째서 숱한 남자들의 노리개로 전락했을까?

하느님, 기도하겠습니다. 내가 좀 엉뚱하지요. 기도까지 다 하고 말입니다. 저 서유리라는 여자를 보살펴주세요. 꼭 보살펴주세요.

나는 다시 나이트클럽으로 들어갔다. 명식이가 두리번거리며 나를 찾는 눈치였다.
"어딜 갔었어? 나는 술값 뒤집어쓰나 부다 했지."
초조해서 그랬는지 양주를 꽤 마신 것 같았다.
"니기미, 수표 좀 바꾸느라고 그랬어. 겨우 이리 뛰고 저리 뛰어서 바꿨다니까. 더러워서."
"자 이 수표도 통하지 않는 땅에게 축배를 보내자."
녀석은 술잔을 높이 들었다. 나도 따라서 술잔을 들었다.
나는 녀석이 더 취하지 않도록 일찌감치 녀석을 데리고 산장으로 돌아왔다. 아름다운 밤이 되기를 빌면서.

설악동에서 흘러내리는 계곡 물소리는 억겁의 신비가 숨어 있는 것 같았다. 자연 그대로를 파괴당했으면서도 원시의 신음 소리를 내는 계곡이었다.
우리는 마른안주를 흩어놓고 술을 마시고 있었다. 내가 초조해지는 시간이었다. 명식이는 약간 술기운이 올라왔는지 다리 병신이라는 제약 때문에 생겼던 서글픈 과거 얘기며 딱 한 번 진실로 사랑했던 여자와 헤어진 얘기 따위를 늘어놓고 있었다.

"난 판사가 될 거다. 그래 가지고 법 안 지키는 놈들 사그리 패대기를 쳐서 올바른 사람만 사는 나라를 만들 거다."

그 말은 그의 버릇이었다. 우리 학교에서 명식이에게 큰 기대를 걸고 있는 것은 명식이가 두 번째나 1차시험에 패스했기 때문이기도 했고 그의 실력이 남다르다는 데 있었다.

나도 녀석만은 이번 2차시험에 틀림없이 패스할 걸 믿고 있었다. 비록 육체는 절름발이인 판사이겠지만 정신만은 누구보다도 나은 판사가 될 녀석이었다.

"네 맘대로 되는 건 아니겠지만 넌 해낼 수 있을 거다."

"네 그 폭행솜씨도 사실은 위법인 거다. 나한테 걸리면 그것도 용서받지 못해. 친구 아니라 친구 할아버지라도 말이다."

"법적으로는 죄가 안 되면서 못된 짓을 일삼는 녀석들은 어떻게 하란 말야. 그런 놈들이 하나둘이어야 말이지. 그리고 알지 못하고 찾지 못해서 벌을 주지 못하는 놈들은 어쩌고?"

"네가 잡으면 되잖아."

"내가 네 솜씨 발휘하게 하는 도구냐? 나 먹고살게 해줄래."

"네 일생을 내가 책임지지."

"크어! 살맛 난다."

시계를 들여다보았다. 얼추 시간이 된 것 같았다.

소나무 숲 사이로 여자의 가쁜 소리와 어지러운 발짝 소리가 들려왔다.

그 소리는 점점 우리들 쪽으로 가깝게 다가왔다.

"뭐야?"

우리는 동시에 자리에서 일어났다.

여자가 허겁지겁 우리 쪽으로 뛰어와 주저앉았다.

"저 좀 구해주세요. 깡패들이……"

숨 가쁜 여자의 소리 뒤에 건장한 사내들 소리가 뒤따라왔다.

"저 새끼들."

명식이가 뒤뚱거리며 바위 옆으로 나섰다. 나는 여자에게 왼쪽 눈을 껌벅해 보였다. 여자도 윙크를 보냈다. 사내들 네 명은 우리를 둘러쌌다. 명식이가 앞뒤 사정 가리지 않고 앞에서부터 주먹질을 하기 시작했다. 상대가 손발 빠른 사내들이란 걸 알 턱이 없었다.

내가 달려드는 척하면서 명식이와의 거리를 좀 이격시켰다. 명식이는 열심히 헛손질을 하면서 사내들을 따라잡았다. 나는 두 녀석을 상대로 하는 척하고 유리를 명식이 쪽으로 피하게 만들었다.

명식이는 전혀 뜻하지 않게 사내 두 명을 해치우고는 유리를 붙잡고 나 있는 쪽으로 달려왔다. 다리가 불편하지 않은 사람처럼 날렵하고 빨랐다.

"어떻게 됐어?"

"해치웠어."

"이 새끼들 넘기고 갈 테니까 집에 가 있어. 그 아가씨 위험하니까 데리고 가. 빨리."

불타는 욕망 177

"그래 조심해."

명식이는 유리를 데리고 계곡을 건너 산장 쪽으로 갔다. 나는 사내들을 일으켜 세웠다.

"그쪽 어땠습니까?"

명식이와 맞붙었던 사내들은 팔목과 어깻죽지가 아프다고 했다.

"말도 마십쇼. 한 대도 때려선 안 된다니 그게 어디 상대가 됩니까. 괜히 피하다가 악 받치는 매만 맞았지요. 내 생전 이런 쌈은 첨입니다."

맞는 말이었다. 한쪽은 성질 나서 덤비는 쪽이었고 다른 한쪽은 때려선 안 된다는 사명을 갖고 있는 조작된 싸움이었기 때문이었다.

"그러게 내가 한잔 사겠다는 거 아뇨. 자 갑시다."

나는 사내들을 데리고 호텔 쪽으로 발길을 돌려 잡았다. 사내들은 계곡 물에 손발을 씻고 담배를 한 개비씩 빼어 물었다.

"춘삼이 형님이 기다리시던데요?"

한 사내가 이렇게 말했다.

"춘삼이 형이?"

"꼭 같이 오라던데요."

"그 양반 웬일로 여길 왔을까."

"좋지 않은 일이 있는 모양입니다. 그러잖아도 서울서 찾았던 모양입니다."

"그 양반 지금 뭐 하고 있어요?"

"그렇고 그런 사업이죠."

녀석들은 그 정도로 얘기하고 더 이상 말을 하지 않았다. 춘삼이 형이 무슨 사업을 하는지 모르지만 정당한 사업으로 돈을 벌고 있으리란 생각은 들지 않았다.

넓은 특실을 차지한 채 술상을 앞에 놓은 춘삼이 형은 내가 들어서자 큰 팔을 벌리고 손을 내밀었다.

"너 아직도 팔팔하구나."

"형, 정말 오랜만입니다."

나도 춘삼이 형이 반가웠다. 한곳에서 어울려 살던 때가 그리웠던 것이다. 얼마나 신바람 나던 때의 일인지 모른다. 깜치 형과 춘삼이 형은 언제나 적수답게 으르렁거렸지만 나는 어느 편도 들지 않았다. 두 사람은 나를 끔찍스럽게도 아껴주었다.

"널 좀 만나려고 안 뒤진 데가 없었는데. 하필 여기서 만나다니 원."

"공부나 할까 하고 나돌아다니질 않았어요."

"너 판사 될 거냐?"

"생각 중입니다."

"넌 검사가 제격일 텐데."

"글쎄요."

"그나저나 술이나 들자."

우리는 술잔을 부딪쳐가며 술을 마시기 시작했다. 깜치 형과 같이 어울릴 때 우리들 세 사람은 술 실력도 거의 비슷비슷했었다.

누가 가장 술이 센가 하는 시합을 벌이다가 세 사람 모두 배갈 아홉 병씩 마시고 병원으로 실려 간 적도 있었다. 그래서 단숨에 사발에 따라 마시며까지 겨룬 승부를 그 이후엔 해본 적이 없었다.

"너, 지금도 그렇게 마셔대냐?"

춘삼이 형이 물었다.

"맘만 먹으면 그때보다 두 곱은 먹을 수 있지요."

"부럽다. 난 반도 못 먹겠더라."

"그러게 늙으면 죽어야 돼요."

"임마, 악착같이 질기게 살 판이다."

춘삼이 형을 따라다니는 친구들이 얌전하게 앉아 있어서 가엾은 생각이 들었다. 그리고 아까 연극판을 벌여주었던 친구들에게 술 사겠다는 약속을 지키고 싶었다.

"저 친구들한테 술 사겠다고 약속했는데요."

"알아. 얘기 다 들었다. 내가 이미 준비해 놨어. 옆방에서 코가 비뚤어지게 마시도록 했으니까. 그나저나 네 친구 복도 많다. 어찌 된 거야?"

춘삼이 형은 명식이 일이 궁금했던 모양이었다.

"그 녀석 아직도 동정이래요. 그래서 장가 좀 보내줄까 하고."

"기특한 데가 아직도 있구나."

"안된 놈예요. 여자한테 영 자신이 없어서…… 인생공부 좀 시키는 거죠."

"유리, 그 애가 잘 해낼 거다. 지배인 녀석이 네가 왔다고 하길래 알아서 모시라고 일렀지. 네 솜씨도 여전하다더라."

"에이, 형이 시킨 거군요."

"네 힘이 필요해서 녹슬었나 보려고 그랬지."

"난 이제 방어할 때 이외엔 주먹질 않고 살 겁니다."

"어련할라구. 술이나 들자."

"유리라는 애가 썩 괜찮아 보이던데 잘 해낼까 모르겠어요."

"걱정 마. 갠 해낼 애야. 그리고 절대 비밀도 지킬 애지."

"글쎄, 애가 맘에 콱 차던데."

"생각 있으면 말해."

"차암……."

내 가슴속에선 부정할 수 없는 욕망의 불꽃이 일어나고 있었다. 유리 같은 애라면 오늘 밤 가슴을 끌어안고 자고 싶었다.

"내 사업 좀 도와줄래?"

술잔이 서너 순배 돌고 나자 춘삼이 형은 이렇게 말을 꺼냈다.

"내가 뭘 알아야죠."

"나쁜 거 아냐. 날 못 믿겠으면 그만둬도 좋아. 그러나 얘길 들으면 네가 포기하진 않을 거다."

나는 춘삼이 형의 진지한 태도에 의심이 났다.

"형은 무슨 사업하는 겁니까?"

"나, 하두 이것저것 해놔서 넌덜머리가 난다. 지금은 기름 장사 좀 하고 있지."

"기름 장사요?"

"형님하고 같이 하고 있어. 내 주력 사업이야 건축업인데 불황이니까 까먹고 앉아 있는 거고. 그런데 그놈의 가짜 휘발유 만들어 파는 애들이 문제야."

"휘발유도 가짜가 있어요?"

"그놈의 가짜가 진짜하고 구분하기도 어렵게 만들어지고 자동차도 잘만 가니까 문제지."

"그거야 가짜치고 일품인데 그래요. 외화 줄여주는 애국상품 아닙니까?"

"나도 첨엔 그런 생각했었지. 그런데 그렇지 않아. 이 삼천리 강산을 좀먹는 공해생산만 하는 거지. 위험스럽고 사람을 갉아먹는 거니까 문제지. 그게 좋은 거라면 왜 나라에서 그걸 막겠어."

"그렇군요."

딴은 맞는 말이었다. 부정 휘발유가 보통 휘발유보다 두 곱이나 싼 것인데도 나라에서 처벌하는 것을 보면 그만큼 인체에 해로운 물질이기 때문일 것 같았다.

"더 어처구니없는 것은 전국의 주유소 가운데 그 비빔밥(가짜 휘발유를 그 사회에선 그렇게 부른다고 했다)을 사용하지 않는 곳이 거의 없다는 사실이다. 알고 쓰는 곳도 적잖겠지만 모르고 쓰는 데도 물론 있어. 한심한 노릇이지. 빨리 뿌릴 뽑아야 하는데 워낙 뿌리가 깊어서……."

의리의 사나이 춘삼이 형이 이렇게까지 정의로운 일에 관심을 갖고 있을 줄은 몰랐다.

"물론 내 형님 사업이고 내 사업상의 이익과 직결된 문제라서 좀 꺼림칙스럽다만……. 사실 이런 일은 누군가가 해줘야 할 거 아니냐? 너라면 충분히 해낼 수 있을 거다. 쓸 만한 두뇌가 네 주변에 많으니까 말이다. 나야 주먹 솜씨 좋은 놈밖에 가진 게 없어서 어려워. 네가 좀 나서봐라. 필요한 경비는 내가 줄께."

"글쎄, 뭐가 뭔지 모르겠어요. 그리고 나 혼자서야 어디……."

"아냐. 이건 너 혼자 뛰어야 돼. 걔들 비빔밥 만드는 애들이 얼마나 눈치 빠르고 조직적인지 여럿이 움직였다간 눈 씻고 찾아도 볼 수가 없어. 내가 혼자 나섰다가 갈비뼈만 왕왕 나갔었잖아."

"그렇게 조직이 쎈 거요?"

"그건 아냐. 먹고사는 일과 직결된 거라 인사불성야. 한 드럼통 팔면 몇만 원씩 남는 데다가 한 차면 그 자리에서 현금으로 칠십만 원, 경비 모두 빼고 알짜로 남는 거니까 모가지 걸 만하지."

"한 달에 한 차만 빼도 먹고살겠네요."

불타는 욕망 183

"한 차면 좋게. 수십 대씩 뺄 텐데."

"거, 떼부자들이구만요."

"말해서 뭐해."

"주유소 주인들이 어째서 그 비빔밥을 쓰죠."

"그럴 만한 이유가 있지. 한 드럼이면 사천 원밖에 안 남는 박한 장사거든. 전기료, 인건비, 기타 운영 경비 빼봐. 그러나 비빔밥 섞어 팔면 얼마나 이익야. 드럼당 몇만 원이 남는 장산걸."

"한 드럼 사면 주유소에선 얼마나 남는 거예요."

"한 드럼이 십일만 원에 들어가는 것 같으니까 적어도 삼만 사천 원꼴이겠지. 생각해 봐. 어느 놈인들 않겠어. 사천 원 남는 장사가 삼만 사천 원 장사로 뒤집어지는데."

"정말 그런데요."

내 가슴속에서 갑자기 호기심이 복받쳐 올라왔다. 그런 조직을 잡아낸다는 게 쉬운 일은 아니겠지만 한번 달려들어볼 만한 가치가 있을 것 같았다.

"뭐든 알아야 덤비든 할 거 아녜요."

"나도 잘 모르니까 그렇지. 주유소 옆에 쪼그리고 앉아 있어도 진짠지 가짠지 알 수가 없는걸. 색깔도 같고 냄새도 같고 휘발성도 같은 걸. 그렇다고 과학적인 기재를 들이댈 수도 없고. 다만 그런 조직이 수도 없이 많다니까 냄새만 잘 맡으면 쉬울 거야. 예를 들어서 운전사네 집에 감추어둔 휘발유통이 있다든지. 그럴 땐 되도록 개인택시 운전사를 추적해야 돼. 한시

택시는 차주 말고도 운전사를 쓰니까 그런 기름이 먹히지 않지. 개인택시야 그런 기름 몰래 사서 쓰면 굉장한 이익이니까."

"그런데 그렇게 잘 아는 형은 어째서 못 잡았어요."

"한 건 올리나 부다 했지. 그런데 막판에 녀석들한테 걸려서 작살난 거지. 꼬리도 없고 흔적도 없으니 알 재간이 없잖아."

"그렇다면 서울 변두리 쪽으로 나서봐야겠군."

"맞아."

우리는 밤늦도록 부정휘발유에 대한 얘기를 했다. 나는 서서히 피가 끓는 것을 발견했다.

"왜 못 잡고 그럴까요?"

"원체 치밀하니까 그렇지. 들리는 말론 잡히면 한 차분의 이익금 칠십만 원 현금으로 딱 내놓고 해결한단 말도 있어."

"그렇게 나오면 나라도 봐주겠는걸요. 사는 것도 가지각색이네요."

나는 마음속으로 그런 친구들을 잡아보고 싶었다. 내 이익과는 아무 상관이 없는 일이지만 내 손으로 한 건이라도 해결해 보고 싶었다.

"생각해 보지요."

내가 이렇게 말하고 일어서려고 했다. 그 자리에서 대답하기는 싫었다. 내가 호락호락하지 않는 사내라는 걸 강조해 두고 싶었다.

"임마 가긴 어딜 가. 충분히 대줄 테니까 대답해 버려."

불타는 욕망

"얼마나 주려고 그래요?"

"얼마 주면 돼?"

"꼭 주고 싶은 생각이면 13평짜리 아파트 하나 사줘요."

내 머릿속에는 명식이를 위해 조용히 공부만 할 수 있는 아파트 한 채가 꼭 필요할 것 같았다.

"쌔애끼. 좋아, 해줄게."

"미안해요. 형한테 흥정해서. 명식이 저 녀석 공부하게 해주고 싶어요. 그래서 내가 이룰 수 없는 판사를 한번 만들어보고 싶어요."

"좋아. 이번 일과는 상관없이 그건 해줄게. 네가 안 해도 좋아. 하다 말아두 좋구."

나는 춘삼이 형의 뜻을 알았다. 그렇게 나오면 끝까지 포기하지 않을 내 의리를 알고 하는 소리였다.

"좋아요. 하죠."

나는 허락했다. 춘삼이 형은 내 손을 굳게 잡아주었다.

"우리 오늘 기념식 한 건 해치우자. 어때, 맘 당겨?"

"뭔데요?"

"괜찮은 애 두어 명 대기시켜 놨어. 우리가 처음 만났을 때 하던 기념식 같은 거지."

나는 잠시 망설였다. 다혜의 얼굴이 불쑥 뛰어나왔기 때문이었다. 나를 내팽개쳐서 꿈꾸던 내 얼굴을 망가뜨린 여자였지만 미워할 수 없는 여자였다. 이번 여행을 같이 왔더라면······.

나는 그녀를 훔쳤을 것이다. 무슨 짓을 하더라도 다혜를 내 소유로 확정 지으려고 얼마 전부터 별러왔는지 모른다.

"임마, 네가 망설이는 게 어울리지 않아."

"그래요, 그래요."

나는 그 순간에 다혜를 훔치고 싶었던 그 욕정이 돌출되는 걸 느꼈다. 그리고 명식이가 태어나서 처음으로 유리한테 동정이라는 그 귀찮은 걸 넘겨준다는 데에도 자극을 받았다. 다혜의 앙칼진 목소리에 대한 복수심도 떠올랐다.

하느님. 이 못생긴 엉덩이를 좀 흔들어보겠습니다. 눈을 감으세요. 사는 게 다 이런 거랍니다. 스물두 살짜리 팔팔한 사내의 아랫도리에 평화를 주세요.

춘삼이 형은 애들에게 나를 옆방으로 모시라고 일러주었다. 나는 산장에 전화를 걸어 오늘 밤 못 들어갈 일이 생겼다고 했다.

호텔방을 열고 들어섰다. 내 강심장도 깜짝 놀랄 만큼 아리따운 여자가 반쯤 옷을 벗은 채 나를 맞았다. 나는 그녀 앞에 서서 숨을 몰아쉬었다.

낯익은 얼굴, 어디서 본 여자일까? 맞아. 저녁 때 호텔 나이트클럽의 무대에서 봤어. 방정맞을 만큼 몸을 흔들며 노래를

불타는 욕망 187

했었지.

이름이 뭐더라. 그래 맞아, 보슬비지. 쌍둥이 가수였어. 비슷비슷하게 생긴 애 둘이서 똑같은 율동으로 몸을 흔들며 노래했지. 얘가 언니던가?

"안녕하세요. 보슬비 미향이에요."

목소리가 표정만큼이나 나긋나긋했다.

"언니야, 동생야?"

"제가 동생예요."

"그런데 여긴 왜 왔어."

"춘삼이 오빠가 알아서 모시라고 해서요. 잘 부탁드릴께요."

"큰앤 어디 갔어. 아까 같이 노래 불렀잖아."

"옆방에요."

미향이는 춘삼이 형 방을 가리켰다.

"샤워하시겠어요?"

내 대답도 듣지 않고 미향이는 수건을 내밀었다. 샤워실까지 따라 들어올 자세인 것 같았다.

"나 혼자 하지."

나는 수건을 받아 들고 일어섰다.

"부끄러우신가 부다. 호호호……."

나는 대꾸 없이 목욕탕으로 들어갔다. 뒤통수가 뜨뜻해지는 걸 느꼈다. 여자가 대담하게 나오면 아무리 심장이 강한 사내라도 별수 없는 모양이었다.

샤워기를 세게 틀어놓고 비누칠을 시작했다. 팽창되는 내 아랫도리를 쳐다보았다. 내 어디에 그런 요물스러운 힘이 남아 있는지 모를 일이었다.

다혜의 얼굴이 또 떠올랐다. 미향이와 비교해서 다소 못생긴 여자에 속했지만 떨쳐버릴 수 없는 마음속의 여자였다.

"등 밀어드릴게요."

미향이가 소리 없이 문을 열고 들어와 큰 소리로 이렇게 말했다. 나는 용감해지고 싶었다. 술기운으로라도 그녀 앞에서 위축되는 꼴을 보이고 싶지 않았다.

"그래, 어디 솜씨 좀 보자."

내가 등을 내밀었다. 미향이 손이 등을 타고 내려갔다. 감촉 좋은 손바닥이었다. 그 자리에서 덮치고 싶을 만큼 내 등허리는 행복해졌다.

비누칠을 하고 샤워기를 댄 미향이가 귀 가까이에 대고 말했다.

"나 내일 공연 있어요. 살살 다뤄줘요. 너무 건장해서 좀 무서워요. 아셨죠?"

나는 피식거리며 웃었다. 내 발달된 근육과 육체를 보고 지레 겁을 먹는 모습이 싫지 않았다.

"너 좀 녹여주면 안 돼? 내일 공연은 내가 책임질게."

건장하다는 걸 과시하고 싶었다. 이것이 사내들의 오기인지 모른다.

"그러지 마요. 다음에 우리집으로 초청할게요. 스케줄 없을 때."

"너 약속하는 거지."

"그럼요."

차가운 물줄기를 뒤집어쓰고 밖으로 나왔다. 조명이 바꾸어져 있었다. 촉 낮은 붉은 빛깔의 등이 앙증맞게 침대 모서리에 서 있었다. 미향이는 옷을 벗어서 침대 머리에 던졌다.

붉은빛 도는 그녀의 나신이 욕심나게 빛나고 있었다.

저런 여자라면 지옥까지라도 쫓아가 운우의 정을 나누고 싶었다. 출렁이는 침대 위에 미향이는 곧게 누웠다. 내가 그녀 옆에 나란히 누웠다.

"춘삼이 오빠도 선생님을 무서워하는 모양이죠?"

"왜 무서워해. 멀쩡한 사람한테."

"왜 그런지는 모르겠어요. 아까 사람들하고 하는 얘길 들으니까 선생님을 무서워하는 것 같았어요. 선생님한테 걸리면 누구라도 뼈를 못 추린다던데요. 그렇게 센 거예요?"

"주먹질 잘하는 놈치고 오래 사는 것 봤니?"

"……"

미향이는 대답하지 않았다. 몸을 가볍게 옆으로 돌리고 내 머리칼을 가볍게 긁었다. 내 코 앞에 가슴이 밀착되어 들어왔다. 그녀의 몸에서 측정하기 어려운 향내가 났다. 나는 그녀를 깨물기 시작했다.

미향이는 숙련된 배우였다. 그녀의 직업은 가수였지만 그녀의 육체는 배우였다. 나무랄 데 없는 완벽한 연기수업을 받은 여자 같았다.

그녀는 몸 전체를 수축했다가 몸 전체를 확장시키는 묘한 힘을 가지고 있었다. 그리고 뜨거워서 열꽃이 필 것처럼 달아오를 줄 아는 여자였다.

무너져내릴 줄도 알았다가 가파른 언덕을 기어오를 줄도 알았다. 평소에 흉내 낼 수도 없는 동물의 소리도 낼 줄 알았고, 그녀 스스로 불붙는 열정도 소유하고 있었다.

한순간이 짧게, 외마디 비명 소리처럼 지나갔다.

침대와 우리는 한꺼번에 습도계처럼 민감하게 수분을 빨아들이고 있었다. 고르지 않은 숨소리가 침묵을 밀어 치우고 있었다.

식지 않은 내 육체 위에 입바람을 불어주며 그녀는 나를 간지럽혔다. 열탕 속을 빠져나와 다시 냉탕으로 뛰어든 것처럼 신선한 바람이 일고 있었다.

우리 두 사람의 육체는 임무를 완수한 병사처럼 휴식을 취하고 있었다.

담뱃불을 붙여 내민 미향이가 내 가슴에 얼굴을 묻고 고른 숨을 쉬고 있었다.

"고마워요."

미향이 목소리가 묘한 충돌질을 해주었다. 상상력으론 그녀를 이해하기 어려웠다. 나는 당당한 개선장군처럼 그녀를 한 팔로 옥죄듯 잡았다. 그녀는 신음 덩어리에서 한 가닥씩 신음 소리를 내놓듯 작고 긴 여음으로 콧소리를 내었다.

"절 잊지 마세요. 여러 가지 도와주시고요."

"그래 그러자구."

나는 대번에 그녀의 말뜻을 알아차렸다. 내가 보슬비의 후견인으로 등장할 수도 있다는 암시였다.

그녀는 약속과는 달리 나를 잠들지 못하게 했다. 욕망의 봇물을 터놓고 솔직하게 고백을 했다.

나는 그녀에게 충족을 던져주고 싶었다. 그녀 가슴에 내 존재를 강렬하게 남기고 싶었다.

다시 우리는 용광로를 점화하듯 불붙기 시작했다.

흡혈귀처럼 우리는 서로를 탐험했다.

그리고 우리는 숨쉬기를 포기한 사람처럼 절정을 넘겼다.

눈을 떴다. 미향이는 엊저녁 무대에서처럼 아무 일 없었다는 듯이 화장을 하고 있었다.

"더 주무세요. 전 가봐야 하거든요."

"나도 일어날란다."

"안 돼요. 제가 나가고 난 뒤에 나오세요. 빤히 아시잖아요. 서울 가서 연락 주세요."

"그렇군."

나는 그녀의 말뜻을 알아들었다. 인기를 생명으로 하는 그들이 소문의 벽을 무너뜨릴 수는 없는 일이었다.

미향이는 내 손등에 가벼운 입맞춤을 하고 나갔다. 나는 벌떡 일어나 목욕탕으로 들어가 길고 뻐근한 방뇨의 쾌감을 만끽하고 있었다. 다혜의 얼굴이 거울 속에서 나를 응시하고 있는 것 같았다. 나는 거울에 물을 뿌리고 돌아섰다.

하느님, 이 꼴을 다혜가 알진 못하겠죠. 그리고 하느님은 이 못생긴 엉덩이를 관찰한 기록을 치부책에 적어놓지는 않았겠죠.

사람 사는 게 다 그런 겁니다. 하느님이 지상에 내려와도 별수 없다구요. 사내들의 아랫도리에 대해선 이해하는 수밖에 없어요. 인류의 행복을 위한 최상의 방법은 눈을 감는 것이죠.

결혼해서 사는 게 서로 사랑하기 때문에 사는 건 아니잖아요. 사랑하는 사람과 꼭 살아야 된다면 지구가 어떻게 되겠어요. 다 서로 필요한 게 있으니까 얼렁뚱땅 사는 거라구요. 하느님은 그 점을 곧잘 잊어버리는 것 같아요. 한번 결혼하면 영원히 같이 살라고 엄명했지만 그건 사람 마음을 전혀 고려하지 않은 독선입니다.

침대에서 늘어지게 한숨을 자고 천천히 산장 쪽으로 내려왔다.

피서 인파가 갑자기 줄어든 설악동 풍경이 을씨년스러워 보였다.

"미안하다. 그럴 만한 사정이 있어서 그랬다."

내가 문을 열고 들어서며 이렇게 말했다. 삼단요 위에 누워 있던 녀석이 심각한 얼굴로 말했다.

"문제가 생겼어."

나는 속으로 웃음이 터져 나오는 걸 가까스로 참으며 되물었다.

"무슨 문제? 무슨 일 있었니?"

"나두 모르겠어."

명식이는 금목걸이 한 개를 목에서 끌러 내놨다.

"이게 뭐야?"

"유리 거."

"유리라니?"

"엊저녁 그 처녀애 있잖아."

"그런데……"

"여기서 자고 갔어."

"희야! 네 솜씨 알아줘야겠는데."

"지랄 마. 가엾어 죽겠어."

"이 새끼 첫날밤 지내놓고 가엾긴 뭐가 가엾다고 능청야."

"그게 아니라니까."

녀석은 정말 심각해 있었다. 엊저녁에 지배인을 시켜 마련했던 목걸이가 어째서 명식이 손에 있는지부터가 궁금해 견딜 수 없었다.

"유리가 정표로 준 거야. 곧 시집가게 됐대. 맘에도 없는 남잔데 집안에서 강제로 시키는 모양이야. 그래서 마지막으로 친구들하고 여길 놀러 왔다가 그 깡패 새끼들한테 쫓긴 거래. 유리 걔 천사였어. 난 걔 다 가졌어. 걔도 내게 모든 걸 주고 싶댔어."

열애에 빠진 소년처럼 녀석은 창 밖에 시선을 두고 말했다.

"그렇다고 해도……. 시집갈 애하고 자는 게 말이나 돼."

"나두 모르겠어. 왜 그랬는지 정말 모르겠어. 그냥 좋아했어. 처음부터 그러려고 한 건 아녔는데. 무섭다고 쪼그리고 앉아서 꾸벅꾸벅 졸길래 자리를 펴주고 내가 나가려고 했어. 그랬더니 걔가 갑자기 나를 붙잡고 강제결혼은 하기 싫다고 했어. 우린 그래서 신세타령을 시작했지. 나는 다리병신이라서 여태 사랑도 제대로 못 해봤다고 했지. 걔가 내 무릎을 베고 누워서, 이 병신이 된 다릴 만져주며 맹세하자고 했어. 꼭 고시에 패스해서 만나자고. 그동안 걔는 멀리 도망가서 살겠댔어. 신문의 발표에 내 합격소식이 있을 때까지 꼭 살아 있겠댔어. 그 맹세로 걔는 모든 걸 줬어. 난 기필코 걔를 찾아야 돼. 이젠 공부해야 돼. 그래서 나라도 먼저 돌아갈 생각이다. 난 고시에 패스해야 돼. 유리가 오래 숨어 있게 할 순 없어. 안 그러니?"

명식이의 눈빛이 유난히 빛나고 있었다. 나는 그런 명식이의 어깨를 감싸 안았다.

"정말 한 편의 소설 같구나. 넌 걔를 찾아야 돼. 그러기 위해서 나하고도 약속해야 돼. 고시에 패스해서 유리라는 그 여자와 나란히 팔짱을 끼고 나타난다는 걸."

"맹세한다. 내 모가지를 걸겠다."

"그래, 널 믿겠다."

"난 돌아가고 싶어."

"좋다. 가자."

우리는 부지런히 짐을 챙겼다. 명식이는 신바람이 난 사람처럼 등산 장비를 손질했다.

유리는 나와의 약속을 철저히 지킨 모양이었다. 그녀는 내가 상상하지 않은 부분까지도 훌륭한 연기력을 보여준 게 확실했다. 금목걸이를 급히 사 달란 것은 이미 그녀의 가슴속에 불우한 처지의 한 남자에게 용기와 희망을 주겠다는 의지를 숨긴 셈이었다.

그리고 명식이가 고등고시에 합격하면 그때 꼭 만나자는 실현될 수 없는 맹세를 한 것은 나를 몹시 기쁘게 하는 것이었다.

명식이가 고시에 패스하는 것은 쉬운 일이겠지만 유리가 다시 명식이를 찾아오지 않을 거라는 걸 나는 알고 있었다. 나는 유리를 꼭 만나고 올라갈 생각이었다.

모든 여자들이 유리처럼 현명해 준다면……. 그리고 다혜가 유리만큼한 아름다운 마음씨를 가져준다면…….

나는 그런 생각을 하며 산장을 나왔다. 춘삼이 형도 만나봐야 되겠고 유리에게 고맙다는 인사나 하고 떠날 생각이었다.

"아는 선배가 여기 와 있어. 잠깐 들러서 고속버스 표도 부탁해 보고 인사도 하고 올게. 먼저 준비나 해둬."

"후딱 갔다 와."

명식이는 당장이라도 공부에 열중하고 싶은 모양이었다.

호텔로 올라가 춘삼이 형을 만났다.

"애 괜찮지?"

"쓸 만했어요."

"자아식…… 톱 클라스야. 괜찮은 정도면 너한테 보내질 않았어."

"그런 것 같았어요."

"표는 터미널에 나가면 애들이 전해줄 테니까 걱정 마. 그리고 난 이삼 일 더 있다 갈 테니까 올라가는 대로 김포 넙치부터 만나봐. 내가 연락해 놓을 테니까. 넙치가 루트를 잡아줄 거다. 조심해야 돼. 전문가는 아니지만 생사를 건 애들이라 손쉽게 건드려선 안 돼."

"명심하죠."

"너만 믿는다. 자, 이건 착수금이다. 접선하려면 그만한 돈은 있어야 거다."

춘삼이 형은 하얀 사각봉투를 내밀었다. 내가 펼쳐보려고 하자 춘삼이 형은 손으로 막았다.

"나중에 펴봐."

나는 호주머니에 찔러 넣고 춘삼이 형에게 간단한 부탁을 하나 했다.

"그거라면 내가 할 수 있지."

춘삼이 형은 전화기에 대고 뭐라고 한참 동안 지껄였다. 지배인이 올라와 봉투째 돈을 받아가지고 나갔다.

"유리 걔 여기 있는 애가 아냐. 피서철이라 스카우트된 애지. 걔를 하루 저녁에 십만 원으로 구워삶는다는 건 기적이었다."

"그 십만 원도 받지 않았어요. 내 친구한테 금목걸이를 줘버렸거든요."

"그러고도 남을 애지. 네가 욕심난다면 보내줄 수도 있어."

"형, 유리 걔 데리고 장사할 생각 없어요?"

"무슨 장사?"

"최고급 술집 한번 해보지 그래요. 걔 저렇게 내돌리지 말고 사장 시켜봐요. 아까워서 그래요. 형이 안 한다면 내가 해보겠어요."

"그건 한번 생각해 볼 문제다. 좋은 아이디언데."

춘삼이 형이라면 유리를 저렇게 내돌리지 않고도 유리의 수입을 충분히 감안한 고급술집을 차릴 능력이 있을 것 같았다.

"너 아주 반했구나. 한번 입 맞춰봐서 좋다면 시작하지, 뭐."

우리는 유리를 사장으로 앉히고 춘삼이 형이 물주가 된 술집을 구상하고 설계했다. 춘삼이 형도 조금 흥분되는 모양이었다.

노크 소리가 나고 지배인이 들어와 포장된 상자를 내놨다.

"옆방에서 기다리고 있습니다."

나는 상자를 들고 옆방으로 건너갔다. 유리가 해맑게 웃고 있었다.

"정말 고마웠어요. 나도 꽤 맨발쟁이 호령하며 자란 놈이오. 우리 서유리 씨를 위한 일이면 내 이름을 걸겠소."

헛소리가 아닌 진심의 소리였다.

"고마워요. 그리고 저도 만나고 싶었어요. 나중에 꼭 고시에 패스하면 명식 씨에게 편지해 줄 거예요. 지금부터 매일 일기 쓰듯 편지를 써놨다가 그때 한꺼번에 부칠 거예요."

우리는 십여 분 동안 명식이 얘기만 했다. 유리는 명식이 말처럼 천사 같은 여자라는 확신이 내 가슴속에 섰다.

"이건 내 작은 정성입니다. 조건 없이 받아주세요. 명식이의 사랑도 들어 있는 겁니다."

"전 제가 하고 싶은 일을 했는걸요."

"알아요. 내가 총찬이란 놈입니다. 소문 들어서 알 겁니다. 이런 짓 하는 성질이 아니라는 걸. 유리 씨는 내 친구의 정신을 살려준 사람예요. 두말하지 맙시다."

"그럼, 받겠어요. 무엇인지 모르지만 훗날 명식 씨를 위해 쓰겠어요."

그녀는 상자를 받았다.

우리는 굳게 악수를 나누었다. 유리는 화장기 없는 얼굴로 천사처럼 웃었다. 그녀가 몸을 파는 여자라고 생각할 사람은

불타는 욕망 199

아무도 없을 것 같았다.

술집 색시들 특유의 음란기나 색정 어린 표정이 아니었다. 그냥 양갓집 규수의 표정이었다. 아니 내 눈엔 천사가 되려다 만 여자의 자태였다.

짐을 꾸려 메고 택시를 탔다. 설악동을 빠져나가 속초 쪽으로 달렸다. 바닷가를 이어 놓은 도로 끝에 지평선이 보이는 쾌청한 날씨였다. 신선한 바람이 차창으로 메어 터지게 들어오고 있었다.

"나를 새롭게 태어나게 한 땅이구나."

명식이가 반쯤 눈을 감고 내게 한 말이었다.

"그래, 나도 새롭게 태어난 기분이다."

내가 명식이의 말을 이렇게 받았다. 갈매기 떼가 파도타기라도 하는 것처럼 낮게 날아다니고 있었다.

"속초 가서 느이 누님 드릴 선물 좀 사자."

명식이가 호주머니에서 꼬깃꼬깃한 지폐를 꺼내어 내 손에 쥐어주었다. 나는 녀석의 돈을 받았다.

바람이 얼굴을 따갑게 했다. 명식이는 혼자 웃고 있었다.

터줏대감들

예정보다 일찍 돌아온 우리에게 은주 누나는 편지 한 장을 내밀었다.

"우표도 붙지 않은 걸 보니 누가 던져 넣은 모양이더라."

나는 편지를 뜯어 보았다. 휘갈겨 쓴 편지였다. 거북살스러운 내용뿐이었다. 어떻게 알았는지 신사동 떡치가 던져놓은 도전장이었다.

"빌어먹을 자식들."

나는 이렇게 투덜거리고 쓰레기통 속에 편지를 구겨서 던져 버렸다.

"무슨 편진데 그러니?"

은주 누나가 궁금해서 물었다.

"아무것도 아냐. 까부는 애들이 한판 붙자는 거야."

"조심해라. 너 그러다 큰일 난다."

"알았어."

나는 돌아서서 내 방으로 들어갔다. 기분이 좀 언짢았다. 돌아오자마자 그런 도전장을 받다니.

상대하고 싶지 않았지만 그냥 두면 귀찮게 굴 게 뻔했다. 집을 알아놓은 이상 그냥 넘길 녀석들이 아니기 때문이었다.

직접 부딪쳐서 승산이 있을 수는 없었다. 패거리들이 떼로 덤비거나 계획적으로 무기를 동원하거나 그도 아니면 애들을 잠복시켜 언제 기습공격을 감행할지 모를 일이었다.

나는 설악산에 있는 춘삼이 형에게 전화를 걸었다.

"형, 귀찮은 일이 생겼어요. 신사동 떡치가 이빨을 갈고 있어요. 상대할 수도 없고 피하긴 싫고."

나는 녀석이 보낸 도전장에 대해 남김없이 얘기해 주었다.

"알았어. 내가 애들을 보내줄게."

"그러긴 싫어요. 이 기회에 버르장머리를 고쳐야겠어요."

"어떻게 하겠다는 거야?"

"떡치하고 몇 놈만 불러내줘요. 날려놓고 붙게 말입니다."

"자아식, 더럽게 할 짓 없나 부다. 상대할 것들을 상대해야지."

"버르장머리 좀 고치겠다니까 그래요."

한동안 나를 구슬리던 춘삼이 형은 혀를 차며 그러겠다고 말했다.

"김포 넙치 만날 땐 내 얘기부터 먼저 해. 괜히 시끄럽게 만들지 말고."

"알았어요."

나는 전화를 끊고 바로 몇 군데 전화를 걸었다. 김포 넙치가 어떤 사내인지 알고 싶었다.

한결같이 독종이란 낱말을 사용했다. 꽤 드센 친구인 것 같았다. 춘삼이 형이 김포 쪽으로 가보라는 데는 그럴 만한 이유가 있을 것 같았다.

아침에 김포행 버스를 탔다. 우선 김포의 넙치부터 만나보고 싶었다. 어떻게 생긴 친구이기에 춘삼이 형마저도 시끄럽게 굴지 말라는 것인지 모를 일이었다.

"넙치 좀 만나러 왔다."

내가 버스 주차장 앞에 있는 이층 당구장으로 올라가 힘께나 써 보이는 녀석에게 이렇게 말했다.

"형씬 누구요?"

말투가 곱지 않았다.

"누구인지 네가 알 필요는 없고. 어디 가면 만나나?"

내가 좀 거칠어 보이게 말했다.

"넙치 형님하고 어떻게 되슈?"

여전히 곱지 않은 말투였다.

"말이 많구나."

내가 인상을 구겨주었다. 녀석이 둘러섰던 애들에게 눈짓을 보내고 허리를 폈다.

"너 어디서 굴러먹던 뼈다귀인지 모르겠다만 살아서 돌아가려면 아가리부터 세탁하고 와."

당구대 위에 걸터앉은 사내 입에서 험악한 말이 튀어나왔다. 나는 피식거리며 웃었다.

"당구공 내려놔. 그리고 넙치가 어디 있나만 얘기해."

"허!"

헛김 빠지는 소리를 한 사내가 뒤에 죽 늘어서 있는 사내들을 쳐다보았다.

"이 친구, 병원에 실어다 드려라."

나는 또 피식거리며 웃었다. 진짜 자신 있는 사내들은 입을 험하게 굴리지 않는 법이었다. 애송이들이나 아가리 가지고 겁주려고 하는 것이었다.

당구공이 휙휙 날았다. 나는 피하지 않은 채 꼿꼿하게 서 있었다. 당구공이 벽을 강타하고 바닥으로 굴렀다. 큐대가 허공을 가르며 쉭쉭거렸다. 가볍게 물러서며 앞에 있는 녀석부터 바닥에 내리꽂았다.

사내들이 주춤주춤 물러섰다. 나는 당구대에 걸터앉아 뒤에 있는 녀석을 손가락으로 가리켰다.

"너 가서 넙치 찾아와. 빨리!"

녀석이 잽싸게 뛰어나갔다.

"너희들은 얌전하게 있어. 움직이면 골통이 병원에 가게 되니까."

구석에 몰려섰는 사내들이 꿈쩍도 하지 않았다. 나는 당구공을 모아놓고 당구를 치기 시작했다.

아무리 빨라도 십 분 정도 걸려야만 넙치가 도착할 것 같았기 때문이었다.

춘삼이 형이 조심하라고 일렀지만 나는 춘삼이 형 말을 거역하고 있었다. 그런 독종이라면 언제 어디서고 한판 붙어보고 싶었다. 상대가 될 만한 녀석이라면 누구 이름 팔아서 친해지기는 싫었다.

당구장 문이 열렸다. 말쑥한 신사복 차림의 사내, 훤칠한 키에 별명답지 않게 잘생긴 사내가 들어섰다. 얼굴에 웃음기가 들어 있었다.

나는 큐대를 세워놓고 그의 거동을 살펴보았다. 침착한 걸음걸이, 예민한 신경조직이 느껴지는 몸짓, 여유 있는 표정이 예사 솜씨가 아닌 것 같았다. 나는 그 순간에 넙치의 실력이 만만찮다는 느낌을 받았다. 날고 긴다는 춘삼이 형이 조심하라고 일러둘 만한 사내라고 생각했다.

"내가 넙치라는 사람입니다."

정중했다. 어디 한 점 빈틈을 보이지 않는 동작이었다.
"장총찬이라고 합니다."
나도 정중하게 대꾸했다. 넙치도 내 예민한 몸짓에서 상대가 될 만한 사내라는 걸 간파한 것 같았다.
"혹시 봉두 형님과 같이 계시진 않았습니까?"
"한때 같은 밥 먹었었지요."
"말씀 많이 들었습니다. 이거 반갑습니다."
"나도 춘삼이 형한테 말씀 많이 들었습니다."
"아, 춘삼이 형도 전활 하셨더군요. 이건 대접이 말 아니게 돼서 미안합니다. 반갑습니다."
우리는 악수를 나누었다. 서로 긴장을 풀어도 괜찮을 사이라는 걸 우리는 느끼고 있었다.
둘러섰던 애들이 우리 두 사람이 친해지는 방법을 눈여겨 보고는 고개를 끄덕였다.
"내려가 차 한잔 하십시다."
"그러지요."
우리는 아래층으로 내려갔다. 당구장 아래층은 깔끔한 다방이었다.
"춘삼이 형이 신신당부하더군요. 위험한 일 맡겼으니 뒤도 살펴주라고 말입니다."
"춘삼이 형이 당한 모양입니다. 부정 휘발유 생산하는 친구들한테 말입니다. 그래서 나서봤는데 뭘 알아야죠. 이 근처에 그런 조직이 꽤 많은 모양이던데 말입니다."

나는 춘삼이 형과 나누었던 얘기들을 넙치에게 자세히 얘기해 주었다.

"그런 얘길 얼핏 듣기는 했습니다만 나는 자세히 알진 못합니다. 한번 애들을 풀어보지요."

"이거 폐가 많습니다."

"별 말씀을 다하십니다. 저도 얘기만 듣고 한번 만나보고 싶었던 참입니다. 가깝게 지내도록 노력해 보겠습니다."

우리는 배가 맞는 사이였다. 넙치가 서울 무대를 떠나서 조그만 지역을 맡고 있지만 그의 실력이 서울에서는 최상급으로 알아준다는 걸 알았다.

"운동은 어디서 하셨나요?"

내가 이렇게 질문했다.

"계룡산에 있을 때 무공(舞空) 스님한테 몇 수 배운 것뿐입니다."

나는 고개를 끄덕였다. 무공 스님이라면 내게 있어선 경악스런 존재였다. 떠돌이 행자승의 사부님으로서 그의 명성을 익히 아는 터였기 때문이었다. 무공 스님한테 사사했다면 나보다 한 수 위라고 보아도 좋을 것 같았다. 서울의 전문가들이 넙치를 두려워하는 이유를 알 것 같았다.

"나도 무공 스님의 활법과 무공법을 공부한 적이 있습니다. 회초리 한 개만 들고 다니는 행자승한테요."

"아, 무초(舞草) 스님 말씀이군요. 정이 깊은 분이지요. 나보다 위시고 나도 무초권법을 사사한 적이 있었지요. 염력(念力)이 대단한 분이셨지요. 이러고 보니 우리 한 식구끼리 만난 셈입니다."

정말 반가운 사이였다. 그렇게 돌아다녀보아도 무초 스님이나 무공 스님의 사사를 받은 사람을 만날 수 없었다. 넙치가 최초의 인물이었다. 넙치가 얼마나 무술에 조예가 깊은지 알 것 같았다.

무공 스님에 대해선 잘 모르지만 무초 스님의 성품으로 보아 제자를 그리 쉽게 양성할 분이 아니었다. 넙치가 그 휘하에서 실력을 다듬었다면 보통 인물은 아닌 것 같았다.

"정말 반갑습니다. 실례지만 연배를 알고 싶습니다. 제 위일 것 같은데요."

"네, 스물다섯입니다. 여기선 서른쯤으로 행세하곤 있지만요."

"그럼 저한테 사형이 되십니다."

"이거 훌륭한 분을 사제로 삼게 되어 영광입니다."

"말씀 낮추지요. 이런 인연이 또 어디 있겠습니까."

우리는 피차 통할 수 있는 사이였다. 무공법을 익힌 것이라든지 무초권법을 서로 알고 있다는 것은 핏줄을 나눈 사이만큼이나 깊은 정이 깔려 있는 셈이었다.

"그 무초 스님 지금 어디 계신가요?"

"설악산 쪽에 조그만 암자를 짓고 안거하신 지가 여러 해

돼. 무공 스님은 돌아가셨지만. 무초 스님을 찾아뵈었더니 묵언(默言) 중이셔서 한마디 말씀도 못 듣고 내려왔지. 일체 중생을 대하시지 않고 찾아뵈어도 어찌 아시는지 다른 곳으로 가 버리고 그러시니까."

"형은 어쩌다 이런 세계로 들어왔어요. 무공 스님이 아셨으면 혈맥이 끊길 일 아닙니까?"

"……."

"괜한 걸 물었습니다."

"차차 얘기해 줄게."

넙치 형은 괴로운 표정을 지어 보였다. 아마 무슨 곡절이 있는 모양이었다.

"오늘 여기서 묵고 가지그래. 바쁜 일 없으면."

"안 돼요. 형 만났으니 일단 돌아갔다가 내일이나 모레쯤 다시 올게요."

"섭섭해서 그러지."

"이제 자주 만날걸요 머. 비빔밥인지 부정 휘발유인지 그거나 좀 형이 알아봐줘요. 꼬리만 잡아주면 직접 내가 나설게요. 춘삼이 형이 그러길 바라고 있으니까요."

"그러지 않아도 춘삼이 형한테 얘길 들었어. 애들을 풀어놨으니까 꼬투리가 잡히겠지. 내가 잡히는 대로 곧장 연락해 줄게."

우리는 시간 가는 줄 모르게 얘기를 나누었다. 같은 무술을 연마한 처지라서 할 얘기가 많았다. 넙치 형도 표창과 한풀에 조예가 깊다는 걸 알았다.

춘삼이 형이 내 실력을 알고 있기 때문에 넙치 형과 조우하는 걸 그렇게 신경 썼던 것 같았다.

"신사동 떡치 애들은 어쩔 테야?"

넙치 형은 이렇게 물었다.

"그걸 형이 어떻게 알아요."

"춘삼이 형이 얘기하더라. 그 애들 좀 불러다 주라고."

"그냥 둘 수도 없고, 그렇다고 손대기도 그렇고 해서 버르장머리나 고쳐주려고 그래요."

"알았어. 시끄럽지 않게 버릇 고쳐놔."

나는 넙치 형이 내준 자가용을 타고 다시 서울로 달리기 시작했다. 세 녀석이 나를 따라왔다. 신사동 떡치패를 불러낼 친구들이었다.

넙치 형의 부하들은 신사동 쪽으로 가고 나는 다혜네 집 근처에서 내렸다. 전화를 걸까 망설이다가 무작정 쳐들어가는 기분으로 초인종을 눌렀다.

문이 열리고 다혜 어머니가 반갑게 나를 맞아들였다.

"오랜만이네요."

"다혜는 안에 있어요? 갑자기 연락도 안 드리고 찾아와서 죄송합니다. 보고 싶어서 그냥 왔어요."

"별 말씀 다하시네. 자주 와요. 쟤 성깔이 좀 못돼서 그런 거니까 학생이 이헬 해요. 어서 들어가봐요."

다혜가 팔짱을 끼고 나를 노려보고 있었다.

"오랜만이다. 보고 싶어서 왔다."

내가 소파에 걸터앉으며 말했다.

"미나 씨는 어쩌고 혼자 다니셔?"

아직도 그 오해가 풀린 것은 아닌 것 같았다.

"오해하지 마. 제발 다혜만은 그러지 마. 답답해 죽겠어."

"오해고 육해고 다시 만날 생각 없어. 치사하게 추근거리는 거 난 딱 질색이니까."

냉랭한 표정이었다.

"안 만나도 좋고 치사하다고 해도 좋아. 밝힐 건 밝히고 넘어가야겠어. 분명히 얘기하지만 난 미나와 아무 관계도 없어. 이건 다혜가 믿는 하느님한테 맹세할 수 있어."

"좋아, 내가 오해했다고 치고 우리 이걸로 끝내. 더 이상 만나지 않겠어."

"오해했다고 치는 건 인정할 수 없어. 오해인지 사실인지 밝힌 뒤에 만나든 안 만나든 다혜 네가 결정해, 추근거리지 않겠어."

나는 지지 않고 달려들었다.

"무릎맞춤하자는 거야?"

"미나가 무슨 말을 어떻게 했는지 나는 몰라. 다혜가 한 번 더 확인해 봐. 미나가 사람 같은 여자라면 내가 어떤 놈이라는 걸 알 거야."

"찬이가 만나게 해줘. 그럼 되잖아."

"난 그러기 싫어. 내가 잘못하지도 않았는데 뭐하러 두 사람 사이에 끼어서 그 지랄을 해."

"나도 만나기 싫어."

"그럼 나한테 사과해. 그리고 안 만나도 좋아. 난 결단코 다혜한테 오해받을 짓을 한 적이 없으니까."

"좋아하네."

다혜는 그렇게 말하고 방으로 들어가려고 했다. 나는 그녀의 팔목을 붙잡아 자리에 앉혔다. 다혜 어머니가 우리들 눈치를 보느라고 찻잔을 들고 서 있었다. 나는 그쪽으로 쫓아가 찻잔을 받았다.

"다혜 버릇 좀 고쳐도 될까요?"

"그래요. 애가 버릇이 없어요."

"저 고집 꺾지 않으면 안 될 것 같아서 그래요."

"맘대로 해요. 너무 심하게 다루진 말고요."

"제가 알아서 할 테니 이해해 주세요."

"어서 가봐요."

다혜 어머니가 내 등을 도닥거려주었다.

"그럼 같이 가자. 내가 미나를 불러낼 테니까."

"싫어. 이리 데려와."

"너 정말 이렇게 나올 거야?"

"웃겨, 제발 나한테까지 그런 수법을 쓸 생각 말아."

"너 정말 이럴 거야?"

"집에 가서 발 닦고 자. 그렇게 할 짓이 없어."

나는 그렇게 말하는 다혜의 팔목을 꺾어 잡았다. 다혜가 몸을 꼬며 소리 질렀다. 나는 그런 다혜의 입술을 훔쳤다. 다혜의 손바닥이 나를 때리려고 했다.

철썩 철썩.

따귀 두 대를 올려붙였다. 다혜가 털썩 주저앉았다.

"나도 너 같은 기집애 만나고 싶지 않아. 남 말만 듣고 치사한 사내 만들면 죄받아. 나중에 확인한 뒤에 무릎 꿇고 빌지 않으면 나도 널 만나지 않겠어. 너만 똑똑하고 너만 옳은 줄 알면 오산야."

나는 다혜를 마룻바닥에 내던지고 성큼성큼 걸어 나왔다. 마당에 서성거리고 있던 다혜 어머니가 겸연쩍게 웃었다.

"죄송합니다. 고집 좀 꺾어주려고 그랬습니다."

"괜찮아요. 저러다 괜찮아질 거예요."

"안녕히 계세요. 가끔 놀러 오겠습니다."

"잘 가요."

나는 내리막길을 빠른 걸음으로 내려왔다. 어디 가서 저녁이나 든든히 먹은 뒤에 신사동 쪽으로 갈 생각이었다.

후련하기도 했고 가슴이 조금씩 무너지는 기분이기도 했다. 이런 일로 다혜와 영원히 헤어질 수도 있는 일이었다.

속이 넓은 여자라면 언제고 마음을 돌릴 것이지만……. 그

터줏대감들 213

건 내 기대이지 다혜의 마음은 아닐 것 같았다. 내가 좀 심하게 다룬 것인지도 모르겠다.

신사동의 약속한 장소까지 가려면 조금 서둘러야 할 시간이었다. 가까운 식당에 들어가 저녁을 먹고 곧장 택시를 탔다.

신사동을 지나 교차로 쪽에서 내렸다. 약속한 술집의 불빛이 멀찍이 보였다.

붉은 등 아래 술집 간판이 유난히 크게 보이고 있었다.

하느님, 주먹만 믿고 까부는 애들 손 좀 보겠습니다. 진짜 주먹 쓸 줄 아는 친구들은 결코 저러지 않는다는 걸 하느님은 알고 있죠. 신문에 이름 나고 가난한 사람 등쳐먹는 무리들은 졸개들이라는 것도 알고 있겠죠. 진짜 전문가는 옳지 않은 일보다 옳은 일을 더 많이 한다는 것도 아시겠죠.

술집 앞에 서서 나는 이층 창가로 삐죽이 나온 수건을 보았다. 그것이 신호였다. 준비가 완료되었다는 표시를 그렇게 해두기로 우린 약속하고 있었다.

허리띠를 만져보았다. 만약의 사태에 대비해서 준비해 가지고 나온 표창이 가지런히 꽂혀 있었다. 계단을 한 계단씩 올라서며 나는 스스로 이런 짓을 하며 살아야 하는 이유를 모르겠다고 생각했다.

그러나 누구한테든 지고 싶지는 않았다.

성질대로 살고 성질대로 휘두르고 싶었다. 나보다 힘없는 자라면 힘껏 돕고 싶지만 나보다 센 척하고 그 센 힘을 사용하여 힘없는 자를 괴롭히는 자라면 그냥 두고 싶지 않았다.

문을 열었다. 가운데 자리에 버티고 앉아 있는 신사동 떡치가 빙긋이 웃었다. 그의 표정이나 자세가 자신만만해 보였다. 김포 넙치 형 부하들이 자리에서 일어났다. 신사동 떡치가 손을 내밀었다. 나는 그의 손을 잡았다. 우악스럽게 생긴 손바닥 감촉이 내 기분을 상하게 하고 있었다.

손바닥을 보면 상대가 어떤 짓을 하는지 어렴풋이 알 수 있었다. 녀석은 두목답게 점잔을 빼는 친구가 아니라 새로 조직한 깡패 사회에서 명성을 얻기 위해 손장난을 좀 하는 것 같았다.

"솜씨를 좀 볼까 하고 불렀습니다."

떡치가 여유 있게 말했다.

"전에 신세진 게 있어서 각오는 했었지요."

나는 굵은 목청을 더 낮춰 대꾸했다.

"형씨에 대한 소문은 그 뒤에 들었습니다. 소문도 확인할 겸 해서 애들 두엇 데리고 나왔는데 괜찮겠습니까?"

떡치 뒤에 버티고 서 있는 두 사내를 가리켰다. 눈빛에 살기가 도는 녀석들이었다. 첫눈에도 예리한 신경조직과 빠른 동작이 예상되는 사내들이었다. 아마 시내 쪽에서 명성을 얻고 있는 전문가를 초청해 온 것 같았다.

"형씨네 식구 같지 않습니다. 어디서 오신 분이신지 모르지만"

내가 이렇게 말했다.

"가물치 형님이 아끼시는 후배를 보내주셨지요."

녀석이 느물거렸다. 나는 속으로 떡치의 주변머리가 보통이 아니라는 생각을 했다.

가물치 형님이라면 전문가 사회에서 모르는 사람이 없는 전국적인 두목이었다. 그 휘하에는 역사책에 기록해도 될 만한 쟁쟁한 명사들이 많았다. 그들은 보통 전문가들이 아니었다. 춘삼이 형이 가물치 형님한테는 한풀 꺾이는 세력이었다.

이른바 가물치파라면 가물치라는 두목을 정점으로 전국적인 조직망을 가진 깡패집단이었다. 몇 개 안 되는 대조직 가운데서도 악명이 높은 집단이었다.

가물치라는 것은 물고기 이름이었다. 본명이 정확하지 않은 가물치 형님이란 두목은 자신의 조직을 확대해 가면서 악명 높게 전문가로서 성장한 사내였다.

그의 별명이 가물치가 된 것은 가물치란 물고기가 어찌나 독종인지 한 우물 속에 다른 고기와 같이 놓아두면 며칠 안 가서 다른 물고기는 씨도 찾아볼 수 없게 다 먹어치운다고 하는 데서 얻어진 별명이었다.

그만큼 가물치는 독종이었고 그만큼 그 휘하의 전문가들은 솜씨가 탁월했던 것이다.

그들이 세력다툼을 할 때 나는 아무 편에 서지는 않았지만 가물치 형님과는 아예 상종하지 않으려고 피해 다녔었다. 춘삼이 형과 김포 넙치 형이 같은 계열이란 걸 안 가물치 형님이 내 실력과 견줄 만한 애들을 골라서 보내준 것 같았다.

"형씨도 가물치 형님을 모십니까?"

내가 확인하기 위해 물었다.

"가물치 형님 수제잡니다."

은근히 뻐기고 나왔다. 나는 피식 웃었다. 가물치 형님이란 존재가 어떻다는 걸 아는 내게 좀 과장된 표현이었다. 그는 이런 조무래기를 이용하면 했지 수제자로 삼지는 않는 거물이었다.

"그럼, 가려봅시다."

내가 양복을 벗어 탁자 위에 놓았다. 그쪽 사내들도 이미 스포츠 형의 복장을 준비하고 있었다.

의자와 술상들이 말끔히 치워진 술집의 홀은 한 오십여 평이 될 것 같았다.

"둘 중에 선택하시지요."

떡치가 두 사내를 가리키며 내게 물었다.

"아무라도 상관 않겠소. 두 사람 한꺼번에도 좋소."

내 대답에 두 사내가 웃었다. 그러나 나는 속으로만 웃었다. 가물치 형님이 내가 그 바닥에서 은퇴한 뒤에 쌓은 솜씨가 어떻다는 걸 미처 간파하지 못한 것 같았다. 그때처럼 빠른 주먹과 발길질 정도라면 여기 나타난 전문가에게 초죽음을 면키 어려울지도 모른다.

그러나 그 뒤에 연마한 신비한 무예를 그들이 상대한다는 건 종이로 만든 칼을 들고 진짜 날이 허옇게 선 칼에게 도전하는 꼴이었다.

"형씨, 그 치기만만한 것도 오늘로 끝장납니다. 할 얘기 없소."

거만한 물음이었다.

"항복하는 쪽이 무릎 꿇고 이기는 쪽에게 충복이 될 것을 맹세합시다."

"거, 반가운 말씀입니다. 김포에서 오신 분들과 우리 애들 앞에서 맹세하겠소. 약속을 지키기로."

"좋습니다."

우리는 홀 중앙으로 나갔다. 밝은 조명 아래 우리는 마주 섰다. 떡치가 데리고 온 가물치의 졸개가 나보다 반 뼘은 더 커 보였다.

"원하는 무기 있소?"

떡치가 능글맞게 물었다.

"사내가 날려놓고 붙어야지요."

내가 부러지게 대꾸했다.

하느님. 한 주먹에 뻗어버리게 하겠습니다. 눈 질끈 감고 외면하세요.

녀석의 자세가 십팔계의 동작과 합기도의 호랑이 발톱 동작이었다. 나는 그냥 뻣뻣하게 서 있었다. 헛주먹질을 할 필요가 없었다. 한 방으로 뻗어버리게 할 셈이었다.

나는 성질 급한 놈이었다. 전문가와 붙게 될 땐 힘을 낭비하고 싶지 않았다. 탁월한 녀석일수록 단 한 방으로 해결하고 싶었다.

쉭쉭. 쉭쉭. 쉭쉭.

헛바람이 돌았다. 한 방만 얻어 걸리면 뼈가 부러질 것 같은 빠른 동작으로 공격해 왔다. 나는 가볍게 피하며 녀석의 헛점만을 주시해 보았다. 여간해서 그런 헛점이 발견되지 않는 동작이었다. 역시 가물치의 휘하에서 놀아먹을 만한 녀석이었다.

쉭, 쉬이익, 쉭쉭.

발길질이 매서웠다. 낙법으로 떨어지는 녀석의 접지는 빈틈을 주지 않았다. 나는 피하면서 그냥 있다가는 위험하다는 생각을 했다. 한 대쯤 맞으면서 그 틈에 공격해야 할 것 같았다.

녀석의 공격에 맞부딪히며 힘을 분산시킨 뒤에 가격하는 게 안전할 것 같았다. 웬만한 놈이면 한 대도 맞부딪칠 필요가 없었는데 녀석은 달랐다.

쉭쉭.

나는 왼손을 녀석의 옆차기에 밀어 넣어 힘을 분산시킨 뒤에 오른 손으로 옆구리를 찍었다.

억!

녀석이 바닥으로 뒹굴었다. 나는 녀석의 어깻죽지를 재차 걷어찼다. 녀석이 숨을 몰아쉬며 고통스러운 비명을 내질렀다.

터줏대감들 219

"저 친구도 마저 덤비시지."

내 말이 채 끝나기도 전에 남아 있던 녀석이 공격을 시도했다.

어억!

아까 녀석보다 더 큰 비명 소리를 지르며 바닥으로 고꾸라졌다. 나는 녀석의 혈을 집어 내던졌다. 녀석이 쪼그린 채 숨쉬기를 포기한 듯 떼구루루 굴렀다.

나는 돌아서서 떡치를 올려다보았다. 떡치의 표정이 일그러지고 있었다.

"무릎을 꿇어라."

녀석의 표정이 떫었다. 나는 성큼성큼 걸어가 녀석을 앉아 있는 그대로 걸어찼다. 떡치가 떼굴떼굴 굴러 내 앞에 무릎을 털썩 꿇었다.

"형님, 모시겠습니다."

숨소리가 간헐적으로 끊어지는 소리였다. 나는 녀석의 등뼈와 어깨 사이를 가격했다. 녀석이 앞으로 쭉 뻗었다. 녀석은 다시 일어날 수 없었다.

떡치의 꼬마들이 달려가 떡치를 주무르고 있었다. 아무리 주물러도 녀석은 깨어날 수 없었다. 의식마저 혼미해진 상태였다.

나는 다가가 녀석의 혈을 풀어주었다. 차례로 혈이 풀린 녀석들이 내 앞에 무릎을 꿇었다.

"가물치 형님한테 그래라. 운 좋게 나한테 걸리면 병신 만들어줄 거라고. 그리고 이 바닥을 내가 접수하겠다. 넌 해체하고 다른 데로 가라. 여기 남아 있으면 넌 죽는 날까지 병신으로 살아야 하니까. 알았나?"

"네."

세 녀석 대답이 똑같았다.

"갑시다."

내가 앞장서서 나왔다. 김포 친구들이 우르르 따라나섰다.

김포 넙치 형이 소식을 전해온 것은 신사동 녀석들을 치도곤을 낸 이틀 뒤였다.

"비빔밥(가짜 휘발유) 만드는 애들이 이쪽에 꽤 있는 모양야. 쉽게 노출시킬 애들이 아냐. 거기다 목을 매고 사니까 말야."

"뭔가 낌새가 이상한 친구들이 있는 거 아녜요?"

"그래서 오란 거 아냐. 어제 개인택시 운전사네 집에서 불이 났었어. 동네 사람들이 달려들어 쉽게 불길을 잡긴 잡았는데, 내가 보기엔 비빔밥 때문인 것 같았어. 운전사네 집에 기름통이 여러 개 있다는 건 아무래도 수상해. 애들이 장난하다가 기름통을 잘못 건드려서 연탄 구멍에 흘러 들어간 거 같애. 주유소에 가서 기름 넣으면 그만인데 뭣 때문에 집 안에 기름통이 많아야 되겠어. 동네 사람들 얘기론 집 앞에 차 세워놓고 가끔 기름 붓는 걸 봤다고 하는 걸 보면 비빔밥이 틀림없어."

"캐봐야 조무라기 같은데요. 개인택시 운전사를 상대하는 건 규모가 작다는 거 아니겠어요."

"물론 그렇겠지. 그러나 한 구멍을 캐나가면 큰애들이 걸려들겠지."

나는 고개를 끄덕였다. 넙치 형 말이 옳을 것 같았다. 절대 비밀을 지켜야 하는 그들이기 때문에 비빔밥 만드는 조직끼리도 비밀을 지킬 것 같았다.

"알았어요. 우선 가보고 따지죠."

"같이 갈래?"

넙치 형이 따라나설 채비를 했다.

"형은 여기 있어요. 일이 있으면 지원 요청할 테니까요."

나는 넙치 형의 부하 한 명을 데리고 개인택시 운전사네 집으로 갔다. 불 난 집치고는 깔끔하게 정리가 되어 있는 집이었다.

"주인 좀 만나러 왔습니다."

내 말이 떨어지자마자 안방문이 덜컥 열리고 주인인 듯한 사내가 고개를 내밀었다.

"나요, 어디서 오셨소?"

고분고분한 말투가 아니었다. 그 방에는 비슷한 또래의 사내들이 둘러앉아 소주를 마시고 있었다.

"예, 뭐 좀 여쭤보려고 왔습니다."

"말씀하슈?"

러닝셔츠 차림으로 밖으로 나온 사내가 우리를 아래위로 째려보았다.

"어제 사고가 있었다고 해서 말씀인데요."

"소방서서 나오셨소?"

내 말을 가로채며 사내가 대꾸했다.

"그런 건 아니고…… 그 기름 어디서 구하셨는지 알고 싶어서 왔습니다."

내가 바싹 달려들어 물었다. 사내가 낯빛이 변하면서도 애써 평온한 표정을 지어 보이려고 했다.

"차 끄는 놈이 예사 아뇨?"

"주유소에서 산 거요?"

"그럼 어디서 사겠소."

"어느 주유소요?"

"그거야 내 배짱 꼴리는 대로 아뇨. 당신들 어디서 왔는데 그러슈."

"부정 휘발유 좀 캐러 다닙니다."

"우리 그런 거 모릅니다. 그런 게 있는지조차 모릅니다."

사내는 버티는 투로 말하고 들어가려고 했다.

"죄송하지만 얘기 좀 해보시지요."

"이거 불난 집에 부채질하지 마쇼."

되바라진 목소리였다.

"기름 때문에 생긴 불상사 아닙니까. 가짜 휘발유를 썼다는 동네 사람들 얘기가 있던데요."

"우린 가짜, 그런 거 모르고 사는 사람요. 어떤 할 일 없는 사람이 그런 소리 했는지 당장 델구 와보슈. 더 알고 싶거든 소

터줏대감들 223

방서 가보슈. 거기서 조사 다 끝내고 갔으니까."

사내는 방문을 쾅 닫고 들어갔다. 내 느낌에 그 사내라면 부정 휘발유에 대해 아는 게 있을 것 같았다.

우리는 밖으로 나와 모여 섰던 사내들이 돌아갈 때까지 기다리기로 했다.

"그냥 끌어내서 닦달 좀 할까요?"

넙치 형 졸개 녀석이 이렇게 말했다. 나는 고개를 내저었다. 순리로 해결해야 할 일을 힘으로 해결하려고 하는 그 힘이 갑자기 미웠기 때문이었다.

"넌 집에 가. 나 혼자 해볼게. 필요하면 넙치 형한테 말할게."

"괜찮을까요?"

"걱정 말고."

녀석이 돌아가고 나자 나는 곧장 소방서로 가서 운전사네 집에 불이 난 얘기를 들었다. 한마디로 휘발유 취급을 잘못해서 생긴 사고라고 했다. 운전사네 집이면 비상용으로 한두 말쯤은 보관하는 모양이라고 했다.

나는 별 소득 없이 소방서를 나왔다. 직접 당사자와 부딪쳐서 알아내기 전에는 알 수 없는 문제인 것 같았다.

저녁밥을 먹고 또 찾아갔다. 사내는 당황한 빛을 감추지 못하고 있었다.

"방으로 들어가도 됩니까?"

"내가 나가리라. 옷 갈아입을 테니까 잠깐 기다리슈."

나는 밖으로 나와 대문을 쾅 닫았다. 그리고 재빨리 뒷담을 넘어 들어가 안방께로 귀를 기울였다.

사내가 어딘가에 전화를 걸었다. 무슨 말인지 명확하게 알 수는 없었지만 비빔밥 만드는 사내들과 얘기하는 것 같았다.

나는 차라리 잘되었다는 생각이 들었다. 전화를 끝낸 사내가 나를 데리고 가까운 다방으로 들어갔다.

"당신 뭐하는 사람인데 사람 못살게 굴고 이러는 겁니까. 먹고살려고 아등바등하는 사람은 왜 자꾸 찾아다니며 괴롭히고 이럽니까? 혹시 공갈쳐서 돈 뜯어먹으려는 거 아뇨? 집안 시끄럽지 않게 하려고 나온 거니까 실컷 지껄여보슈."

마치 증거인멸에 성공한 완전범죄자가 큰소리 치는 것 같았다.

"알고 왔시다. 수틀리게 나오면 쫘박을 테니 순순히 얘기합시다."

"박을 테면 박으슈. 멀쩡한 사람 협박해서 등쳐먹는 치들이 있다더니 이게 순 그런 친구 아냐?"

목청이 컸다. 다방 안에 있던 사람들이 모두 우리를 쳐다보았다. 나는 사내를 노려보았다.

"파출소에 신고하기 전에 썩 꺼져. 이게 누굴 얼간이로 알아? 모가지를 작신 분질러버리기 전에 꺼져. 어린놈이 무슨 할 짓이 없어서 공갈쳐서 처먹고 살려고 해."

나는 사내의 먹살을 잡아 일으켰다. 사내가 바둥대며 악을 썼다.

세 사내가 나를 잡았다. 눈치가 다른 걸로 미루어보아 말리는 체하면서 나를 끌고 나갈 것 같았다.

나는 힘이 부쳐서 끌려 나오는 것처럼 밖으로 나왔다.

퍽 퍽 퍽.

단 세 대로 녀석들은 뻗어 누웠다. 운전사는 어디로 도망갔는지 보이지 않았다.

"순순히 불면 풀어주고 그렇지 않으면 이대로 버려두고 가겠다. 그러면 너희들은 반신불수가 돼서 평생 조져. 내 말 알아들어?"

사내들은 고통으로 일그러진 얼굴을 쳐들고 내 말을 듣겠다는 표정을 지었다.

혈을 잡힌 사내들이라 말도 제대로 하지 못했다. 풀어주면 또 다른 생각을 할지 모를 일이었다.

"순순히 불면 풀어준다. 묻는 대로 대답해."

사내들이 고개를 끄덕였다.

"비빔밥 어디서 만들지?"

"Y동 계사 옆이오."

"너희들이 만드나?"

"우리 형님요."

"계사는 진짜 닭 키우기 위해 만든 거 아니지?"

"위장하려구요."

숨이 끊길 듯이 안간힘을 쓰며 말하고 있었다.

"어떻게 만들지?"

"우린 몰라요."

"그럼 어디다 팔아?"

"여기저기요. 아까 그 박 씨한테처럼."

"하루에 얼마나 만들어?"

"대중 없어요. 형님이 알아서 하니까요."

"정말 몰라?"

"우린 얼씬도 못해요. 기술자가 알아서 하는 거니까요."

"기술자가 따로 있어?"

"네."

나는 더 묻지 않고 혈을 풀어주었다.

양계장 앞에서 사방을 휘둘러 보았다. 양계장치곤 좀 허술한 데가 있어 보였다. 포장 안 된 찻길 위로 자동차 바퀴자국이 어지럽게 흩어져 있었다.

사람이 뜸한 외진 산골 밑에 양계장이 자리 잡고 있는 것부터가 냄새를 풍기는 곳이라는 직감을 주기에 충분했다.

"난 깔끔한 놈이라 옷에 흙 묻히는 게 싫다. 더구나 손바닥에 피 묻히긴 더 싫어하지. 아까도 봤겠지만 난 요새 주먹공사라는 걸 차렸어. 한 방에 안 떨어지는 놈에겐 형님이란 존칭을 쓰지."

녀석들은 겁먹은 표정으로 나를 지켜보고 있었다. 나는 느물거리며 말은 계속했다.

"가서 점잖은 손님이 오셨다고 상 차리라고 일러둬라. 난 이렇게 너무 신사적인 게 흠이지."

한 녀석에게 이렇게 일렀다. 녀석은 허리를 납작 수그리고 일어나 양계장으로 뛰어갔다.

"너희들도 가. 가서 형님 호위해 드려."

나는 나머지 녀석들의 엉덩이를 걷어찼다. 쭈뼛거리던 녀석들이 우르르 뛰어갔다.

난 기습 공격해서 때려잡는 걸 싫어했다. 뒤통수를 갈기거나 뒤에서 아가리로 씹어대는 녀석들은 사람 취급도 하지 않는 성미였다.

정정당당하게 맞설 수 있는 상대라면 비록 나보다 솜씨가 없더라도 나는 그를 믿지만 비겁한 녀석들을 보면 속이 뒤틀리곤 했다.

서부활극을 보면 언제나 주인공은 뒤에서 총질하거나 비겁하지 않게 마련이었다.

좌우간 그놈의 서부활극을 보면 양코배기들 조상은 죄다 너무 신사적이고 너무 인간적이고 죽음 앞에서도 너무나 담대한 씨알머리들이었다.

그 당시의 서부개척 기록들을 살펴보면 양코배기들의 훌륭한 조상 총잡이들처럼 비겁한 사내들은 없었을 것이다. 이제 와선 독일의 포로수용소나 왜놈들의 잔악성을 힐난하고는 있지만 그들의 자랑할 만한 서부개척 시대의 조상들은 대개 사람 사냥꾼들이었다는 걸 잊어버린 걸까?

나는 서부활극을 볼 때마다 울화통이 치밀어 견딜 수 없었다. 지금이라도 당장 총잡이 한 놈을 골라서 나와 대결을 붙여 줄 프로모터는 없을까?

표창 한 개로 그들의 서부활극이 얼마나 사기극인가를, 그리고 서부개척 시대의 그 오합지졸들이 벌인 사람 사냥의 치사함을 역사적으로 증명하고 싶었다.

뒤에서 총 쏜 놈만이 살아서 큰소리쳤던 서부 벌판 위에서 그들은 지금도 세계적 사기극을 영화로 만들고 있는 것이다.

그러나 난 다르다. 어떤 놈이 뭐라든 나는 정정당당하게 붙어보고 싶었다. 내가 죽어 나자빠진다면…… 나는 차라리 목숨을 살리기 위해 뒤통수를 갈길 것이다. 어떤 것과도 목숨하고는 바꾸지 않을 생각이었다. 그러나 가능한 한 나는 정정당당하게 대결하고 싶었다. 상대가 비겁하게 나오지 않는 한 말이다.

하느님, 서부활극 시대에 저 유명한 비겁함의 극치를 왜 조작하도록 내버려두는 겁니까? 그 영화를 본다고 해서 똑똑한 사내들이 양코배기들의 위대함을 믿을 줄 아십니까? 어림도 없다구요. 뒤에서 총질한 놈들만 살아남는다는 건 진리 아닙니까.

알 만한 사람은 다 안다구요. 너무 그러지 마요.

부자들만 봐주기예요?

왜놈들 봐요. 그 씨알머리들 역사책에 뭐라고 씌어 있는지 하느님은 알겠죠. 우리나라는 조상이 일본인이었다고 떠들고 옛날부터 왜놈들이 우리나라를 통치했다고 씌어 있잖아요.

부자 되면 간덩어리가 부어도 눈 딱 감아주는 겁니까? 부자 편들다가 망조 드는 사람 한둘인 줄 알아요. 하느님은 공평하라고 만든 거잖아요.

좀 봐줘요, 높은 자리 있을 때.

문이 열리고 생김새가 고약스러워 보이는 사내가 나섰다. 그 뒤로 사내의 졸개처럼 보이는 사내 둘이 몽둥이를 들고 나왔다. 나는 껄끄럽게 웃어주었다. 사내가 그런 나를 매섭게 노려보았다.

"나 꽤 점잖은 신사라고 일렀는데…… 화나면 좀 무서울걸."

계사 옆에 주저앉으며 이렇게 말했다. 졸개 녀석들이 몽둥이를 꼬나 잡고 한발 한발 다가섰다.

담배를 빼어 물고 성냥개비를 졸개들에게 던졌다. 움직임이 빨랐지만 긴장된 동작으로 보아 풋내기가 확실했다. 꿈쩍 않는 사내는 제법 주먹장사를 했다 싶었다.

"어린애들은 그런 거 가지고 노는 게 아니다."

내가 계사 속의 닭들에게 모이를 뿌려주며 말했다.

"너 뭐하는 놈이냐?"

사내가 낮지만 위엄 있게 한마디 던졌다.

"형씨는 혀가 반토막인가? 혀 뽑아주는 덴 내가 기술자지."

"썅, 저 새낄."

졸개가 몽둥이를 치켜들었다.

"어허, 애들은 일찍 자야지."

내가 모이를 녀석들에게 뿌려주었다.

"뭐하는 놈이냐?"

사내가 크게 물었다. 나는 비척비척 사내 쪽으로 걸어갔다.

"친해지려면 악수부터 해야잖아. 동포끼리 왜 악쓰구 그래. 목소리 크면 경범죄야."

내가 두어 발짝쯤 떼어놓자 졸개들의 몽둥이가 획획 날았다.

"애들이 다치려고."

그 말이 떨어지기 무섭게 두 녀석의 복부를 걷어찼다.

으억! 으어억!

팔자로 내뻗으며 누웠다. 사내가 몸을 사리고 주먹을 쥐었다.

"저런 애들 데리고 살자면 속깨나 썩겠구먼그려."

사내가 대꾸 없이 달려들었다. 태권도 솜씨가 제법이었다. 태권도 몇 단쯤 된다고 해도 믿을 만한 동작이었다. 발동작과 내뻗는 주먹이 그걸 증명하고 있었다. 걷어차는 발길을 위로 걷어치고 내딛는 발을 살짝 밀었다. 사내가 뒤로 발랑 누웠다. 나는 사내의 목을 구둣발로 밟았다.

"난 성질나면 앞이 안 보여. 묻는 대로 대답하지 않으면 널 묻어주고 갈 수밖에 없어."

"말하쇼."

"좀 예절 공부부터 해야 쓰것다."

"말씀해 보슈."

"여기서 비빔밥 만들지?"

"보다시피 양계장 아뇨?"

"난 거짓말하는 애들 보면 이해를 못해."

녀석이 비명을 지르며 기침을 해댔다.

"비빔밥 어디서 만들지?"

"……"

"네 호적초본에 일찍 염라대왕 만나라고 씌어 있었겠구나."

"그게 아니고……."

"알아, 그게 아니고는 빼고 시작해. 난 성질이 급해."

"저……."

녀석의 신음 소리가 기어들어가는 것 같았다. 목줄이 눌려서 버둥거리고 있었다.

"손들어!"

문소리가 나고 바로 거구의 사내가 내게 공기총을 들이댔다. 내가 고개를 돌리자 목줄 눌렀던 사내가 엉금엉금 기어서 문쪽으로 갔다. 나는 웃었다. 공기총을 들고 선 사내의 덩치가 아깝다는 생각이 들었다.

"형씨, 총 잘 쏘슈?"

내가 돌아서며 물었다.

"손들고 돌아서!"

"뒤로 돌아를 배운 적이 없는데."

이미 내 손엔 표창 두 자루가 쥐어져 있었다.

"이 새끼가 뒈지고 싶어서."

사내가 나를 정통으로 꼬났다.

"그거 한 방 쏘고 나서 다시 장전하려면 시간 걸리잖아. 물총 가지고 나오지 그랬어."

"죽인다!"

사내는 정면으로 나를 겨냥했다. 공기 총알이 납덩어리라는 건 알지만 콩알만 한 총알 앞에 기가 죽을 내가 아니라는 걸 그 사내가 미처 깨닫지 못한 것 같았다.

"몇 마디 사실대로 지껄이기만 하면 갈 텐데 왜 그러나."

사내가 약간 총을 내렸다.

"뭐야?"

"비빔밥 만드는 것 좀 가르쳐줘. 나도 먹고살아야잖아."

"이 새끼가 정말 뒈지려고 환장했구나. 콱!"

녀석은 정말 쏠 동작을 취했다.

"환장하지 않고 여길 왔겠나, 이 사람아."

"어허!"

"없는 처지에 같이 먹고살자니까 그래."

사내가 졸개들에게 눈짓을 했다. 졸개들이 빨랫줄을 끊어가지고 내게로 다가섰다.

"움직이면 쏜다. 꼼짝 마. 빨리 묶어 이 새끼들아."

졸개들이 바짝 다가섰다. 나는 재빨리 졸개들을 내 앞으로 당기며 표창을 던졌다.

사내가 앞으로 푹 고꾸라졌다. 총알이 공중으로 바람을 가르며 튀었다.

"내가 일렀지. 장난하다 다친다고."

표창을 뽑아주고는 턱을 후려쳤다. 사내가 선 채로 한 바퀴 빙글 돌아 쓰러졌다.

"다들 들어와라. 우리 정답게 회담이나 하자."

사내와 졸개들은 우르르 계사 옆의 벽돌집으로 들어갔다.

"너, 문 걸어 잠가."

졸개가 문을 닫고 구석자리로 갔다.

"나 말보다 주먹이 급한 놈이다. 순순히 대꾸하지 않으면 한 열흘간 밥 못 먹게 돼. 다이어트하고 싶은 놈은 대꾸 안 해도 돼."

사내가 앞자리에 앉고 그 뒤로 졸개들이 앉았다. 나는 사내의 턱을 들어올리고 물었다.

"비빔밥 어디서 만드나?"

사내가 고개를 숙이고 잠시 뜸을 들였다.

"성질 급하댔잖아."

이런 녀석들은 입이 무거운 게 상식이었다. 범죄자의 최후수단이란 묵비권과 기가 막힌 알리바이뿐이라는 걸 나는 알았다.

턱, 옆구리, 정강이, 어깻죽지 순으로 주먹이 날아갔다. 숨쉬기를 잠시 중단했던 사내가 손을 내저으며 얘기하겠다는 신호를 보냈다.

"사실…… 저 형씨가 생각하듯, 그런 게 아니라……."

"난 진실만을, 화끈한 것만을 사랑한다구."

사내가 한 방 얻어맞고 내 발등 앞에서 바르르 경련을 일으키고 있었다.

"하겠어요. 합니다. 제발…… 저…… 쟤들 내보내줘요. 곤란하니까."

"허튼수작하면 땅벌통에다 쑤셔 박는다! 알았어?"

"예."

"너희들 나가 있어."

사내가 눈짓을 하자 졸개들이 우르르 몰려 나갔다. 나는 사내의 눈짓 속에서 체념보다는 졸개들이 나가서 어떤 구원의 손길이 미치기를 바란다는 걸 눈치챌 수 있었다.

고작해야 이 바닥에서 힘깨나 쓴다는 녀석들 기십 명쯤이 떼거리로 몰려드는 것이겠지. 넘치 사형만 빼곤 어느 놈이든지 자신이 있었다. 오랜만에 떼거리들한테 몸을 풀고 싶다는 욕망이 꿈틀거리고 있었다.

난 이런 문제에 있어서 프로페셔널이라고 자부하고 싶었다.

프로와 아마추어의 기준은 역시 어떤 분야에 전생애를 걸었느냐 아니냐 하는 데서 구분이 되는 것 같다.

프로는 한판 한판의 승부마다 몸을 부르르 떨 만큼 승부욕에 차는 것이다. 프로 기사나 프로 권투선수나 마찬가지인 것이다. 나는 주먹과 의협심에 있어서만은 프로라고 자부한 지 이미 오래였다.

"좋다, 이제 시작하자. 분명히 밝혀두겠는데 허튼 말 한마디마다 뼈가 한 조각씩 바스러진다는 걸 잊지 마라."

"압니다."

"비빔밥 어디서 만들지?"

"저쪽 계분 쌓아두는 옆에 지하실이 있습니다."

"하루에 몇 드럼이나 만들어?"

"많이 못해요."

"이 새끼가 일러줬는데도."

주먹이 올라갔다. 녀석은 뒤로 발랑 자빠져서 끙끙거렸다.

"묻는 대로 정확히 대답해라. 난 약속 지키는 게 취미다."

녀석이 눈물을 찔끔 쥐어짜고는 아픈 곳을 주물렀다.

"하루에 몇 드럼야?"

"대중없지만…… 서너 드럼씩 만듭니다."

"그걸 어디다 팔아?"

"개인에게도 팔고 주유소에도 팝니다."

"한 드럼에 얼마씩."

"주유소엔 십일만 원요."

"개인에겐?"

"십이만 원도 받고 십일만 원도 받죠."

"어느 주유소 거래해?"

"그건 잘 몰라요."

"개새끼."

악!

녀석은 나가떨어져 바들바들 떨었다.

"내 비위 맞추는 게 좋아."

"정말입니다. 나는 만들어 넘기기만 합니다. 파는 건 외팔이 형님이 하니까요."

"외팔이가 누구야?"

"K동 터주 형님 말예요."

"손목 나간 애 말이냐?"

"그래요, 이거 그 형님 거예요. 전 관리만 해요."

"그 새끼 아직도 정신 못 차리고 있구나. 좋다, 그럼 비빔밥 만들 때 기술자가 따로 있다는데 너 혹시 기술 배운 거 아냐?"

"예, 제가 직접 배워서 애들 시킵니다."

"지금 느네 애들이 외팔이 델러 갔겠구나."

"……."

"그래, 안 그래?"

"그럴지 몰라요. 외팔이 형님이 그냥 있진 않을 거니까요."

나는 숨을 길게 내쉬었다. 춘삼이 형이 결국 외팔이한테 당한 것을 알았기 때문이었다. 춘삼이 형은 외팔이의 대선배지만 파가 달라서 당한 것뿐이었다.

외팔이라면 가물치파의 선봉장이랄 수 있는 가물치파의 핵심인물이었다. 춘삼이 형이 나를 이곳으로 보낸 것도 결국 넙치 형과 나를 묶어서 가물치와 한판 붙여보려는 속셈이란 것도 알 것 같았다.

나는 결코 어느 파의 선봉장이 되어 다른 파벌과 붙기는 싫었다. 그것은 내가 지켜온 이 바닥의 지조일 뿐 아니라 스님한테나 형님들한테 배운 내 신조였다.

일이 확대되기 전에 빨리 이 일만 끝내고 사라질 생각이었다. 나는 아무리 급박한 사정이 있더라도 어느 집단을 위해 일할 생각은 없었다.

"어떻게 만들지?"

"뭐, 별건 아닙니다. 외팔이 형님이 그냥 있지 않을 텐데요."

"그 전에 네가 살아남지 못하겠지."

녀석은 또 한 번 바닥으로 뒹굴며 악에 받친 신음 소리를 내었다.

"부정 휘발유 누가 만들어 쓰기 싫어 안 쓰는 줄 알아, 임마. 공해에다 위험하고 엔진파손에다 폭발력 때문에 사고가 나니까 그렇지. 이 새끼 누굴 바지저고리로 알아? 칼도마 되고 싶어 환장한 놈 아니면 빨리 털어놔."

녀석은 눈을 질끈 감고 나불거렸다. 못 견디겠던 모양이었다.

"솔벤트와 톨루엔을 일대일로 섞습니다."

"그리고."

"그러고는 석유를 한 말 첨가합니다."

"얼마쯤 만드는데 석유를 한 말이나 붓는다는 거야."

"솔벤트 한 드럼과 톨루엔 한 드럼에다가요."

"왜 섞어?"

"폭발성이 너무 강하니까 좀 줄여야죠."

"그리고 또."

"일제 수입품인데, 그게 무슨 약인지 몰라요. 형님이 상표도 떼고 갖다 주니까요. 천오백 원인가 한다는 소리만 들었는데…… 그걸 넣으면 냄새가 없어지고 휘발유처럼 돼요."

"두 가지 섞으면 무슨 성분이 되나?"

"말하자면 신나가 되는 셈이죠."

"더 할 얘기 없나."

"유공 건 냄새가 더 나기 때문에 호남정유 거를 섞어요."

"그 약 섞으면 정말 악취가 말끔하게 사라지는 거냐?"

"정말 감쪽같아요. 웬만한 사람은 구분할 수도 없죠."

"미군부대에서 빼내는 기름은?"

"그런 건 우리 안 써요."

"임마, 휘발유하고 비빔밥하고 왜 구분 못해?"

"맨 나중에 색소를 넣거든요."

"솔벤트하고 톨루엔을 어디서 다량으로 구입해."

"가게 하나 있어요."

"무슨?"

"페인트 가게 말입니다."

"페인트 가게의 신나 보유량은 서 말뿐이잖아."

"그러니까 적당히 형님이 알아서 하죠."

나는 녀석을 끌고 지하실로 내려가보았다.

마치 커다란 양조장의 지하실 같았다. 어지럽게 널려 있는 드럼통과 김치독 같은 것들이 규모가 큰 부정 휘발유 생산공장이란 걸 대번에 느끼게 했다.

"이게 그 일제 약이냐?"

"맞아요. 보면 알지만 상표가 없어서 난 무슨 약인지 몰라요."

"어디서 사는 거야? 화공약품 파는 데야, 일반 수입 약국야?"

"글쎄, 그걸 몰라요. 그 약이 좌우하는 거니까요."

나는 약병을 호주머니에 넣고 녀석을 구석자리로 끌고 갔다.

"솔벤트는 얼마고 톨루엔은 얼마냐?"

"솔벤트는 드럼 당 육만 원이고 톨루엔은 팔만 삼천 원입니다. 포철 거지요."

"석유는?"

"한 말에 오천육백 원요."

"약은 천오백 원이랬지?"

"예, 큰 통 사면 훨씬 싸답니다."

"휘발유는 얼마야?"

"드럼당 십사만 원요."

나는 메모지와 볼펜을 꺼내 계산을 하기 시작했다.

솔벤트 육만 원 + 톨루엔 팔만 삼천 원 + 석유 오천육백 원 + 약 두 개 삼천 원이면 십오만 천육백 원이란 계산이 나왔다.

한 드럼에 십일만 원씩 넘기면 두 드럼에 이십이만 원이고 20리터가 남는다는 계산이 된다. 그러면 정확한 계산으로 드럼당 칠만 원 이상의 이익금이 생기는 엄청난 장삿속이 되는 것이었다.

"한 차면 몇 드럼이냐?"

"백 드럼요."

"한 차 팔면 얼마 남느냐?"

"경비 빼고 칠십만 원요."

"어음야 현금야?"

"현금만 받아요. 수표도 안 받는 걸요."

"주유소는 그걸, 위험을 무릅쓰고 왜 사? 걸렸다 하면 조지는 걸."

"휘발유 한 드럼 팔아봐야 사천 원밖에 안 남아요. 그러나 이걸 사면 드럼당 삼만 원이란 막대한 이익이 생기는 걸요."

"안 걸려?"

"더러 걸리죠."

"무슨 수로 그럼 이것을 해."

"다 통하는 게 있대요. 걸리면 즉석에서 현금 빳빳한 거 칠십만 원 다 주니까요. 세상에 돈 싫다는 놈이 어디 있어요. 눈앞에 칠십만 원이 탁 던져지는 걸요."

"한 차분 이익금 전액을 준다 이거지?"

"그래야 끽소리 않으니까요."

"여기 말고 또 어디 있어?"

"그걸 내가 어떻게 알아요?"

"그럼 마지막으로 묻겠다. 그 약 이름을 대라."

녀석은 죽을상을 해가지고 나를 올려다보았다.

"정말 왜 다 얘기해 줬는데 그걸 말 않겠습니까? 정말 모르니까 이러는 거 아닙니까? 저도 살고 싶어요. 정말 모르니까 모른다는 거 아닙니까. 믿어주세요. 우리 형님이 그 정도로 철저하다는 거 알 거 아닙니까."

나는 흐물흐물 웃었다. 녀석의 말을 믿어야 할지 더 캐들어가야 할지 생각해 보았다.

"외팔인지 곰배팔인지 지금 뭐해."

"주유소 하나 인수했잖아요."

"너 퍽 태연자약하구나. 나불거리는 거 보니까 뭐 믿는 데가 있는 모양이구나. 그렇게 자신 있으면 그 마법의 약 이름 좀 밝혀보시지그래."

"모른다고 했잖아요."

"정말 모르는 거야."

"정말입니다."

"말하게 하는 수가 있지."

나는 사내의 왼손을 잡아 혈을 지그시 눌렀다. 사내가 두어 번 꿈틀거리다가 앉은 채 벽에 기댔다.

"혈이 안 풀리면 너는 황천객이 돼. 어서 살길을 찾아봐."

사내가 몸을 비비 꼬면서 애원했다.

"정말 몰라요. 맹세합니다."

"알고 있어. 네가 기술자라는 걸. 기술자 잡아다가 다 빼먹고 걷어찬 것도 알고 왔어."

"……."

사내가 말없이 고개를 숙였다.

"이 소굴에 들어오면서 그냥 올 줄 알아? 빨리 털어놔."

사내가 고개를 더 수그린 채 내 손을 잡았다.

"한 번만 살려줘요. 그것만은 안 돼요. 우리 죽은 아버지가 살아 돌아와도 그것만은 말할 수 없어요."

다부진 말투였다.

내 짐작대로인 것 같았다. 이 가짜 휘발유 장사의 관건이랄 수 있는 약품을 발설할 수 없다는 그의 말은 이해가 가는 것이었다. 그 약 없이 만들어봐야 큰 장사를 할 수가 없는 모양이었다.

"말해. 그렇지 않으면 매달 테니까."

터줏대감들 243

"형님, 한 번만 봐줘요. 그건, 그건 안 돼요. 우리 목숨줄입니다."

"결국 말하게 돼. 병신 된 뒤에 말하는 것보다 멀쩡했을 때 하는 게 상책일 텐데 그래. 그 정도는 알 거 아닌가. 살아 있는 게 현명한 거 아닐까?"

나는 사내의 관절을 죄어 잡았다. 사내가 속으로 기어들어 가는 비명을 질렀다.

"살려줘요. 제발, 살려줘요. 그건……."

"내가 아직 어떤 놈이란 걸 모르는 모양이구나."

두어 번 손을 내두르니까 사내는 벽에 머리를 짓찧으며 통곡 소리 같은 비명을 질렀다.

"이겁니다……."

사내가 엉금엉금 기어가 땅바닥에서 엄지 손가락보다 작은 빈병 한 개를 내밀었다. 영어와 일본어가 섞여 있는 그 약병을 들고 자세히 보았다.

"실험해 봐."

나는 녀석의 혈을 풀어주었다. 녀석이 석유통에다 솔벤트와 톨루엔을 섞고 그 위에 석유를 부었다.

"냄새 맡아봐요."

내가 코를 디밀자 악취가 심하게 풍겨 나왔다.

"이걸 넣으면 감쪽같아요."

사내가 약을 몇 방울 떨어뜨린 뒤 손으로 휘휘 저었다.

"됐어."

나는 상표가 붙어 있는 그 약병을 호주머니에 넣고 냄새를 맡아보았다. 녀석의 말대로 영락없는 진품 휘발유였다. 휘발유 특유의 화공약품 냄새 그대로였다.

"여기다 색소만 섞으면 정말 웬만한 사람도 모릅니다."

"한 차 만드는 데 얼마나 시간이 걸리나?"

"금방입니다. 뭐, 십 분도 안 걸려요."

"통마다 섞어야 할 거 아냐."

"아녜요. 차에 백 드럼 들어가니까 솔벤트 47통 반, 톨루엔 47통 반 채우고 석유 다섯 드럼 빨아들이고는 약하고, 색소 넣은 뒤 달리면 자동으로 섞여버리죠."

"눈 감고 돈 버는구나."

"그런 셈이죠."

"그럼 주유소 탱크에 쏟아붓기만 하면 현찰 70만 원씩 생긴다 이거지."

"그래요."

"느네가 직접 차 가지고 하나?"

"형님이 신나반출증 끊어오니까 상관없어요."

"개인한테는 어떤 루트로 팔게 돼?"

"요즘 많이 줄었어요. 개인택시들은 가스 차로 많이 바꾸니까요."

"어디어디 거래해."

"그건 형님이 알아서 하니까 모르겠어요. 근교 주유소는 모두 들어간다는 것만 알아요."

그것은 사실일 것 같았다. 녀석이 곤죽이 되어 있어서 더 거짓말을 할 힘도 없었지만 그런 큰 장사 루트를 졸개에게 알려줄 수 없을 거라는 걸 알기 때문이었다.

"한 달이면 보통 몇 차쯤 빼?"

"통상 칠팔십 차 뺍니다."

나는 얼른 머릿속으로 계산을 해보았다. 칠십 차만 잡아도 7×7=49라는 계산이 나오니까 오천만 원의 수익을 올리는 사업이었다.

춘삼이 형이 눈에 불을 켜는 이유를 알 것 같았다. 외팔이가 춘삼이 형에게 못된 손장난을 할 수밖에 없는 목숨 건 사업이란 걸 알 수 있었다. 그러니까 춘삼이 형이 이런 사업에 손을 대고 있다가 외팔이 조직에게 밀려나는 추세인 것 같았다.

내가 손댈 일은 아닌 것 같았다. 아무리 춘삼이 형에게 신세를 져왔더라도 그들 조직끼리의 암투에 내가 팔 걷고 나설 필요가 없다 싶었다.

그러나 이런 어마어마한 지하조직이 있는 걸 안 이상 그냥 돌아갈 수는 없는 노릇이었다.

"이 안에 기름이 얼마나 있어?"

"지금 두어 통밖에 없어요. 어제 다 반출했거든요. 우린 절대 쌓아두지 않아요. 만약을 위해서두요. 그리고 요즘 원료가 잘 들어오지 않아요. 그것도 경쟁이라고 말입니다."

나는 지하실과 목조건물에 불을 지르고 싶은 충동을 받았다. 이 조직에게 정면으로 대결하겠다는 의사는 없었지만 누군가 다녀갔다는 강박관념은 주고 싶었다.

밖에 나가서 신고해 봤자 증거를 잡아내지 못하는 한 괜히 치사한 사내 노릇만 하게 되는 것이었다. 이들의 치사한 장삿속에 그 정도 계산 없이는 하지 않을 것이기 때문이었다.

"고맙다. 진작 불었으면 고생을 덜했을 거 아니냐. 느네 형님한테 가서 전해라. 다 알고 갔으니 손 떼라고. 그렇지 않으면 두어 해 학교 가서 공부하게 될 거라구."

"네."

사내는 명료하게 대답했다. 나는 지하실 문을 열고 천천히 밖으로 나왔다.

전신에 이상한 예감이 스치고 있었다. 그것은 주위가 무엇인지 모르지만 변했다는 것을 의미했다.

그건 살기였다.

나는 잠시 멈춰 서서 사내에게 말했다.

"벌써 잠복시켜 둔 모양이구나. 느이들이 빠르긴 빠르구나."

나는 사내의 멱살을 잡아 문 앞으로 내던졌다. 계사에서 쓰는 낫자루가 힘껏 날아왔다.

나는 재빨리 사내를 끌어당기고 문짝을 걷어찼다. 지하실 문이 힘차게 닫혔다.

"좋게 말할 때 나와라."

걸찍한 목소리가 이렇게 말했다. 나는 드럼통을 문짝 옆에 세워놓고 사내를 그 밑에 앉게 했다.

"좋게 말하면 안 나가는 법 아닌가?"

"야, 이 자식 민어회 좀 쳐라."

걸찍한 사내의 손에는 예리한 칼이 쥐어져 있었고 그 뒤로 십여 명의 사내들 손에도 모두 무기가 쥐어져 있었다.

"민어회는 바다에나 가서 치게나. 여긴 기름들뿐이라구. 칵 질러버리면 소방차가 온단 말야. 알아서 물러가는 게 좋지 않겠어."

나는 느물거리며 대꾸했다.

"저 새낄 아예 불 질러서 태워버려."

한술 더 떠서 이렇게 나왔다. 내 옆에 쪼그리고 앉아 있던 사내가 소리 질렀다.

"형님, 나 여기 있어요!"

밖에다 대고 비명처럼 말했다.

"너도 책임져야 돼. 빨리 불 질러버려. 묻어버리면 그만이니까."

여전히 걸찍한 사내가 이렇게 명령하고 있었다.

"이봐, 네 부하까지 묻는 수가 어디 있니? 구해내고 나만 묻는 게 도리 아냐? 힘깨나 쓰는 놈들이 왜 추접스럽게 굴어."

"빨리 불 댕겨."

사내가 내 말을 무시한 채 이렇게 말했다.

나는 표창을 꺼내 들었다. 최후의 수단을 강구하지 않았다가는 영락없이 잿밥 신세가 될 것 같았다.

"떠드는 자식 누구냐?"

"족제비라고…… 형님네 오른팔입니다."

겁에 질린 목소리였다.

"불나면 너 잽싸게 튀어. 꾸물거렸다간 진짜 묻힐 테니까."

"알았어요. 문 옆에서 떨어져요."

옥탄가 높은 인화물질이란 걸 아는 녀석이라 나를 비켜서게 했다.

"문고리 벗겨놔라. 그리고 그 끝에 저 끈을 묶어. 빨리."

사내는 시키는 대로 고리를 벗기고 그 끝에 끈을 묶었다. 끈 길이를 적당히 잡은 나는 사내를 옆으로 숨어 있게 했다. 사내 얼굴에서 고마운 빛이 떠돌고 있었다.

"외팔이 본거지가 어디냐?"

"Y동 Y상사라고 있어요."

"너 혹시 가물치 형님이라고 알아?"

"말은 들었어요."

"춘삼이라는 사람 소문 들은 적 있어? 기름 장사하는."

"우리 형님한테 혼났었다고 들었어요."

"너희들 먹고살 만큼은 주냐?"

"그럼요."

나는 불이 당겨지기만을 기다렸다. 바깥이 조용한 거로 미루어 기름을 뿌리고 있는 것 같았다. 이까짓 목조건물 지하실쯤이야 불 질러 없애도 아까울 게 하나도 없을 것 같았다.

그들이 지하실로 들어와 나를 채가지 않는 것은 그들 졸개들로부터 내 솜씨를 들었기 때문일 것 같았다. 후환을 없애기 위해서는 나를 아예 없애버릴 생각인 것 같았다. 그들은 그러고도 남을 친구들이었다.

아마도 나를 춘삼이 형님 패거리로 알고 있을 것이다. 그렇기 때문에 더욱 악 받치게 나오는 것 같았다.

기름이 문틈으로 흘러 들어와 지하실의 방바닥에 괴기 시작했다.

"더 없어?"

"자동차에서 더 빼와."

"호스 대고 빨리."

두런거리는 목소리 속에 이런 말이 섞여 있었다. 아마 휘발유를 뿌리는 것 같았다. 자동차를 대기시켜 뒀다면 내가 탈출하는 데에 훨씬 유리할 것 같았다.

불길 일어나는 소리가 들렸다. 사내가 긴장해서 눈을 홉떴다. 나는 끈을 잡고 불길이 더 퍼지기만을 기다렸다. 지하실 문에 불길이 옮겨붙었다.

"넌 조금 있다가 튀어."

"예, 알았어요."

나는 문고리를 낚아챘다. 불붙은 문이 활짝 열렸다. 칼, 낫,

괭이, 삼지창이 우르르 쏟아졌다.

나는 뛰어가며 표창을 연달아 던졌다.

사내들이 비명을 지르며 쓰러졌다. 사내들의 우두머리인 족제비에게 표창 두 개를 던졌다. 족제비가 데굴데굴 굴렀다.

생각했던 것보다 많은 숫자의 사내들이었다. 표창 스무 개를 거의 쓰고서야 계사를 빠져나올 수 있었다. 자동차에는 아무도 없었다. 뒤돌아보니 쫓아오는 사내들이 없었다. 표창이 무서워서 주저앉은 것이었다.

자동차 문을 열었다. 열쇠가 없어서 그냥 내달릴 수는 없을 것 같았다. 이빨로 선을 물어뜯고 접선을 시킨 뒤에 시동을 걸었다.

자동차가 스르르 미끄러져 나갔다. 나는 차를 세워놓고 나머지 차 세 대의 바퀴에서 바람을 빼버렸다. 차들이 기울면서 바람이 빠져나갔다.

불기둥이 피어오르는 건물을 쳐다보며 나는 손을 흔들어주었다. 자동차는 최신형이어서 잘 미끄러져 나갔다. 울타리 바깥에 차 두 대가 대기하고 있다가 쫓아 나왔다.

나는 그쪽으로 돌진해 들어갔다. 그러다가 갑자기 방향을 바꾸어 큰길로 꺾어 들었다. 두 대가 울타리를 받고 비스듬히 서 있었다.

읍내 입구에서 차를 세워놓고 택시를 탔다.

하느님. 똑똑히 봤지요. 저렇다구요. 하느님은 뭐든 아는 체하지만 기실 아는 게 뭐 있어요.

생각해 보세요. 부정 휘발유 만들어서 공해생산의 선봉이 되고 옥탄가가 지나치게 높아서 위험률이 많은 데다가 엔진이 쉽게 상한다는 걸 알면서 그냥 두 눈 멀쩡히 뜨고 보느냐 이 말입니다. 그게 진짜 괜찮은 거라면 왜 못하게 하겠냐는 겁니다. 나라에서도 그런 걸 인정할 수 없기 때문이지요. 기름 한 방울 안 나는 나라니까 좋기만 하면 값싸게 만들어 쓰게 내버려둘 거 아닙니까.

하느님. 한 달에 70차만 팔면 5천만 원이란 순이익이 났습니다. 남 돈 버는 게 배 아파서 이러는 게 아니라구요. 정당하게 벌면 잔소리하겠습니까. 제발 이 땅에 부정한 자들 좀 모조리 데려가주세요.

그 기가 막힌 약 이름을 왜 안 밝히는지 아세요?

물론 하느님과 부정 휘발유 생산자들은 그 약 이름을 알겠죠. 나도 물론 알고 있습니다.

그러나 밝혀줘선 안 돼요. 눈깔 뒤집고 그 장사할 친구들이 이 땅에 부지기수란 말입니다.

하느님. 주유소가 이윤이 박하다고 부정 휘발유 사서 치부를 하는 것까지야 내가 말할 게 못 된다 하겠지만, 진짜 휘발유 속에 그놈의 가짜 휘발유가 섞여져서 시민들이 숱하게 속고 있다는 걸 생각해 보지 않았나요?

아마 모르면 몰라도 하느님 눈으로 보면 수천 군데쯤 그런 비빔밥 장사꾼들이 보일 겁니다. 하느님. 정당한 사람, 상식적인 사람, 노력하는 사람, 진실한 사람이 잘살게 좀 못합니까?

나보고 웃긴다구요? 세상은 적당히 뒤섞여서 사는 게 좋은 거라 이 말이겠죠.

선량한 사람이 속고 살지나 않게 해주쇼. 그게 하느님 할 일 아닙니까.

널 훔칠 거야

 졸업할 학생들에게 가장 골칫거리는 논문 제출이었다. 나는 대충 마무리를 해놓고 주임교수를 찾아갔다.
 그 크로마뇽인처럼 생겨먹은 주임교수는 내게 진 빚이 있어서 언제나 따스했다.
 "열심히 썼더구만. 졸업하면 뭘 할라나?"
 주임교수가 커피를 권하며 물었다.
 "대학원까지 아예 가서 선생질이나 할까요?"
 내가 의뭉스럽게 대답했다.
 "그게 뭐 좋다구 그래. 자네 같은 사람은 큰일을 해야지."
 골치 아픈 사내를 더 두고 볼 수 없다는 완곡한 표현이었다.

"글쎄요, 이 학교 이사장이나 돼볼까 생각 중예요. 선생님은 그렇게 되면 총장이 되겠죠."

"헛소리 말고……."

주임교수는 손을 흔들었다. 내가 행여나 이사장이 됐다가는 교수들 모가지가 제대로 붙어 있기 어렵다는 걸 알기 때문이었다.

"취직해얄 거 아닌가."

"그래야죠."

"어디 알아봤나?"

"아뇨, 뭐 어떻게 되겠죠."

"다른 애들은 지금 정신 못 차리고 있는데……. 마땅한 데가 없어서 나는 이러고 있지만."

"똥통학교에 누가 추천해 달라고 오겠어요. 너무 신경 쓰지 마세요. 그건 선생님 탓이 아니니까요. 이사장이나 교수나 제 배 채우는 데만 눈알 돌리고 있는 판에 학생들 걱정하겠어요. 등록금 꼬박꼬박 잘 내줬으니 고맙다 하고 종이 쪼가리 한 장 내주면 끝이죠."

"함부로 그런 소리하는 거 아닐세."

"알았습니다. 애들 쳐다보니 화가 나서 그래요. 똥통학교 다닌 것도 억울한데 취직 못해서 빌빌 싸는 거 보기 싫어서 말예요."

"자네 앞가림이나 해. 쓸데없는 걱정 말고."

"저야 뭐, 끌어다 안 쓰는 놈이 병신이죠."

우리는 그런 식의 얘기만 너절하게 늘어놓았다.

"저, 미나 집에 있습니까?"

"요샌 맘잡고 공부한다네. 다 자네 덕이지."

"제가 뭘……. 오늘 데이트 좀 할까 하는데 괜찮겠습니까?"

나는 짓궂게 물었다. 주임교수가 내 얼굴을 빤히 쳐다보았다.

"자네, 우리 미나 좋아하나?"

"노력할까 생각 중입니다."

"자네 애인 있잖은가?"

"요새 애인 한 명뿐인 놈이 어디 있습니까."

"데끼, 누굴……."

"그러지 마시고 미나 좀 불러주세요. 오늘 따귀 한 대 때리게 될지 모릅니다."

"호호호……."

주임교수는 한참 동안 웃었다. 내 말을 농담으로 듣고 있는 눈치였다. 설마 따귀를 때리겠느냐는 표정이었다. 좋아하고 만나서 얘기한다는 표현을 그렇게 쓰는 거라고 지레짐작하는 것 같았다.

그러나 어림없는 얘기였다. 나는 오늘 생각난 김에 미나를 불러내서 다혜가 저렇게 버티는 이유를 캐낼 작정이었다.

"일찍 만나고 일찍 보내게."

주임교수는 그 자리에서 전화를 걸었다.

"세 시에 학교 정문으로 나와라."

주임교수는 마치 당신 자신이 만나는 것처럼 미나와 약속하고는 내게 눈을 껌벅거렸다. 딸내미를 누가 채뜨려 갈까 봐 눈에 불을 켜고 악다구니 쓰는 사내들에 비하면 주임교수는 너그러운 편이었다.

따귀를 때리겠다고 공약했것다, 다혜는 아직도 한사코 버티고 있것다, 내 응어리는 쉽게 풀어질 것 같지 않았다.

미나를 무조건 학교 뒷산으로 끌고 갔다.
"오빠, 왜 이래."
약간 겁먹은 표정이었다. 어찌 보면 다혜보다 나은 미모였다. 미나는 다혜처럼 몸을 사리지 않았다. 다혜에 비하면 내가 훔치기 쉬운 여자였다. 그러나 내 가슴속의 오기는 다혜를 악착같이 훔칠 생각뿐이었다.
"다혜 만났었지?"
"그래요."
"무슨 얘길 했어?"
"오빨 사랑한다고 했어요."
또렷또렷한 목소리였다.
"그리고 또 무슨 말을 했어?"
"그게 그렇게 중요한 거예요?"
"바른대로 말해. 뭐라고 했는지?"
"……."

미나는 고개를 숙인 채 대꾸하지 않았다.

"네가 날 잡아먹든 삶아먹든 그건 상관없어. 그러나 거짓말한 건 용서할 수 없어. 빨리 말해."

미나는 고개를 들었다. 나를 매섭게 노려보았다.

"사실대로만 얘기했어요, 머."

"어떤 사실까지야?"

"오빠하고 입 맞춘 거하고…… 그리고 하룻밤 오빠하고 잔 거……."

"언제 내가 너랑 잤어?"

"난 잔 거나 마찬가지라고 생각해요. 내 맘을 줬으니까요."

"마음을 줬으니까 잔 거라…… 그따위 논리가 어디 있어?"

"난 그래요. 그런 계집애예요. 그날 오빠가 다 죽게 됐을 때, 난 오빠 가슴에 안겨서 눈을 감았어요. 오빠는 몰라요. 나도 여자예요. 다혜라는 여자만 여자가 아녜요, 나도 여자란 말예요."

미나는 훌쩍이고 있었다. 따귀라도 한 대 올려붙이려던 마음이 갑자기 녹기 시작했다.

"아무리 그래도 그래. 없는 얘길 만들어서 어쩌겠다는 거야."

"오빤 몰라요. 내 맘을, 난 여자 아닌 줄 알아요?"

"누가 여자 아니랬어?"

"바보, 오빤 바보."

미나는 어깨를 들썩이며 울었다. 나는 그런 미나를 왈칵 껴안고 싶었다. 차라리 미나를…….

마음속의 갈등이 자꾸 나를 붙잡고 늘어졌다. 어떻게 할까 망설여졌다. 미나를 훔치고 싶었다. 미나를 훔친 뒤에도 얼마든지 다혜를 훔칠 수 있을 것 같았다.

내 가슴속의 악마란 놈이 나를 휘감고 있었다.

미나는 돌아서서 나를 응시했다.

그녀의 눈동자 속에 절절한 애원이 담겨져 있었다.

"나도 여자예요. 나도 여자란 말예요."

그녀는 웃옷을 벗었다. 탄력 있는 몸매가 보일 것 같았다.

"오빠, 날 다 가져요. 난 오빠 거예요. 변치 않을 거예요."

미나는 치마 허리로 손을 가져갔다. 나는 그런 미나의 손을 잡았다.

"야, 이거 누구 덤터기 씌우려는 거야 뭐야? 그냥 있지 못해."

미나는 내 말 따위는 귀에 들어오지 않는다는 듯이 계속 옷을 벗으려고 했다.

하느님 맙소사.

나는 미나의 따귀를 힘껏 올려붙였다. 미나는 힘없이 앞으로 고꾸라졌다.

"그런다고 사람 간 빠지는 게 아냐. 정신 차려. 내 성질 알잖아. 내 맘대로 다혜란 계집애 좋아 좀 해보자. 넌 왜 내 맘 모르냐? 그 계집애보다 네가 더 잘생기고…… 걔네 아버진 초등학교 선생이지만 네 아버진 대학교수야…… 그 계집앤 옷 안 벗으려고 하지만 너는 벗으려고 해. 난 여태 내 성질대로 살아

왔어. 성질대로 좀 살자. 나도 널 갖고 싶어. 그러나 이놈의 세상은 둘을 모두 가질 수가 없잖아."

나는 이렇게 지껄이고 있었다. 미나는 털썩 주저앉아 울기만 했다.

우리는 한참 만에 산에서 내려왔다. 미나는 슬픈 표정을 감추지 않은 채 말이 없었다. 나도 별로 할 말이 없었다. 어둠이 내려앉은 오솔길에는 낙엽이 질펀하게 깔려 있었다.

"오빠."

미나는 꼿꼿하게 서서 나를 불렀다.

"그럼 마지막 키스 해줘요. 다시는 괴롭히지 않을게요."

나는 말없이 그녀를 끌어안았다.

그리고 입술을 내밀었다.

정열적인 입술 소리가 났다. 나는 그녀가 자살할지도 모른다는 생각이 들었다.

마지막 키스란 낱말이 어딘지 장송곡처럼 들렸다.

"살아 있어야 한다. 재미있게 살아도 다 못 사는 세상인데…… 넌 지금부터 시작야. 새로운 출발을 해야 돼. 까짓 거 나 같은 후줄근하고 쪼다 같은 사내는 수두룩하게 깔렸다구. 인구의 반은 사내라구. 넌 하필 나 같은 등신을 선택했니? 잊어버려. 세상은 우습다구. 알았니?"

미나는 고개를 끄덕였다. 나는 그녀의 손을 꼭 쥐어주었다.

"다혜한테서 전화가 너덧 차례 왔었다."

은주 누나가 이렇게 말하고 다혜네 전화번호가 씌어진 메모지를 내밀었다. 나는 망설였다. 미나가 그 길로 쫓아가 다혜를 만난 것 같았다. 그래서 다혜가 전화질을 한 것 같았다.

다이얼을 돌렸다. 그냥 참고 이 밤을 보낼 수 없을 것 같았다.

"다혜 씨 되슈? 나, 총찬이라구 하는 사람올시다."

"나야, 전화 여러 번 했었어. 어디 갔다 이제 온 거야?"

"좀 놀다가 왔지유."

"나라니까, 다혜."

"말씀하세요."

"나라니까, 다혜야. 왜 그래?"

"볼일 있으면 하시라니까 그래요."

"도대체 왜 그러는 거야?"

"전화를 다 하셨다고요. 대체 저 같은 놈에게 무슨 볼일이 있으셔서."

"잘못했어. 그만해."

다혜는 내가 반말하지 않는 게 어색했던 모양이었다.

"뭘 잘못하셨다고 이러시나요?"

"차암, 내가 오해했었다니까 그래. 용서 빌 테니까 나와."

"밤도 늦고 해서 나 고꾸라져 주무실라요."

"그러지 마, 응! 잘못했다니까 그래. 지금 나갈게. 공원 그네터로 나갈게. 지금 바로. 가서 얘기할게."

나는 못 이기는 체하고 옷을 주섬주섬 바꿔 입었다.
"이 밤중에 속옷을 갈아입고…… 안 들어올 작정이구나."
은주 누나가 방문 앞에서 이렇게 말했다.
"이상스런 눈으로 보지 마. 안 들어오게 되면 안 들어오는 거지, 머. 누나 혹시 질투하는 거 아냐?"
"얼씨구, 너 같은 애는 비린내가 난다."
"홀아비는 서캐 잡아가며 혼자 살아도 과부는 몸살 나서 혼자 못 사는 거래는데."
"과부도 과부 나름이랜다."
"못 들어올지 몰라, 누나 질투 나더라도 참아줘."
은주 누나는 내 등짝을 후려 팼다. 나는 그런 은주 누나를 번쩍 안아 가볍게 볼에 입을 맞추어주고 뛰어나왔다. 누나가 욕지거리하는 소리가 대문까지 들렸다.

하느님. 우리 은주 누나에게 복을 좀 나누어주세요. 착실한 사내 하나를 점지해 주셔서 우리 착하디 착한 은주 누나를 행복하게 해주세요.
우리 은주 누나에게 짝 하나 맞춰줘요. 전남편 같은 치사한 사내 말고 염라대왕 앞에 가도 독바늘로 세 바늘 정도만 뜨게 될 사내로 말입니다.

다혜는 그네 위에 앉아서 나를 올려다보았다. 눈매가 부드러웠다. 나는 다혜 옆에 서서 노려보았다.

"잘못했어. 다시는 그러지 않을 거야. 아까 미나 만났어. 사실대로 얘기해 줬어. 그러나 몽땅 용서하는 건 아냐. 나 말고 다른 여자하고 입 맞추지 않겠다고 맹세한 건 분명히 어겼으니까."

"그래서 어쩌겠다는 거야."

"찬이가 잘못했다고 빌어야 돼. 내가 미나 말만 듣고 오해한 건 그 뒤의 일이니까. 찬이가 빌면 나도 빌 거야. 우린 서로 잘못했어. 오해는 풀면 되지만 입 맞춘 건 풀 길이 없잖아. 그러니까 찬이가 먼저 빌어야 돼."

다혜는 그런 여자였다. 그러니까 언제고 나를 쥐고 흔드는 여자였다. 성질대로 못하고 끌려다니는 내 신세를 보면 다혜가 보통내기가 아니라는 걸 알 수 있었다.

"난 빌 게 없어. 그 상황에선 어쩔 수가 없었으니까."

"물론 그걸 이해 못하는 건 아냐. 그러나 이해하는 거하고 용서하는 거하곤 달라."

"그럼 어쩌라는 거야."

"빌랬잖아. 남자가 뭘 그까짓 것 가지고 버텨."

"난 잘못한 게 없어."

"그럼 오늘 마지막 키스도?"

"뭐?"

"놀랄 거 없어. 미나는 솔직한 애니까. 미나가 솔직하지 않았으면 아마도 내 오해는 안 풀어졌을 거야."

"좋다, 까짓 거 미안하게 됐다."

"미안하다 가지곤 안 돼."

"나도 그 이상은 못해."

"후회하게 될 거야. 나 꽤 괜찮은 계집애라구. 아시다시피 보시다시피 말야. 우리 집 담 밑에 가면 총각들이 하도 들랑거려서 돌이 반질반질해."

다혜는 능청을 떨었다. 나는 피식 웃었다. 모질게 마음먹고 나왔지만 다혜 앞에서만은 모질어지지 않았다. 이놈의 가슴패기가 뭐 잘못됐는지 모르겠다.

"까짓 거, 잘못됐다."

"까짓 거는 빼."

"잘못됐다 까짓 거."

"주와 주왔어. 나도 오해한 거랑 욕한 거랑 미워한 거 모두 모두 잘못했어, 까짓 거."

우리는 부둥켜안고 웃었다. 공원의 불빛만 아니라면 마구 뒹굴며 웃었을지 모른다. 좋아하는 사람끼리 대낮에 끼고 놀든지 뒹굴든지 참견 않는 세상이 빨리 왔으면 좋겠다. 젊은 애들 궁한 호주머니를 여관 주인에게 털어주는 세상은 빨리 지나갔으면 좋겠다.

"안 돼!"

다혜가 내 팔을 뿌리쳤다. 나는 그런 다혜를 노려보았다.

"다 용서하기로 쌍방이 합의해서 도장 각 찍었잖어."

"그렇게 지조 없는 입술하곤 상종하기 싫어."

"봐줘라. 비누 칠해서 닦고 왔으니까, 과거는 잊자고."

"정 나하고 충돌하고 싶으면 소독하고 와. 저 앞에 약방 있잖아."

"내 차암, 옥도정기 바르래?"

"옥시풀 있을 거야."

나는 다혜를 밀어뜨리고 입술을 찾았다. 다혜가 내 팔뚝을 물었다.

"소독하고 오랬잖아."

"씨, 좋아, 기다려."

나는 약방으로 뛰어갔다. 옥시풀 한 병을 사들고 뛰어왔다. 다혜가 낄낄거리며 웃었다.

"겉만 해선 안 통해."

나는 입안에 넣고 거품을 만들어 두 번 뱉었다. 다혜가 나무 숲 속으로 도망갔다.

나는 쫓아가 다혜를 쓰러뜨렸다.

"연속극 같다. 도망가다 괜히 여자가 넘어지고 남자가 또 넘어지는……."

나는 다혜의 입술을 덮쳤다. 다혜는 조용히 눈을 감았다. 나는 마치 다혜의 혓바닥을 내 흡인력으로 뽑아버리기라도 하려는 듯이 굴었다.

"난 오늘 안 들어간다고 하고 나왔어. 널 가질 거야."

내가 식식거리며 말했다. 다혜가 눈을 곱게 흘겼다.

나는 다혜의 가슴께에 손을 넣었다. 다혜가 꿈틀거렸지만 내 손가락은 한 수 빨랐다.

"아퍼."

다혜가 돌아누웠다. 나는 계속 끈질기게 그녀의 가슴을 옥죄어 쥐고 늘어졌다. 정말 오늘 밤은 훔칠 작정이었다.

하느님. 좀 봐줘요. 사람 좀 살고 봅시다.

"여기선 싫어."
"약속해."
"손 빼고 얌전하게 데리고 가면 되잖아. 어서."
"약속하는 거다."
"속는 데 소질 있는 사람처럼 왜 이래."
"정말 약속하는 거다."
"난 첫날밤을 이런 식으로 이런 데서 이러고 싶지 않아."
"좋아, 그럼 여관으로 가자."
"여관은 싫어."
"그럼."
"이왕 데리고 가려면 호텔로 가."
"좋아."

다혜는 결심이 선 것 같았다. 나는 손을 빼고 일어섰다. 다혜가 내 팔짱을 힘주어 꼈다. 내 팔꿈치는 행복에 겨웠다. 얼마 만에 소원을 풀게 되는 것인지 모른다.

이게 모두 하느님에게 기도한 덕분일 것이다.

당신은 영명하고 자비로우십니다.

공원을 빠져 나왔다. 늦은 밤길의 택시는 전속력으로 내달리고 있었다. 나는 택시를 세우고 다혜를 먼저 태웠다.

"잠깐, 찬이 약방에 가서 옥시풀 한 병 더 사가지고 와."

"왜?"

"그럼 안 갈 거야."

"아까 소독했잖아."

"그 정도 가지곤 안 돼, 어서."

나는 순순히 다혜의 말을 듣기로 했다. 다 된 밥에 코를 풀 수는 없는 일이었다. 다혜 마음이 돌아서기 전에 하자는 대로 해주고 싶었다.

"잠깐 기다려. 금방 사 올게."

나는 찻길을 무섭게 건너가 약방으로 들어갔다.

"옥시풀 한 병 주세요."

나는 급하게 소리쳤다. 주인이 약병을 꺼내는 순간 나는 다혜가 혼자 타고 있던 택시가 내달리기 시작하는 걸 쳐다보았다.

"저런……."

나는 약방에서 뛰어나왔다. 차량들의 불빛과 쏜살같이 달리는 다혜가 탄 택시가 정신없이 흔들리고 있었다.

나는 다혜를 쫓아갈 힘을 잃었다. 뒤따라 택시를 타고 다혜네 집 쪽으로 달려가봤자 허사라는 걸 알기 때문이었다. 집 앞에 가서 붙잡아보았자 다혜가 쉽사리 옷을 벗지 않을 거라는 걸 너무도 잘 알았다.

나는 옥시풀병을 바닥에 내동댕이쳤다. 아스팔트 바닥에 거품이 일고 있었다.

하느님. 좀 봐주면 벼락이라도 맞습니까? 이건 해도 너무 하잖아요.

다른 사내들에겐 여자 갈아치우는 걸 양말 갈아 신는 정도밖에 취급하지 않으면서 말입니다. 모르는 체하지 말라구요.

나도 맘만 먹으면 여자들을 수없이 훔칠 수 있다구요. 사람이 조금 도덕적으로 살아보려고 하면 맞장구를 쳐줘야지, 그러는 게 아니라구요.

자정이 임박한 시간에 집으로 왔다. 기분 같아서는 퇴계로나 중앙시장 근처의 나체서비스 전문가를 찾아가거나 여가수 보슬비를 불러내고 싶었다.

이 나이에 누구나 마찬가지겠지만 내 용솟음치는 욕망의 불길을 잠재울 게 그리웠다. 가소롭게도 나는 아스팔트 바닥에 내동댕이친 옥시풀의 거품을 바라보며 미나를 불러내고도 싶었다. 전화 한마디면 쾌락이라는 날개를 달고 얼마든지 밤새

즐길 수 있었다.

하다못해 옛날의 정리를 내세우며 번화가로 들어가기만 해도 정말 풋풋한 여자들과 욕정을 불사를 수 있었다.

내가 어떻게 그 질기고 끈적거리는 욕망을 끌고 집으로 왔는지 모른다. 그게 양심의 끄트머리라는 걸까?

난 세상 모든 여자를 갖고 싶다. 도덕과 윤리, 법률과 양심, 인륜의 관습과 사람이라는 것이 없다면 나는 내 주먹 솜씨와 내 건장한 육체로 세상 여자를 몽땅 가졌을지도 모른다.

아무튼 나는 가능한 한 많은 여자를 갖고 싶은 것이 솔직한 심정이었다. 그래서 더 왕초가 되고 싶었는지도 모른다. 보통 왕초가 아니라 왕초 가운데 최고의 왕초가 되고 싶었던 것이다.

여자 많이 거느리는 숫자가 남자의 강인한 정신력의 소유자라는 건 역사책을 들추어가며 설명할 필요가 없었다. 그렇게 위대했다는 세종대왕의 여자 거느리는 실력을 볼 필요도 없었다. 능력 있는 사내들을 보면 당장 알 수 있는 일인걸 머.

돈 있고 빽 있는 사내들이 여자 거느리는 걸 보면 알 수 있었다.

전화벨 소리가 요란하게 들려왔다. 수화기를 들지 않아도 다혜의 전화질이란 걸 짐작할 수 있었다.

"나야. 왜 걸었어?"

내 퉁명한 소리를 듣던 다혜가 깔깔거리며 웃었다.

"다른 데로 샜는지 확인하려고 걸었어."

"너한테 장가갔다가 뼈 삭겠다."

"찬이 같은 사내한테 시집갔다가는 몸 성하지 못하겠는걸."

"너 정말 그렇게 놀 거니?"

"우리 약속했잖아. 결혼하기 전엔 절대 서로를 지켜주기로."

"어차피 할 거 아냐?"

"다른 여자하고 낚시질(입맞춤)이나 하는 사낼 어떻게 믿어."

다혜가 이렇게 미나와의 사건을 개입시키고 나섰다.

"그건 옥시풀로 다 닦아냈잖아. 더 말 않기로 약속했잖아."

"암튼 오늘 일은 잊어버려."

"정말 독종이다, 너."

"잘 봤어. 한 번 더 그렇게 늑대처럼 굴면 물어뜯을 거야. 명심해."

"너한테 물려 죽었으면 좋겠다."

"난 양 같은 짐승을 물어뜯는 여자 아냐."

"내가 졌다."

나는 웃고 말았다. 그렇게 몸을 지키려는 다혜의 정신이 가상했기 때문이었다.

"내가 이겼다. 고운 꿈 꾸고 잘 자. 내일 전화할게."

"꿈속에서라도 널 갖겠다."

내가 오기 서린 말로 이렇게 대답했다. 다혜가 킥킥거리며 웃었다.

"나도 꿈속에서 물어뜯을 거야."

수화기를 내려놓았지만 쉽사리 잠들 것 같지 않았다.

다혜의 젖가슴 온기가 아직도 손 끝에 묻어 있는 것 같았다. 여민 치맛단 속으로 보드라운 허벅지의 감촉이 또 내 뇌리 속에 남아서 지워지지 않았다. 허벅지는 차가웠다. 차가운 밤바람이라서 노출된 허벅지가 차가웠던 것 같았다.

도저히 잠들 수가 없었다. 자꾸 다혜를 찍어 누르는 모습만이 떠오르고 있었다.
다혜는 나무토막처럼 뻣뻣했을까.
아냐. 그녀도 인간인걸. 뜨겁게 달아올랐을 거야. 그녀도 여자인걸. 참느라고 이를 악물었을 거야. 그 더러운 관습, 여자는 수줍어야 하고 소극적이어야 하고 임신이라는 무서운 방패 무기 때문에 이를 악물었을 거야.
다음엔 기필코 훔치고야 말 거다.
아무리 내가 편리한 쪽으로 생각해 보아도 잠들 수가 없었다. 다혜의 보드라운 것들이 내 몸 구석구석에 배어 있었다. 참으려고 하면 할수록 끈끈한 욕망은 불타고 있었다.
은주 누나를 생각했다. 내가 달려들면 어떻게 할까?
욕망의 끈을 움켜쥐고 사는 여자니까 그 끈을 풀어줄 것 같았다.
그러나…… 안 돼.

미나, 보슬비, 은주 누나, 다혜…… 떠오르는 여자의 얼굴은 끝없이 욕망이라는 내 더러운 가슴속으로 비집고 들어왔다.

나는 살금살금 기어가 응접실로 나갔다. 컴컴한 응접실 바닥의 카펫 위를 기어갔다. 조금씩 어둠에 익숙해지고 있었다. 은주 누나의 방문 앞에 멈추어서 귀를 기울여보았다. 아무 소리도 나지 않았다.

나는 책꽂이 위에 놓여 있는 여성지들을 한 아름 안고 다시 살금살금 내 방으로 들어왔다.

스탠드 불빛에 드러난 여성지 속의 여인들은 아름다웠다. 평소에는 여자들의 방어용 무기만 같던 속옷들이 그렇게 아름다울 수가 없었다.

반라의 여인들, 속옷만 입고 웃고 있는 그 자신감, 치마를 들고 바람 부는 대로 허벅지를 보이는 여인들. 인생상담란에 거침없이 육체의 파멸을 호소하는 여인들.

나는 참을 수가 없었다. 여성지에 등장한 여인들 모두를 삼키고 싶었다. 단 한 명이라도 그냥 두고 싶지 않았다. 가능하면 몽땅 훔치고 싶었다.

어치피 내어놓은 여자들이겠지, 머. 숫처녀라면 아무리 돈 받고 하는 짓이지만 그렇게 벗은 거나 마찬가지로 나서진 않겠지.

그렇다면 닥치는 대로 훔쳐도 그만이겠지, 머. 먼저 훔쳐 먹는 게 임자인 거야 머. 세상 다 그런 거 아냐.

나는 여성지를 방바닥에 주욱 펴놓고 마음 내키는 대로 훔치고 있었다.

나는 팽창했다. 팽창은 뜨거움을 의미했다.

내 숨소리는 높아졌다.

그리고 나는 폭발했다.

여성지 속의 모든 여자들을 한꺼번에 훔친 것이었다. 나는 그 순간에 삼천궁녀를 거느렸다는 의자왕이었고 천하의 여자를 호령했다는 연산군이었다. 아니 술집 여자를 호령하는 지배인이기도 했다. 그도 아니면 창녀촌 뚜쟁이 왕초이기도 했고 강간전문범이기도 했다.

나는 갑자기 시들해졌다.

모든 게 별것이 아니었다. 부끄러움이 스멀스멀 내 몸을 감고 올라섰다. 허무했다. 괜히 자신이 초라해 보이기 시작했다.

하느님.

설마…….

이런 꼴을 촬영해 두었다가 이 다음에 심판 받으러 갔을 때…… 설마 그러시진 않겠죠.

책에서 봤습니다만 정상적인 사내와 계집애들은 그런 거 좋아한답니다. 멀. 나이 차면 저절로 배우는 거잖아요.

사람 다 그렇고 그렇게 사는 거예요. 뭐, 뭐, 별거 있는 줄 아세요.

하느님이 실수한 게 많지만 그 가운데 큰 실수는 바로 이런 거라구요. 인간을 만들 때 하느님의 형상을 닮게 만들었다면서요.

그러니까 사람들을 발가벗겨놓고 자세히 관찰하면 쉽게 하느님이 어떻게 생겼는지 알게 되잖아요.

이 초라하지만 황홀한 흥분을 배운 것은 첫 번째 가출 때였다. 그때 나이가 정말 싱싱한 혈기를 지닌, 십 대 후반이었다.

어째서 가출자의 고향이 서울이란 악머구리 같은 도시인지 모르겠다. 가출을 결심한 사람은 거의 무작정 서울로 행선지를 삼는 것 같았다.

나도 예외는 아니었다. 서울역에서 내린 나는 상상조차 할 수 없는 거대한 도시의 늪에 빠져서 헤매기 시작했다. 사람도 낯설었고 거리와 골목길도 낯설었다. 하다못해 판자촌과 썩어빠진 뒷골목의 쓰레기통마저도 낯설었다.

어머니의 금고는 벽장 속이었다. 그곳은 어머니의 믿음이 유일하게 존재하는 은행이기도 했고 저금통장이기도 했다. 어머니는 은행이나 증권 같은 것을 믿지 않았다. 쌈지 속에 한 주먹이 넘게 챙겨가지고 있는 금붙이와 벽장 속의 현금만을 믿었다.

나는 가출하는 날 장도리로 벽장의 자물쇠를 뜯어냈다. 그리고 어머니의 믿음과 어머니의 기대를 배반하기 시작했다. 어머니는 부자였다. 금붙이와 현금이 내 상상력을 무시할 만큼 많았다.

내 어린 분수에 걸맞지 않게 많은 액수의 돈을 챙겼다. 그리고 나는 정중하고도 솔직한 현금차용증을 쓰기 시작했다.

어머니. 고생은 사서도 하라고 하셨습니다. 저는 큰 사람이 되기 위하여, 어머니의 소망대로 훌륭한 사람이 되기 위하여 집을 나서겠습니다. 그래서 세상 공부를 한 뒤에 진짜 효자가 되어 돌아오겠습니다.

공부하러 나간 자식이 돌아올 때까지 꼭 진지 잡수시고 울지 마시고 건강하게 계세요.

돈이 떨어지면 반드시 돌아올 테니 걱정 마세요.

정확한 기억은 아니지만 대충 그런 식으로 편지를 써놓고 나왔다. 그건 내가 어머니에게 쓴 현금보관증이나 마찬가지였다.

그때만 해도 내가 우리집 상속자이기 때문에 어머니가 소유한 현금과 패물은 당연히 내 것이나 마찬가지라고 생각했었다. 미리 내가 일부를 탕진한다고 해서 부끄러울 필요가 없는 거라고 나 스스로에게 위로하곤 했다.

내가 가출한 뒤에 어머니가 얼마나 방바닥과 어머니 자신의 머리채와 버선짝을 학대했는지 나는 기억하고 싶지 않았다.

내가 가출한 뒤에 어머니가 나를 서울까지 데리고 간 그 징

그러운 기차와 정면충돌로 화풀이를 하지 않은 것은 기적이라고밖에 표현할 수가 없었다.

오죽하면 일가친척과 아버지의 친구들이 돈을 추렴해서 나를 찾으러 다녔을까.

내가 최초로 매스컴이란 보도매체를 탄 것도 바로 그때였다.

일찍 출세한 셈이었다. 그 나이에 학적부나 시험지, 더러 습자지나 도화지 정도가 아니면 출석부에나 이름자가 올라 있는 정도였겠지만 나는 거창하게도 서울의 방송국과 신문사, 아들을 찾는 광고전단 따위에 내 이름이 오르락내리락했었다.

어머니의 극성이 어떻다는 걸 더 설명할 재간이 없었다.

면장 어른과 군수 영감과 경찰서장 아저씨가 어머니한테 멱살을 잡히고 담임선생이 어머니를 피해 다니느라고 일주일이 넘게 학교에도 못 나왔다는 사실만 가지고도 나는 감히 우리 어머니가 나를 무지무지하게 사랑한다는 걸 믿어 의심치 않았다.

그런 어머니의 극성이 몸부림친 돈이었지만 내 서울 생활은 쉽사리 호주머니를 털어가고 있었다.

그런 어느 날이었다. 돈을 아끼기 위해서 남대문시장 골목에서 막국수 한 그릇 먹고 나오다가 양동 입구에서 내 나이 또래밖에 되지 않는 계집애에게 손목을 잡혔다.

계집애는 가방을 잡고 놓아주지 않았다. 나는 촌놈답게 사정을 했지만 계집애는 가방을 채뜨려가지고 판잣집으로 들어가버렸다.

가방 속에 그나마 내 전재산이 들어 있었다. 나는 할 수 없이 따라 들어갔다. 방으로 끌려 들어간 나는 윗목에 쪼그리고 앉아 사정을 했다. 계집애가 옷을 벗으며 피씩피씩 웃었다.

"병아리 물어왔니? 살살 털 벗기고 먹어라."

"오줌 뉘고 재워라."

"어린 신랑 데쳐 먹으려면 꼭꼭 씹어야 한다."

문밖에서 다른 계집애들이 이런 식으로 겁을 주고 있었다. 나는 바지를 움켜잡고 빌었지만 계집애는 놓아주지 않았다.

철컥!

방바닥으로 가위가 떨어졌다. 밖에서 구경하던 계집애들이 가위를 던져준 것이었다. 나는 그 순간에 계집애가 시키는 대로 꼼짝 못하고 서 있었다. 말 듣지 않으면 무슨 꼴을 당할지 모른다는 생각이 들었다. 서울 계집애들 독종이란 소리를 일찍부터 들었기 망정이지…….

내가 원체 숙맥이었기 때문에 계집애가 시키는 대로 할 수밖에 없었다. 어려서부터 계집애들깨나 쫓아다니며 못살게 군 터수였지만 발가벗고 달려드는 계집애한테 꼼짝을 할 수 없었다.

나는 눈을 질끈 감고 계집애가 하는 대로 가만히 있었다. 거부할 수 없는 환락의 늪에 빠져들었다.

널 훔칠 거야

한참 만에 나는 가방 속에서 계집애가 갖고 싶은 대로 돈을 세어 갖는 걸 지켜보았다. 그리고 고개를 숙인 채 도망 나왔다.

그때부터 나는 언제고 열정이 식으면 그 계집애를 천당에서 만나더라도 손모가지를 작신 부러뜨리겠다고 벼르곤 했었다. 고마울 때도 없는 건 아니었지만.

사기꾼의 자서전

 이튿날 저녁때 나는 다혜를 만났다. 다혜는 엊저녁 사건 따위는 잊어버린 듯이 내 앞에 신입사원 모집광고지 다섯 장을 내밀고 무조건 손가락을 걸자고 했다.
 "찬이 첫 월급 받는 날, 입술을 하루 종일 대여해 줄게."
 나는 손가락을 걸면서 어디가 허물어지는 것처럼 웃었다.
 입술을 하루 종일 무상 대여하겠다는 다혜의 표정에는 장난기가 서려 있었다. 그녀가 내민 사원모집 광고지를 죽 훑어보았다. 어느 곳이든 내 양에 차지 않았지만 어느 곳이든 내가 정상적으로 시험을 치러서 들어갈 만한 곳은 없었다.
 "학교에서 추천서 써달라고 졸라."

다혜도 내 실력을 아는 터였다. 시험 쳐서 입사한다는 게 어렵다는 걸 눈치챈 것 같았다.

"골이 비었니. 나 같은 놈한테 추천서를 써주겠니?"

"주특기 있잖아. 악쓰는 거."

"통할 데가 따로 있지."

"찬이가 악써서 안 되는 게 없잖아?"

"안 되는 거 있지. 말 안 듣는 여자 버릇 고치는 거. 뻗대봤자 별수 없는 여자지만."

"그런 여자한테 몸 달 거 없잖아? 해치워버리지그래."

"너 말 다했지?"

"대충 다했을걸."

다혜는 이렇게 말하고 내 어깨를 툭 쳤다.

"정말 날 해치우고 싶거든 취직부터 해."

"내가 한두 번 속은 줄 알아?"

"속은 자에게 복이 있을지니라."

"얼씨구."

"한번 쳐보시지그래."

"그만두자. 내가 졌다."

나는 다혜와 말싸움을 하고 싶지 않았다. 말싸움으로 해서 한 번도 이겨본 적이 없었다.

누가 그랬지. 여자는 죽어도 혀만은 살아 있다고.

나는 그 얘길 믿는 편이었다. 여자하고 말싸움해서 이긴 사내는 없을 것이다. 아니 있다고 자부하는 사내도 있을 것이다. 그런 사내는 여자가 져주는 척했다는 걸 알지 못하는 바보일 뿐이다.

취직을 해야겠다는 절박한 상황은 아니었지만 졸업장을 받으면 어떻게든 혼자서 먹고살 수 있는 방법을 찾아내야 할 것 같았다. 시골로 내려가서 어머니의 곗돈 심부름이나 해주면 편히 먹고살 수도 있었다.

그러나 그러기에는 내 스스로 허락할 수 없었다.

은주 누나에게 기대어 사는 것도 할 짓이 아니었다. 학생일 때는 몰라도 어엿한 사회인으로서 할 짓이 아니었다.

그렇다고 취직한다는 게 썩 마음 내키는 건 아니었다. 굽실거려가며 취직해서 눈치 봐가며 적당히 아양 떨어대야 한다는 게 견딜 것 같지 않았다. 어머니에게 졸라서 장사를 해볼까 생각했지만 나는 고개를 저었다.

우리 어머니의 희망은 판사 영감이어야만 했다. 장사를 한다거나 빈둥거리며 논다는 건 우리 어머니의 피를 거꾸로 튀게 하는 꼴이었다. 어머니는 법학 공부를 마치기만 하면 거의 모두 판사가 되는 거라고 생각하고 있었다.

그래서 언제나 내가 내려가면 우리 판사 아들 왔다고 반기곤 했다.

나는 설명하거나 변명을 늘어놓지 않았다. 알아들으려고 하지도 않겠지만 어머니의 간절한 소망의 끈이 끊어지게 하고 싶지 않았다.

졸업식 날, 나는 어머니를 위해서 연극을 할 생각이었다.

우리 대학교 총장이 주는 상장을 나는 꼭 탈 생각이었다. 상패 만드는 집에 가서 몇만 원만 주면 진짜 총장상 받는 녀석 것보다 훨씬 크고 근사한 상패를 만들 수 있었다. 그리고 상품으로는 어머니의 한복감을 장만할 생각이었다.

훌륭한 아드님을 길러주셔서 고맙다는 총장님의 감사패와 한복감 한 벌을 내가 만들어드릴 참이었다.

그렇다면 이름 있는 회사의 법무실이나 기획실쯤에 취직이 되는 것도 괜찮을 것 같았다. 법무실에 취직이 되면 보통 죄인을 재판하는 판사가 아니라 회사 직원이나 큰 회사를 상대로 벌을 주는 판사라고 속이면 될 것 같았다. 기획실에 들어가도 비슷한 얘기를 해줄 계획이었다.

하느님.

우리 어머니를 기쁘게 해줄 의향이 없으신지요. 잠깐이면 됩니다. 정말 잠깐이면 됩니다. 내가 잠깐 동안 판사가 될 수 있게 해주면 됩니다.

총무처 근처의 쓰레기통 속에 고등고시 시험문제를 슬쩍 흘려두셔도 좋고 갑자기 판사, 검사, 변호사들이 몽땅 증발해서 법학과 졸업한 놈은 무조건 판사나 검사나 변호사 시킬 수밖에 없도록 해주셔도 좋습니다.

오래 해먹을 생각은 추호도 없습니다. 아무리 법대로 진행하는 것이지만 사람 데려다가 감옥에 처넣는 걸 직업으로 삼고 싶지 않는 놈이란 걸 하느님은 알잖아요.

K주식회사 정문 앞에 섰다. 크고 웅장한 건물이었다. 나는 그 앞에 서서 K주식회사가 나를 받아주지 않을 거라는 묘한 추측이 생겼다.

나 말고도 원서를 접수시키는 젊은이들이 많았다. 대개 대학교 졸업반 친구들 같았다. 사 년 동안 공부한 것이 고작 이런 회사에 들어가려는 준비작업이었는지도 모른다.

그것도 입학시험만큼이나 어려운, 아니 어쩌면 더 어려운 과정을 밟아야만 한 달에 이십여 만 원이란 생계비를 벌 수 있는 것인지도 모른다.

원서를 접수시키면서 나는 그 많은 원서의 주인공들이 모두 이른바 세속적인 일류대학 출신이란 걸 알았다. 그들은 그렇게 피땀 나게 공부해서 이런 회사에 들어가려고 한 것은 아니었을 것 같았다.

한때 나는 그들, 이른바 일류대학에 다니는 녀석들을 지독스럽게 미워했었다. 보통 미워한 정도가 아니라 일류대학 배지를 단 녀석들만 보면 골목으로 끌고 들어가서 턱을 몸살 나게 했었다.

고등학교를 평준화시켜서 나 같은 촌놈, 똥통학교나 골라 다닌 녀석들에겐 적어도 중고등학교 시시한 곳을 다녔다는 굴욕감을 씻어주었다. 나는 그놈의 대학도 평준화시켜서 유일하게 남아 있는 출신 성분의 굴욕감을 없애주기를 바라곤 했었다.

아니 그것 말고 취직하는 것과 먹고 입고 자는 것까지 평준화시켜서 아무것도 하지 않고 가만히 앉아서 먹고살았으면 싶었다.

K주식회사를 나와서 나는 하루 종일 다섯 군데에 원서를 접수시켰다. 이력서, 사진, 주민등록 따위를 한 무더기나 없앤 셈이었다. 회사도 평준화시켰더라면…….

결과는 뻔한 것이었다. 기대를 전혀 하지 않은 것은 아니었지만 내가 제출한 원서가 되돌아오지 않을 거라는 걸 대충은 감지하고 있었다.

나는 회사에서 약속한 날짜까지 이차 필기고사를 보라는 연락이 없자 갑자기 오기가 치솟기 시작했다. 원서만 떼먹고 단 한 군데서도 시험 보러 오라는 데가 없었기 때문이었다.

애초 내가 골라 간 회사는 국내 정상급 회사가 아니었다. 그것은 내 자격지심 때문이었다. 똥통학교 출신이었기 때문에 정상급인 회사에 원서를 낼 용기가 없었던 것이었다.

나는 다시 원서를 얻어다가 주식회사 K 따위와는 비교도 할 수 없는 T주식회사에 서류를 내기로 결심했다. 그것은 정말 오기였다. T주식회사 회장의 불알을 쥐고 늘어지든 협박 공갈을 치든 간에, 무슨 짓을 해서라도 입사를 할 생각이었다. 그래서 K주식회사 따위가 내게 보인 퇴짜가 얼마나 잘못된 것인가를 보여주고 싶었다.

T주식회사는 시내 중심가에 자리 잡고 있었다. 건물의 규모나 생김새가 정상급 재벌회사라는 걸 증명이라도 할 것 같았다.

원서 접수대에 나와 앉아 있는 사람들도 깔끔한 정장 차림이거나 제복 차림이었다. 입사원서는 접수대 위와 옆에 산더미처럼 쌓여 있었다. 마감 날이라서 그런지 젊은 사람들이 넓은 복도를 꽉 메우고 있었다. 가슴에 단 배지는 거의 모두 일류라는 증명서였다.

나는 슬그머니 기가 죽는 기분이 되었다. 그러나 이대로 돌아서고 싶지는 않았다. 커닝이라도 하는 거다. 그것도 아니면 출제위원이나 채점위원의 목을 옭아 쥐더라도 입사하고 말겠다.

만약 그런 게 통하지 않으면 회장을 만나서 우격다짐으로라도 취직을 하고 말 생각이었다. 나 같은 녀석이 한 놈쯤 이 회사에서 꼭 필요하다는 걸 보이고 말겠다.

접수대 앞에 섰다. 부끄러운 입사원서를 내밀었다. 입사원서가 너무 많이 들어오기 때문에 그 자리에서 분류작업을 하고 있었다.

T주식회사가 원래 유명한 회사이기는 했지만 이렇게 정신없이 신입사원 지망생이 많을 줄은 꿈에도 몰랐다.

나는 돌아서서 나오는 체하면서 슬쩍 내 입사원서가 어떻게 처리되는지 지켜보았다.

큰 통 속으로 들어갔다. 그 통 속에는 하나 가득 입사원서가 들어 있었다.

그리고 그 옆의 통 속에는 많지 않은 원서가 들어 있었다. 나는 가슴이 뜀질하는 걸 참으면서 유심히 원서들을 살펴보았다. 내 원서는 그 자리에서 회송당하는 것 같았다.

"쌔애끼들…… 이런 걸 뭐하러 내는 거야. 귀찮아죽겠네."

삼십 대의 신사가 이렇게 원서를 분류하면서 말했다.

"이러다 말썽 나면 어쩌죠."

"그럼 어떻게, 일일이 검토하나? 시간도 없고……."

"Q대학은 어떻게 할까요?"

접수대 앞에 있는 사내와 신사가 계속 작은 소리로 주고받았다.

"아까 많이 넣었으니까 빼내버려."

신사가 대답했다. 나는 Q대학이 세속적으로 일류도 아니고 그렇다고 이류대학이라고 하기엔 실력이 넘치는 대학이란 사실 때문에 귀가 번쩍 뜨였다.

"너무 많이 몰려왔어요. 삼십 대 일이 넘겠는데요."

"쌔애끼들…… 똥통학교 자식들이 여기가 어디라고 원서를 디밀고 그래. 사람 귀찮아죽겠구만."

"누가 아니래요. 이런 자식들 대학시험 볼 때도 으레 떨어질 거 알면서 혹시나 하고 디밀던 자식들이라구요."

젊은 사내가 이렇게 맞장구를 치고 나섰다.

나는 주먹을 불끈 쥐었다. 이제 내가 제출한 원서의 행방을 알 것 같았다. 접수를 보던 사내들은 소위 일류대학 출신들의 서류만 접수를 받아놓고 나머지는 형식으로 받아서 쓰레기통 속에 처넣는 것이었다.

하기야 내가 접수대에 앉아 있어도 그렇게 되겠지만…….

아무리 그렇더라도 참을 수는 없는 일이었다. 어차피 내 입사원서는 쓰레기통 속에 들어가 한 시간 후면 재가 될 판이었다.

"이봐 형씨. 이 통 속에 들어 있는 원서는 언제 태울 건가?"

내가 접수대 앞에서 이렇게 소리 질렀다. 사내가 나를 올려다보고는 피식 웃었다.

"여봐요, 원서가 많아서 담아두는 거요. 당신 뭐야?"

"똥통학교 자식들이 건방지게 원서 냈다 이거 아냐?"

나는 접수대를 훌쩍 뛰어넘었다. 사내가 앉은 채로 나를 노려보았다.

"어린 녀석이 말하는 거 보게."

나는 그런 사내 앞에 주먹을 내보였다.

"이 새끼야, 내 귓구멍이 얼마나 밝은 줄 알아? 뭐가 어째? 똥통학교 새끼들 때문에 귀찮아죽겠어. 대갈통을 부숴버릴 테니까."

나는 사내의 멱살을 잡아 소파 위에 내던졌다. 사내가 나뒹굴자 접수 보던 계집애들은 귀퉁이로 숨었고 사내들은 우르르 덤볐다.

"덤벼라, 이 일류 떨거지들아. 그래 이 새끼들아, 바로 내가 떨어질 줄 뻔히 알면서 일류대학에 원서 냈고 여기에도 원서 낸 놈이다. 어쩔 테냐 이 새끼들아."

나는 닥치는 대로 사내들을 걷어찼다. 열댓 명쯤 되는 사내들이 모두 이 구석 저 구석으로 쑤셔 박혀서 신음 소리를 내고 있었다.

경비원들이 쫓아왔다. 나는 경비원들도 접수대 책상 밑으로 쑤셔 박았다.

"네가 책임자냐?"

아까 그 신사의 멱살을 잡아 일으키고 물었다.

"그렇소."

"아까처럼 반말 왜 못해 새끼야."

나는 녀석의 턱을 한 대 갈기고 나뒹군 녀석을 다시 일으켜 세웠다.

"느네 왕초한테 가자."

사내는 주춤주춤 떠미는 대로 걸었다. 엘리베이터에 녀석을 집어넣고 이십층의 버튼을 눌렀다. 엘리베이터 걸의 얼굴이 새하얗게 변했다.

"회장실이 이십층 맞죠."

"예."

"아가씨도 일류학교 출신요?"

"네?"

"아뇨, 그냥 물어본 거요."

나는 쾌속으로 이십층까지 올라가는 사이에 사내에게 물었다.

"너 어느 대학 출신이냐?"

"A대학요."

"너 혹시 Y대학이라고 알아?"

"압니다."

"그 대학이 똥통학교냐?"

"……"

사내는 대답 대신 고개를 숙였다.

"너 여기서 계급이 뭐냐?"

"과장입니다."

"몇 살 처먹었냐?"

"서른다섯입니다."

"느네 회장이 똥통학교 출신 다 빼라고 시키더냐?"

"……"

사내는 아무 말 없었다. 나는 이십층에서 내려 카펫 깔린 복도로 걸어갔다. 비서실이라고 크게 씌어 있는 곳에서 나를 막았다.

"회장 만나러 왔다. 비켜라."

나는 건장한 사내를 떼밀었다. 사내가 벌렁 나자빠졌다.

"여기가 어디라고 함부로."

우렁찬 소리와 함께 운동깨나 해본 것 같은 사내들이 몰려

나왔다.

"회장 만나러 왔댔잖아!"

나는 앞쪽에서부터 닥치는 대로 후려갈겼다. 비서실 직원은 아래층보다 훨씬 많아 보였다. 앞에 섰던 건장한 사내들 너덧 명이 나가떨어지자 뒤쪽에 있던 사내들은 멀거니 서 있기만 했다.

회장실이라고 씌어 있는 문을 벌컥 열었다. 그 안쪽이 진짜 비서실인 것 같았다.

"회장 계슈?"

나는 사내의 멱살을 쥔 채 이렇게 물었다.

"안 계신데……."

말이 채 끝나기 전에 나는 회장실 문을 발로 찼다. 문이 열렸다. 가운데 정면으로 보이는 회전의자에 노신사가 앉아 있었다. 나는 사내를 그 앞으로 내던졌다. 사내가 데굴데굴 굴러서 회장 앞으로 뒹굴었다.

"회장 되슈?"

"그렇습니다만…… 누구십니까?"

노신사가 나를 소파 있는 쪽으로 앉으라는 시늉을 했다. 문이 열리고 사내들이 쏟아져 들어왔다. 나는 벌떡 일어나서 앞에 있는 녀석을 올려붙였다.

"다들 나가 있거라, 어서!"

노신사가 엄하게 소리쳤다. 사내들이 아무 말도 못한 채 우르르 몰려 나갔다.

"앉아요. 앉아서 차근차근 얘기해 봐요."

회장은 내가 앉은 소파로 천천히 걸어왔다. 조금도 어색한 표정이 없는 대담한 자세였다. 왠지 보통 늙은이가 아니라는 생각이 들었다.

"똥통학교 출신은 원서도 받지 말라고 했습니까?"

내가 저돌적으로 물었다.

"무슨 얘긴지 모르겠군요."

"전 Y대학 출신으로 입사원서를 냈던 사람입니다. 그런데 제 원서가 접수대에서 쓰레기통 속으로 들어갔습니다. 옆에서 하는 얘기를 들으니까 똥통학교 새끼들이 감히 T주식회사에 입사원서를 냈다고 투덜거렸습니다. 신문광고에는 분명히 대학졸업자나 졸업예정자라면 누구든 원서를 낼 수 있다고 여기 이렇게 씌어 있습니다."

나는 신문광고 오린 것을 회장 앞에 내던졌다.

"그러면 아예 첨부터 일류대학 출신만 뽑는다고 광고를 낼 것이지 어째서 원서를 받은 뒤에 시시한 대학 다닌 것도 억울한데 쓰레기통 속에 처박느냐 이겁니다. 우리가 쓰레깁니까?"

나는 식식거리며 언성을 높였다. 노신사는 고개를 끄덕이더니 내 손을 덥석 잡았다.

"고맙소, 젊은이. 무슨 뜻인지 알겠소. 난 그런 줄은 상상도 못했소. 변명으로 들어요. 내가 총책임자니까 이게 모두 내 잘못이오. 용서하시고 추호도 다시는 이런 일이 없도록 하겠소. 그러면 되겠소?"

너무 시원스럽게 나오니까 할 말이 없었다.

"그럼 가겠습니다. 소란스럽게 해드려서 죄송합니다."

나는 자리에서 일어났다.

"잠깐! 시험은 치겠소?"

"봐야 떨어집니다."

"사내가 칼을 뺐으면 쳐야지요. 시험을 봐요. 꼭."

나는 노신사의 얼굴을 뚫어지게 쳐다봤다.

노신사는 내가 대표적으로 미워하는 사람 가운데 한 사람이었다.

김갑산(金甲山). 너무나 유명한 재벌 이름이었다. 내가 유독 그를 미워한 것은 전생에 무슨 원수진 것이 있어서가 아니라 나보다 엄청나게 부자라는 사실 때문이었다. 나는 어쨌든 나보다 잘생기고 나보다 잘사는 사람은 싫었다. 나보다 나은 친구들은 언제고 요절을 내고 싶었다.

"봐야 떨어진다고 했잖습니까."

"그럼 원서는 왜 접수시켰소?"

"오기가 나서요."

내가 퉁명스럽게 대꾸했다.

"그 오기를 내가 사겠소."

노신사는 웃었다. 나도 따라 웃었다.

"제 오기는 좀 비쌉니다. 별로 쓸데도 없는 데 말입니다."

"난 쓸데가 있지요. 젊은이의 그 패기를 사겠소."

나는 잠시 생각했다. 그리고 다혜의 입술을 생각했다.

"특채하시겠다는 겁니까?"

"난 특채를 하지 않아요. 정상적으로 시험을 다 봐요. 채용 결정은 내가 직접 하면 되겠지요."

"제 점수를 알면 후회하실 텐데요."

"그건 내 문제요."

"좋습니다. 해보죠."

"그 메모지에 이름과 연락처를 써놔요."

나는 메모지에 내 이름과 은주 누나네 전화번호를 썼다. 김갑산 회장은 메모지를 접어 윗주머니에 넣었다.

"가겠습니다."

"가봐요."

나는 문을 닫고 김갑산 회장 방을 나왔다. 문밖에는 사내들이 떼 지어 서 있었다.

"당신네 회장은 살아 있소."

나는 이렇게 말하고 힘차게 걸어 나왔다. 회장 방에서 뒤따라 나온 접수대의 사내가 내게 고개를 숙이며 웃었다.

"치료비는 당신네 회장이 줄 거요."

엘리베이터 문이 열렸다. 제복 입은 계집애가 눈을 내리깔았다. 엘리베이터는 회장 전용이어서 감히 다른 사람은 탈 생각도 하지 못하는 것이었다.

"회장님 전용 엘리베이터입니다."

계집애 목소리는 카랑카랑했다. 사람들이 뒤에서 내 무례한 행동을 지켜보고 있었다. 나는 말없이 엘리베이터 안에 놓여 있는 의자에 앉았다.

"회장님 전용예요. 내려주세요."

계집애가 신경질적으로 말했다. 나는 한쪽 눈을 찡긋해 보였다. 계집애가 또 딴전을 피우고 있었다. 담배를 빼어 입에 물고 의자 옆에 있는 라이터로 불을 붙였다.

"라이터 좋구만. 비싸겠는걸. 이거 좀 빌려갈게."

"안 돼요. 회장님 거예요."

"내가 빌려갔다구 하시라니까 그래."

나는 라이터를 호주머니에 넣었다. 계집애가 당황한 빛을 감추지 못하고 사람들 눈치만 보고 있었다.

회장실 문이 열리고 비서가 쫓아왔다.

"모시고 가라."

나는 손을 들어주었다. 계집애가 기어들어가는 소리로 대꾸하고는 버튼을 눌렀다. 엘리베이터는 천천히 내려가고 있었다. 늙은이를 위해 특별히 고안해 낸 것이어서 속도가 느린 것 같았다.

"전용 화장실 있다는 소리는 들었지만 전용 엘리베이터 있는 건 첨이네."

내가 혼자 투덜거렸지만 계집애는 면벽한 채 대꾸하지 않았다.

일층에서 엘리베이터 문이 열렸다. 도열하고 있던 수위들과 신사들의 눈이 커졌다. 나는 가볍게 웃었다.

"내가 앞으로 회장 될 사람이오. 이런 연습들 해두는 게 좋소."

어리둥절해 있는 그들 사이를 뚫고 뚜벅뚜벅 걸어 나왔다.

뒤통수가 조금은 뜨뜻해지는 것 같았다. 그러나 통쾌한 기분을 감출 수는 없었다. 어차피 나는 장난이니까 두려워할 게 없었다.

그리고 이쯤은 통해야 내가 밥을 빌어먹더라도 마음이 편할 것 같았다. 그리고 또 내 행동쯤 가볍게 받아주지 않는 회장이라면 상종할 가치도 없다는 생각이 들었다.

나는 평소에 재벌이나 기업체의 총수쯤 되는 치들은 돈에 독이 올라서 돈버러지같이 흉측하게 생겼을 거라고 막연하게 생각하고 있었다.

그런데 오늘 그 생각이 충격적으로 무너져버린 것이었다. 나는 상당히 당황하고 있었다. 그만한 배포가 있기 때문에 재벌이 될 수 있었다는 것을 깨달은 것이었다.

어느 분야에서든지 최고가 된다는 건 무엇인가 가슴 깊은 곳에 독살스러우리만큼의 신념과 용기가 들어 있는 것이었다. 그런 용심 없이 최고가 될 수는 없는 터였다. 김갑산 영감이 재벌 가운데서도 빼어난 인물이 될 수 있었던 것도 마찬가지일 것 같았다.

그는 흔하게 널브러져 있는 졸부가 아니었다. 그가 만약 졸부였다면 내 행동을 결코 수긍할 수 없었을 것 같았다.

시험 보는 날 아침에 나는 사인펜 몇 자루만 챙겨 들고 집을 나섰다.

내 번호가 부착된 책상 위에서 나는 끗발이 별로 좋지 않다는 생각을 했다. 내 수험번호는 01715번이었다. 화투판이라면 짓지도 못할 숫자였고 끗수도 겨우 네 끗뿐이었다. 이상스럽게 네 끗이란 게 기분 좋지 않았다. 죽을 4 자라고 해서 네 끗을 싫어하는 우리네 습성에 은연중 나도 물든 것 같았다.

하긴 목욕탕에 가서 4 자가 붙은 옷장 속에 옷을 넣지 않는 내 괴벽에 대해 나 스스로 우스울 때도 있었다. 목욕탕에 가보면 언제고 4 자 붙은 옷장은 비어 있기 마련이었다.

첫 시간의 영어 시험지 위에 나는 이렇게 써넣고 나왔다.

출제위원들 벼락 맞아 뒈져라.
채점위원들에게 신의 가호를.

첫 시간을 마치고 곧장 집으로 가고 싶었지만 김갑산 영감의 말이 귓가에 뱅글뱅글 돌고 있어서 둘째 시간의 상식과 셋째 시간의 전공 시간에도 시험을 치르지 않을 수가 없었다. 첫째 시간을 망쳤기 때문에 둘째와 셋째 시간에도 별수 없이 같은 얘기만 큼지막하게 써놓고 나왔다.

내 마음은 이판사판이란 생각이었다. 그런 거물 재벌의 주시를 받으면서까지 일하고 싶지는 않았다. 다른 녀석들보다 점수가 형편없을 거라는 걸 알면서 끄적거려서 김갑산 영감을 웃기고 싶지도 않았다. 내 시험지를 앞에 놓고 고민하게 만들고 싶지도 않았다.

아무리 통 큰 김갑산 영감이라도 내 답안지와 행동을 이해하려고 하진 못할 것 같았다.

까짓 거, 난 어려서부터 시험 봐서 떨어지는 일에 이골이 난 놈이니까.

세상일 모두가 시험제로 둔갑해 가지고 국회의원, 장관에서부터 면서기까지 모두 시험제로 바뀐다면 악착같이 덤벼들겠지만 그렇지 않을 바에야 머리 터지게 덤빌 까닭이 내겐 없었다. 재벌이다 사장이다 하는 것들도 시험제가 아닌 이상 내 흥미를 끌어당길 일은 아니었다.

그런 세상이 오는 날이면 정말 머리 터지게 한판 붙어볼 생각이었다.

개운치 않게 며칠이 흘러갔다. 뒷맛이 씁쓸했다. 차라리 백지를 내고 나왔으면 이렇게 뒤숭숭하지는 않았을 것 같았다.

김갑산 영감이 아무리 통 큰 사내라지만 웃었을 일을 생각하면 찜찜한 기분이 되었다.

 학교에 가서 졸업 준비에 대한 마지막 정리를 하고 돌아와보니 뜻밖에도 면접시험을 보라는 통지서가 날아와 있었다. 그건 정말 충격이었다.

 출제위원들 벼락 맞아 뒈져라고 써놓고 온 나에게 합격 통지서를 보내리라곤 상상조차 하지 않았었다.

 날벼락 맞은 기분이었다.

 김갑산 영감이 거물은 거물인 것 같았다. 나는 그 영감의 심중을 짐작조차 할 수가 없었다. 어떻게 이번 일을 받아들여야 할지 도저히 감을 잡을 수가 없었다.

 면접시험장에 들어섰다. 큰 테이블 좌우로 면접위원들이 둘러앉았고 그 가운데에 김갑산 회장이 버티고 앉아 있었다. 나는 들어서자마자 꾸벅 절을 했다.

 그 영감이 직접 나와 있으리라곤 상상도 하지 않은 일이었다.

 "공일칠일오번 장총찬입니다."

 나는 또렷또렷하게 말하고 자리에 앉았다. 아무도 입을 여는 사람이 없었다. 분위기가 조금 섬뜩했다.

 "내가 바로 출제위원이오."

 김갑산 회장이 이렇게 말문을 열었다.

 나는 피식 웃었다.

 "결과를 보니까 채점위원이셨더군요."

 내 대답이 좀 거칠거칠했다.

"그 뒤에 몇 사람한테서 소문을 들었지요. 꽤 좋은 청년이라는 걸 알았어요. 어디 나 같은 늙은이와 함께 일해 보겠어요?"

나는 잠시 망설였다. 뭐라고 대답하고 싶었지만 주눅이 든 것 같았다.

"글쎄요. 생각해 보겠습니다만……."

"무슨 조건이 있다 이 말인가요?"

"보직과 월급은 어떻게 되나요?"

"비서실 근무고 초봉이……."

"이십팔만 원입니다."

옆에서 한 사내가 이렇게 거들었다.

"그 정도는 싫습니다. 전 공부는 못했지만 앞으로 이 회사를 접수할지도 모르는 사람입니다."

김 회장은 껄껄 웃었다. 긴장하고 있는 다른 사람들과 비교하면 너무나 그 늙은이가 크게 보였다.

"전 취직시켜 달라고 애원하러 온 사람이 아닙니다. 이런 회사에 저 같은 괴물이 한 명쯤 필요하다는 걸 얘기하러 왔을 뿐입니다. 저를 선택하지 않음으로 해서 이 회사가 손해 보는 일이 없도록 선처하시는 게 좋을 것 같습니다."

나는 내친김이라는 생각이 들자 주저하지 않고 밀어붙였다.

"어떤 손해를 말하나요?"

김 회장이 의미 있게 물었다.

"여기 지금 마치 인스턴트 식품들, 꼭 같게 만들어놓은 깡통 같은 사람들이 너무 많습니다. 큰 식탁일수록 싱싱한 채소가 필요한 것이지 깡통 속에 든 식품이 필요한 게 아닙니다. 길들여진 강아지도 필요하지만 야생마 한 마리쯤 옆에 두는 것도 괜찮다 이 말씀입니다."

"회사에 들어오면 여러 가지 규칙들이 있어요. 그걸 지킬 수 있겠소."

"지키지 않으려면 뭐하러 여기 왔겠습니까?"

"좋아요. 비서실 계장이면 족하겠소?"

나는 대답 대신 고개를 끄덕였다. 더 이상 버틴다는 게 무리일 것 같았다. 이런 파격의 채용도 특수한 경우일 것 같았다.

"내일부터 출근하도록 해요. 자세한 것은 우리 실장이 얘기해 줄 거요."

나는 인사를 하고 밖으로 나왔다. 비서실장이 따라나와 구석방으로 데리고 들어갔다.

"반갑습니다."

그가 손을 내밀었다. 나도 마주 잡아주었다.

"내가 대체 무슨 일을 하면 되는 겁니까?"

"여러 가지가 있겠지만…… 회장님께선 특별히 수행비서관을 하셨으면 합니다."

"수행비서요? 내가 갑자기 맘이라도 변하면 어쩌시려고. 난 순한 놈이 아니라구요. 비위 상하면 거꾸로 처박는 놈이라구요."

"압니다."

"뭘 안단 말입니까?"

"회장님께서 벌써 다 알아보셨어요. 우리 장 형이 어떤 사람인가 알고 계십니다."

"그럼 나보고 죽으나 사나 옆에서 붙어 다니란 말입니까? 보디가드 노릇 하라는 겁니까?"

"아닙니다. 자칫 수행비서관이라면 그런 생각을 하는데……."

"그럼 뭡니까?"

"수행비서들이 많습니다. 우리 장 형은 그냥 말벗이나 하고 직언을 서슴지 않고 하면 됩니다. 워낙 회사 규모가 크고 방계 회사가 많으니까 언제 어디서 어떤 일이 일어나는지 모릅니다. 장 형은 산하 회사를 상대로 암행감사 책임을 맡게 됩니다. 장 형 밑에 장 형이 데리고 쓸 만한 사람을 천거해 주면 바로 채용할 계획입니다. 무슨 뜻인지 알겠습니까?"

나는 속으로 키득거렸다. 그놈의 영감이 내 실력을 인정해 준 셈이었다.

내 뒷조사를 얼마나 철저하게 캐냈는지 이제야 알 것 같았다.

"말하자면 이 그룹의 암행어사인 셈이군."

"말하자면 그런 셈이지요."

"이 회사에 나 같은 사람이 또 있습니까?"

"물론 있습니다. 그러나 변변치 못한 실정입니다. 이해관계가 얽혀 있고 동문이다 뭐다 하는 인연들이 얽혀 있어서 말입니다."

"그런데 어떻게 나를 믿는지 모르겠습니다."

"회장님께서 사람 볼 줄은 아십니다."

"믿는 도끼에 발등 찍힌다고 하던데요."

"장 형을 믿는 회장님 심중은 각별하십니다."

"월급은 얼마나 주나요?"

"본봉은 사십만 원입니다만 수당과 정보비, 판공비를 충분히 쓸 수 있게 해줄 겁니다."

나는 너무 좋은 조건에 가슴이 잠깐 뜀질하는 걸 느꼈다.

"내가 채용할 수 있는 사람은 몇 명입니까."

"충분치는 못합니다. 세 명밖에 안 됩니다. 어려울지 모르지만 장 형이라면 충분하리란 생각이 듭니다."

"해보죠."

나는 업무에 대한 얘기들을 비서실장에게 들으며 메모를 해나가기 시작했다. 회사의 규모나 살림살이가 내가 생각했던 것보다 훨씬 크고 복잡하다는 걸 알 수 있었다.

"상하 직위 고하를 가리지 않아도 되는 거죠."

"물론입니다."

"이 회사엔 인척들이 꽤 많다고 들었습니다. 아들과 사위와 기타 일가붙이들 말입니다."

비서실장의 낯빛이 변했다. 나는 그 순간에 비서실장도 그런 떨거지 가운데 한 사람이란 걸 짐작했다.

"실장님도 그렇게 되나요?"

"그렇죠."

"사위시죠?"

"그래요."

"그럼 실장님도 조심해야 합니다."

비서실장은 껄떡거리며 호방하게 웃었다. 나는 비서실장의 웃음 뒤에 숨어 있는 당혹감을 재빨리 감지했다.

우리 어머니가 그렇게 바라던 암행어사가 된 셈이었다. 한 나라의 암행어사가 아니라 우리나라 최대 재벌 그룹의 암행어사지만 말이다.

우리 어머니는 이몽룡이나 박문수 따위만 쳐주지만 그와 비슷한 일거리를 맡게 되었으니 고등고시에 합격한 것쯤으로 너스레를 늘어놓아도 될 것 같았다. 어머니는 큰 회사의 암행어사쯤으로 만족할 여자는 물론 아니었다. 나라가 들썩거리고 동네가 시끄러운 그런 거물, 일테면 '출두야' 한마디로 산천초목이 떠는 그런 인물이 되어 돌아오기를 바라고 있는 터였다.

내가 일어서자 비서실장은 그 자리에서 사령장을 주었다. 김갑산 영감의 치밀함에 또 한 번 놀라지 않을 수 없었다.

"출근은 이 비서실로 하면 되나요?"

"그렇습니다. 자리가 마련되어 있으니까 여덟시 반까지 출근하면 됩니다. 자세한 건 내일 담당비서들이 브리핑을 하게 될 겁니다."

나는 그 방을 빠져나와 아래층까지 비상계단을 타고 걸어 내려왔다. 참으로 감개무량한 일이었다. 나 같은 똥통학교 출신은 원서조차 접수하지 않는 회사에서 나를 일약 암행감사관으로 임명한다는 건 꿈에서조차 상상할 수 없었던 일이었다.

밖에 나오자마자 다혜한테 전화를 걸었다. 다혜는 반신반의하면서도 기쁨을 감추지 못했다.

"채점위원들 붙잡고 떼쓴 거지?"

"김갑산 영감 사타구니 붙잡고 늘어졌지, 머. 그것도 평직원 따위가 아니라구. 비서실 계장야."

"히야! 말도 안 나오려고 한다."

"이제 남은 건 네 입술하고 내 입술을 접착제로 하루 종일 붙여두는 일만 남았다."

그것은 다혜가 먼저 약속한 일이었다. 하루 종일 입술을 무상 대여하겠다고 약속한 것이었다.

"허튼짓만 않는다면……."

"그래 맹세할게. 어디서 만날까?"

"그러게 말야. 명동이나 광화문 한복판에서 입술 대고 하루 종일 서 있을 수도 없잖아."

그러고 보니 우리가 만나서 마음 놓고 입술 충돌을 시도할 만한 곳이 없었다. 숨어서 하는 방법밖에 달리 방법을 생각할 수조차 없었다.

"호텔 어때?"

내가 능청스럽게 물었다.

"사진 한 장 보낼게. 호텔에 가서 실컷 해보시지."

다혜가 빈정거렸다.

"아무튼 만나기나 하자. 약속은 약속이니까."

우리는 무작정 약속을 지키기 위해 만나기로 했다. 우리가 약속을 지킬 수 있는 일은 그것밖에 없었다. 젊었다는 건 어쨌든 좋은 거였다.

입맞춤은 길고 느렸지만 가슴속에 있는 내 욕망을 잠재우기에는 미련이 남았다.

사랑한다는 건 쉬운 일이 아니었다. 사랑하면 서로를 아낌없이 주는 거라고 생각했지만 그건 나의 일방적인 계산일 뿐 다혜는 한 치의 양보도 하지 않았다. 그까짓 거, 남들 다 하는 일인걸, 가벼운 마음으로 옷을 벗어주면 그뿐인걸. 그게 그렇게도 어려운 것인지 모르겠다.

"이건 약속하고 틀린 거야."

내 손이 자꾸 위아래로 오르내리자 다혜가 내 손목을 잡고 한 말이었다.

"예외라는 거 있잖아."

"다른 데 가서 알아봐. 첫 월급 탈 때 무상 대여한댔지 취직되면 이런다는 거 아녔다구. 무지무지하게 지금 봐주고 있는 거야."

"너 페팅이란 거 알지? 사랑하는 사람끼리라면 페팅 정도는 다 한대드라."

내 욕망의 지시대로 하고 싶었다.

"그건 여성지가 칸 메우느라고 사기 친 걸 거야."

"넌 정말 욕망도 호기심도 없니?"

"그거, 집에다 두고 왔어."

"정말 이럴 거야?"

"어린애처럼 보채긴. 그렇게 급하면 정식으로 청혼하고 결혼하고 그러면 되잖아."

"너, 정말 이렇게 나오면 결혼한 뒤에 고생 좀 해야 할 거야. 속을 박박 긁어놓을 테니까."

"난 바가지 득득 긁을 거니까 피차일반이지, 머."

"다혜야."

내 목소리 속에는 애절한 소망이 담겨져 있었다.

"왜 그래."

"우리 한번 사고 내보자. 주간지에 기삿거리 좀 만들어주자. 내가 불쌍하지도 가엾지도 않니?"

"아니."

나는 피식거리며 웃었다. 마치 나무토막과 마주 앉아 있는 느낌이 들었다. 다혜는 입술 이외의 어느 것도 허락해 본 적이 없는 여자였다. 내가 아무리 술수를 쓰려고 해도 넘어가주지 않는 여자였다. 그녀가 입술을 허락한 것도 자존심을 꺾이지 않으려고 얼마나 진을 뺐는지 모른다.

"기네스북에서 며칠씩 키스했다는 자식들, 보통 깡다구가 아녔구나."

나는 담배를 빼어 물며 이렇게 말했다. 정말 입맞춤을 오래 한다는 건 중노동이었다. 침도 마르고 힘도 빠지는 일이었다.

더구나 욕망이란 놈, 내 건방진 아랫도리가 입술 끝에 버티고 있는 한 더 피곤한 것이었다.

"졸른 횟수로야 찬이도 기네스북에 수록될 만한 인물인걸."

다혜가 이렇게 빈정댔다. 그건 사실일지도 모른다.

"너같이 독종도 올라가야 하겠지."

우리는 그날 밤 그 이상의 응어리를 풀지 못한 채 헤어졌다. 다혜는 언제까지 철저하게 자신을 지킬지 모르지만 나도 그렇게 쉽사리 물러날 위인은 아니었다.

언제고 널 훔치고 말겠다.

나는 헤어지면서 다혜의 뒤통수에다 대고 이런 말을 했다. 다혜는 흐물거리며 웃기만 했다.

흥분제 두 알이면 다혜를 훔칠 수 있다. 아니 한 알이어도 된다. 돼지를 발정시키는 흥분제 한 알이면 다혜를 힘없이 훔칠 수도 있다. 그러나 난 그럴 수 없었다. 다혜에게만은 그러고 싶지 않았다.

그날 밤에 나는 집에 들어가지 않았다. 들어갈 수가 없었다. 힘차게 팽창해진 내 욕망의 불을 끄지 않고는 도저히 잠들 것 같지 않았다. 괜히 은주 누나를 상상 속에서나마 덮치는 추잡스런 생각으로 밤을 새울 것 같았다.

퇴계로에서 하룻밤을 편히 자고 싶었다. 욕망을 참는 것으로만 해결할 수 없었다. 내 나이가 그런 걸 참아내기에는 너무 팔팔한 것 같았다.

내가 지불한 지폐의 위력은 대단한 것이었다.

나는 아무것도 하지 않고 서 있기만 하면 되었다. 실오라기 하나 걸치지 않은 앳된 여자가 나를 비누 거품을 만들었다. 그리고 물을 끼얹고 마른 수건으로 나를 닦아주었다.

침대에 뉘어놓고 그녀는 뜨거운 혓바닥으로 나를 삼키고 있었다. 전신을 차례차례 삼켰다. 나를 남김없이 삼키려고 작정한 것 같았다.

그녀는 어느 순간엔가 부끄러워하기 시작했다. 나는 가쁘게 숨을 몰아쉬기만 했다.

담배 한 개비를 입에 물려주고 그녀는 웃었다. 나는 핸드백 속에 지폐 한 장을 넣어줬다.

그녀는 하루에도 십여 차례나 목욕하는 여자였다. 사내들이 잠깐씩 목욕하러 와서 자지러지게 숨을 쉬고 나가는 곳이었다. 직장인들이나 마누라의 잔소리가 무서운 사내들이나 스트레스를 해소할 데가 없는 사내들에게 안성맞춤인 곳이었다.

하느님. 저 여자들에게 돌멩이를 던질 자들은 없겠죠.

매번 열 번도 더 목욕하는 저 여자들처럼 깨끗한 여자가 이 세상에 있을까요? 하느님이 데려가세요. 책임지고 데려다가 천사로 책봉해 주세요.

막달라 마리아보다 한껏 윗질입니다. 막달라 마리아는 엎드려 발을 닦아주었지만 저 여자들은 전신을 닦아준다구요. 그것도 혓바닥으로 말입니다.

천당에 그런 걸 한번 만들어보세요. 사내들이 천당 가기 위해 악다구니 쓰느라고 이 땅이 보다 평온해질 겁니다.

본격적으로 회사 일을 시작한 것은 열흘쯤 지난 뒤였다. 그 동안 비서실에서 그룹 전체에 대한 브리핑을 받거나 앞으로 해야 할 일을 검토하는 일로 정신이 없을 정도였다.

암행감사관 직책이란 생각한 것처럼 쉬운 일이 아니었다. 어느 회사에 어떤 일이 일어나는지 알기 위해서는 그 회사에 들어가야만 했다.

그러나 내가 움직이는 걸 어느 회사에서든지 알고 있었다. 심지어 내가 움직이는 대로 사람들이 졸졸 따라다니며 친절하게 안내를 해주기도 했다.

후배 세 녀석과 나는 며칠째 헛걸음질만 했다. 하청업자나 하청업체의 사람들도 마찬가지였다.

어느 곳이든 이빨이 들어가지 않는다는 건 그만큼 철저하게 방어벽을 쌓고 있다는 뜻이었다.

답답한 마음을 풀 길이 없었다. 그렇다고 김갑산 회장이 파격적인 대우를 해준 만큼 나도 파격적인 보상을 하지 않을 수가 없는 일이었다.

며칠을 더 뛰어다닌 뒤에 나는 이 그룹의 암행감사가 거의 불가능하다는 결론을 얻었다.

그 원인은 그룹기획실과 그룹비서실에서 사전에 정보가 누설되기 때문이었다. 그렇지 않고는 산하업체에서 그렇게 빤히 알 수 없는 노릇이었다. 내가 예정에 없던 회사에 뛰어들어가도 마찬가지의 결과밖에 얻을 게 없었다.

나는 김갑산 회장의 배포 큰 기분에 맞도록 한 건을 해치우고 싶었다.

목에 칼이 들어오고 당장 파면을 당하는 한이 있더라도 비서실과 기획실을 까뒤집어서 암행감사 방해공작의 진원을 밝히고 싶었다.

비서실장과 기획실장은 산하 기업체 사장들 위에 군림하고 있었다. 그들이 김갑산 회장의 사위나 아들이라는 점 때문이 아니라 그들 눈 밖에 나면 당장 모가지 보전하기가 어렵기 때문이란 걸 눈치챌 수 있었다.

나는 할 수 없이 비서실장과 기획실장 집을 털기로 마음먹었다.

손을 씻고 사업하는 애들 가운데 탁월한 솜씨를 자랑했던 괭이파를 끌어들였다.

처음에는 난색을 표명했지만 워낙 내가 드세게 나가니까 한 건을 해치우겠다고 약속했다.

괭이파라고 하면 몇 년 전까지 남의 집에 들어가 귀중한 물건을 빼오는 데 일가견을 갖고 있던 조직이었다. 본래 파 이름은 고양이파라고 불려졌다.

신문에 난 큼지막한 절도사건은 대개 그들 괭이파의 행동이라고 점 찍을 만큼 한때 최고의 실력을 갖추었던 패거리였다.

그들이 절도단을 해체한 것은 더 이상 죄 짓지 않고 살겠다는 두목의 결심 때문이었다. 두목인 명준이 형은 휘하에 열쇠 전문가와 금고 전문가, 특수장비 기술자 등 진짜 실력자를 데리고 마음먹으면 어디든 털 수 있는 배짱 있던 사내였었다.

"서류뭉치와 비밀스런 것만 빼줘요. 다른 건 일체 건드리면 안 돼요."

내가 이렇게 부탁했다.

"들고 나오는 것보다는 사진 찍어서 필름만 주는 게 낫잖아. 나 손 씻고 마음 편히 사는 놈이다."

"그래주면 더 좋지만, 위험할까 봐 그렇죠."

"신경 꺼라."

명준이 형은 껄껄 웃었다. 내가 헤매고 돌아다니면서 나쁜 패거리와 어울리지 않으며 배 곯고 다닐 때 명준이 형은 내 목구멍에 밥을 넣어준 사람 가운데 하나였다. 명준이 형은 내가 퍽 대견스런 생각을 했다며 아깝지 않게 나를 먹여주고 재워

준 사내였다.

 명준이 형 말대로 그런 일이라면 신경을 꺼도 될 만했다. 그 점에 있어서 가장 탁월한 기술자 왕초였다.

 명준이 형이 서류를 몰래 촬영해서 필름을 넘겨준 것은 일주일쯤 지나서였다.

 나는 암실을 갖고 있는 친구에게 부탁해서 정밀하게 복사 작업을 끝냈다.

 내 예상대로였다.

 김갑산 회장과 단독으로 부딪치기는 조직적으로 어려운 일이었다. 집이거나 회사이거나 비서실장의 통제와 그의 심복부하들이 깔려 있어서 단 두 사람이 마주 앉지 않고는 얘기조차 꺼낼 수 없었다.

 나는 또 며칠째 기회만 엿보고 있었다. 회장실과 집의 전화마저 통제되고 있어서 함부로 전화질을 할 수도 없었다.

 한마디로 김갑산 회장은 사람의 장막으로 눈이 멀어가고 있는 판국이었다. 저녁에 퇴근하려고 전용 엘리베이터에서 내려서는 회장의 뒤를 재빠르게 따라갔다. 승용차 문이 열리고 회장이 도열한 사람들의 인사를 받았다.

 나는 그 틈에 재빠르게 수행비서를 제치고 승용차 안으로 뛰어 들어갔다.

 둘러섰던 사내들이 동시에 달려들 태세였다. 비서실장과 수행비서의 얼굴이 금세 벌개졌다.

"긴히 드릴 말씀 있습니다."

나는 재빨리 이렇게 말했다. 김갑산 회장이 나를 뚫어지게 쳐다보고는 이내 웃음 담긴 얼굴로 말했다.

"그래, 가자."

회장이 이렇게 말하고 올라탔다. 수행비서가 문을 닫고 앞으로 탔다. 승용차가 천천히 미끄러져 나갔다.

"칸막이를 올리시죠."

내가 운전사와 수행비서를 의식하고 이렇게 말했다. 김갑산 회장이 버튼을 누르자 칸막이 유리가 앞 좌석과 뒷 좌석을 차단시켰다.

'이 차 안에 도청장치가 돼 있습니다.'

내가 이렇게 쓴 쪽지를 재빨리 내밀었다. 김 회장 낯빛이 실룩거렸다. 그러나 그는 의연한 자세였다.

'얘기를 계속 시키면서 연극을 하셔야 합니다. 저를 믿어보세요. 회장님은 일부 측근들에게 감시받으며 사시는 겁니다.'

이렇게 쓴 편지를 읽어 내려가던 김 회장은 고개를 끄덕이며 말을 시켰다.

"자네, 특별히 보고할 게 뭔가?"

회장의 목소리는 약간 노기가 서려 있었다.

"암행감사를 제대로 할 수가 없습니다. 감사하러 나가면 저쪽에서 항상 먼저 압니다. 그것은 곧 비서실 안에 그런 정보를 누설하는 사람이 있다는 증겁니다."

"자넨 우리 비서실을 어떻게 알고 이러나."

"잘은 모릅니다만 사실은 사실입니다. 전혀 암행감사를 할 수 없는 체제에서 저는 할 일이 없다 이겁니다. 그래서 사표를 낼 생각입니다."

"이 사람이, 안 되겠군. 그런 일이라면 마땅히 계통을 밟아서 보고를 하거나 사표를 낼 일이지. 젊은 사람이 예의도 없이……."

김 회장의 목소리는 더 노기를 띠어갔다.

'평소 안 가시던 곳으로 가시죠. 웬만한 곳은 모두 도청이 되고 있습니다.'

내 세 번째 편지를 읽던 김 회장이 고개를 끄덕이며 웃었다.

"이봐, 저 호텔로 가라구."

김 회장의 지시대로 자동차는 H호텔로 꺾어 들었다. 자동차에서 내린 김 회장은 수행비서에게 또 지시했다.

"꼼짝 말고 여기서 기다려. 내 다녀올 데가 있으니까."

김 회장은 나를 앞세우고 호텔로 들어갔다. 나는 커피숍 복도를 지나 뒷문으로 김 회장을 안내했다. 김 회장이 성큼성큼 따라오고 있었다.

"뒷문에 가서 택시를 잡겠습니다. 저를 믿으실 수 있습니까?"

"믿겠네."

우리는 뒷문에서 택시를 타고 다시 시내 쪽으로 나왔다.

암실을 가지고 있는 친구의 아파트로 들어서며 김 회장은 약간 불안한 듯 주위를 훑어보았다.

"이왕 믿으신 거 끝까지 믿어주십시오. 오랜만에 믿을 만한 놈을 만나신 겁니다."

김 회장은 애들처럼 웃으며 따라 들어왔다.

암실에서 꺼낸 확대된 사진을 펼쳐놓았다. 김 회장은 안경을 바꾸어 끼고는 사진판을 자세하게 들여다보았다.

"이쪽 것은 비서실장의 비밀금고에서 나온 것이고 이것은 기획실장의 비밀금고에서 나온 것입니다."

"이런 걸 어떻게 빼냈나."

"제겐 그런 일이 아무것도 아닙니다. 회장님의 비밀금고에서라도 중요한 것을 죄다 복사해 올 수 있습니다."

"대단하네."

"긴 설명이 필요 없을 것 같습니다. 회장님의 자동차는 물론이고 집무실과 집 안에까지 도청장치가 설치돼 있어서 비서실장이 한눈에 회장님을 감시하고 있습니다. 수행비서나 운전사까지 그쪽 정보원인 셈입니다. 그리고 상속자인 아드님들이 어리기 때문에 사위들이 회장님이 가꾸신 그룹을 통째로 삼킬 계획을 세우고 있다고밖에 볼 수 없습니다. 기획실장은 본처 소생이 아니라는 걸 이번에 알게 됐습니다. 자식이 아버지 회사를 야금야금 파먹는 건 상식 밖의 일이라서 정밀한 조사를 해봤습니다."

내 설명을 듣는 김 회장의 표정은 참담해 보였다.

"그뿐이 아닙니다. 고문변호사는 이미 비서실장에게 매수된 사람입니다. 회장님께서 재작년에 작성하신 유언장은 밀봉된 채 회장님네 비밀금고에 보관된 게 아니라 이미 개봉되어 수정된 상태로 보관됐다는 걸 아셔야 합니다. 그 사진은 바로 새로 작성된 회장님의 유언장입니다. 유언장대로라면 사위들 앞으로 운영권이 넘어가게 됩니다."

김 회장은 천천히 사진들을 들여다보며 연신 고개를 끄덕였다. 그러고는 내 어깨를 가볍게 끌어안았다.

"정말 자네를 선택한 게 하늘의 은총이었네."

"우선 뒤처리부터 생각하셔야 합니다. 확실한 증거는 없지만 제 직감으로는 회장님의 살해 음모가 진행되고 있는 것 같습니다. 이건 추측에 불과합니다만 예방조치를 취하시는 게 현명하다고 생각합니다. 회장님이 직접 비밀금고를 여신 적이 없습니다. 수행비서가 교묘하게 회장님이 찾으시는 걸 바꿔칠 수 있게 돼 있습니다. 자동차나 집무실의 도청장치는 제가 알고 있는 전문가가 직접 설치했습니다. 그래서 그 사람을 증인으로 잡아보려고 했지만 몇 년 전에 종적을 감추고 말았습니다. 제 못된 상상력으로는 도청장치 전문가는 살해되었을지도 모릅니다. 허락만 해주시고 저를 믿어주신다면 꼭 캐내고야 말겠습니다. 물론 상당한 경비가 소요될 것 같습니다. 그러나 무엇보다도 먼저 하실 일은 신변보호 문제입니다."

심각한 표정의 김 회장은 건성으로 고개만 끄덕였다.

"자네 담배 있나?"

"여기 있습니다."

나는 담뱃불을 붙여줬다. 김 회장은 길게 한 모금을 빨고는 내 손을 잡았다.

"자네가 수행비서를 해주겠나?"

"저는 내막을 캐내야 합니다. 제 선배를 소개해 드리겠습니다. 저보다 실력이 나은 사람입니다. 우선 도청장치와 인사조치를 병행해서 제도적인 방패막을 만들어야 합니다."

"자네가 수행비서를 맡게."

"내막은요."

"난 이제 다 산 사람이네. 사위도 자식이라네. 유언장 다시 작성할 때까지만 살아 있으면 그만일세."

나는 어이없어 김갑산 영감을 쳐다보았다.

김갑산 회장은 역시 거물이었다. 내 상상력을 초월한 거물이었다. 죽음을 눈앞에 두었다고 해서 바둥거리거나 초조해하지 않았다.

"회장님. 인간의 목숨이란 이 우주 전체와도 바꿀 수 없는 것입니다. 더구나 회장님은 돈 버시는 일에는 탁월한 실력자였지만 그 돈을 사회에 환원하는 일에는 인색한 노랑이였습니다. 이제부터 더 사셔서 그 일을 해야만 김갑산 회장님은 가치 있게 살았다고 할 수 있습니다. 면전에서 이런 말씀드려서 죄송합니다만 저는 느낀 대로 그리고 사람들의 입방아가 어떤 것인지 알고 있기 때문에 이런 말씀을 드리는 겁니다."

나는 차라리 애원하고 싶어졌다. 그가 더 오래 살아서 그동안 번 돈을 사회에 환원시키는 인간적 최후의 승리를 안겨주고 싶었다.

"나는 이제 죽어도 한이 없는 사람일세. 유언장을 봐서 자네도 알겠지만, 나 그렇게 옹졸하고 내 입만 아는 사람은 아닐세. 사회에 환원하는 일은 이미 유언장에 상세하게 해놨었네. 그게 바뀌었다니 다시 정리해 놓으면 되지 않겠나. 내 자식들에게도 좀 떼어주고…… . 그게 애비 된 도리 아니겠는가 말일세. 사위 자식도 자식인데 이제 와서 그것을 뒤집어놓아서 못된 애비 되란 말인가."

"회장님, 그게 아닙니다. 회장님 목숨과 재산을 노리는 사람입니다. 저는 참을 수 없습니다. 회장님이 참으신다면 저 혼자라도 캐내서 폭로할 생각입니다."

"이 사람아, 자네 마음 모르는 거 아닐세. 좀 더 살아보게. 그때 가서 내 마음 알게 될 걸세. 자네도 잊어버리게. 내 일을 도와주기나 하게. 늙은이가 이렇게 부탁하잖는가."

"회장님 행동 하나하나를 체크하면서 살해할 생각을 하고 있는 사람들이 밉지도 않습니까? 주치의도 바꾸셔야 합니다. 그 의사도 매수된 사람입니다. 운전수도, 집안 식구들도 모두 말입니다. 회장님이 귀여워하는 세희(世姬)라는 여자도 말입니다."

"자넨 너무 많이 아는구만."

"그뿐이 아닙니다. 그동안 기획실장이나 비서실장이 빼돌린 재산이 얼만지나 아십니까?"

"알고 있네."

"그런데도 가만히 계셨단 말입니까?"

"모두 내 자식들 아닌가."

"아버지를 죽일 음모를 꾸미는 게 자식이란 말입니까?"

김 회장은 고개를 숙였다.

"담배 한 대 더 주겠나."

나는 담뱃불을 붙여주었다. 김 회장은 내 어깨를 잡고 말했다.

"나를 도와주게. 내가 빨리 정리해서 유언장을 공개해 버리면 자네가 걱정하지 않아도 되지 않겠나. 다 재산 때문에 생긴 일, 내가 탁 터놓고 공개해 버리면 더는 어쩔 수 없잖은가 말일세."

"그야 그렇겠지만 말입니다."

"내가, 이 늙은이가 마지막으로 할 수 있는 일은 그걸세. 돈 좀 벌었다고 해서 내 자식들이 다른 자식들처럼 재산 싸움하게 한대서야 되겠나."

"전 이해할 수 없습니다."

"세상은 이해하려고 해서 되는 게 아닐세. 느껴야 하네. 자네가 나타나서 나를 한 번 더 깨우쳐준 건 하늘이 아직도 나를 버리지 않은 걸세. 그러니 나를 도와주게나. 당분간만 도와주면 되네. 애초 자네를 파격적으로 선택한 것도 그런 이상한 예감이 들어서였다네. 늙으니까 점쟁이처럼 그런 데에만 눈을 뜨나 보더구만. 어쩔 텐가? 내 수행비서 한번 안 할라나? 싫다면 할 수 없고."

나는 잠시 생각했다. 이렇게 담대한 늙은이의 어디에서 나를 끌어당기는 힘이 있는지 생각해 보았다. 그것은 이해할 수 없는 무서운 흡인력이었다. 그가 재벌의 총수가 될 수 있었던 것은 우연이나 재수가 좋은 때문만은 결코 아닌 것 같았다.

"우선 수행비서는 하겠습니다. 이건 내 직성대로 하겠다는 게 아니고 회장님이 너무 원하시니까 마지못한 겁니다. 제 생각엔 당장 박살을 내고 싶습니다."

"젊은 사람들은 그럴 때 주먹이 운다고 하더구만, 자네답네 그려. 내일 아침부터 어려운 일을 좀 맡아주게. 내가 알아서 인사조치를 할 테니까."

김 회장이 일어서려고 했다. 내가 부축하자 그는 가볍게 나를 밀었다.

"괜찮아. 나 김갑산이라네."

"귀찮아서 데리고 다니며 버릇 가르치겠다고 해주세요."

"자넨 내 머리만큼 도는군."

김 회장은 성큼성큼 앞서 나가며 도청장치와 감시망을 그냥 두라고 일렀다.

"눈치채게 해서는 안 되네. 보통 때처럼 표 안 나게 해야 되네. 유언장을 공개할 때까지는 말일세. 이제부터 우린 아주 연기력 좋은 배우가 되는 걸세. 자네라면 믿고 연극배우 한번 해볼 수 있겠구먼."

"각본을 짜야잖습니까?"

"그건 눈치로 때려잡으면 되잖는가. 우린 배가 맞고 눈이 맞는 사내 아닌가."

"쓸 만한 애들 대여섯 명만 취직시켜 주세요. 눈치채지 않게 운전사와 집안의 경비, 비서실과 기획실 정도에 배치하게 해주세요."

"자네만큼 나랑 배 맞는 사내가 또 있나?"

"꽤 쓸 만한 친구들이 있습니다. 걔들은 아부라는 것만 배우면 이 세상 쥐고 흔들 애들입니다."

"자네도 세상 쥐고 흔들려면 아부와 처세와 능구렁이 담 넘어가는 걸 배우게. 자네 배짱이면 그런 것만 배우면 될 걸세."

우리는 아파트 마당으로 걸어가면서 껄껄거리며 웃었다. 반백의 정정한 늙은이 걸음걸이였지만 나이를 속일 수 없는 근육이었다.

"자서전 한 권 쓰시죠."

나는 부담 없이 이렇게 말했다.

"사기꾼도 자서전을 써야 하나?"

"회장님은 사기꾼이라고 생각하세요?"

"나야말로 최대의 사기꾼일세."

그러면서 또 한 번 그는 호탕하게 웃었다. 그리고 내 손을 애들처럼 잡고 흔들었다.

"우리 세희네 집도 도청장치했던가?"

"그건 확인되지 않았습니다."

"확인해 보고 그건 좀 고장 내주게."

나는 고개를 끄덕였다. 세희는 김갑산 회장의 애첩 이름이었다. 명문 여자대학 출신의 미모를 갖춘 여자였다. 어떻게 만나게 되었으며 어떤 여자인지 정확하게 조사할 틈은 없었지만 김 회장이 꽤 아끼고 있는 여자 가운데 한 사람인 것만은 틀림이 없었다.

사위나 자식들에게 세희와의 관계가 도청된다는 건 신경이 쓰이는 모양이었다.

"한방에 처녀 회춘술이란 게 나오더군요. 정력적으로 일하시는 데는 도움이 되겠지만은 사람을 바꾸시는 게 좋을 것 같습니다."

내가 은근하게 세희란 여자를 버리라고 종용했다.

"사람의 정은 그런 게 아닐세."

그는 한마디로 내 얘기를 끊고는 지나가는 택시를 불러 세웠다.

"지금부터 자네와 난 배우일세. 명연기를 해보자구."

"예."

나는 쉽게 대답했다. 그의 말처럼 똥배가 맞는 것 같았다. 거물다운 배짱과 거물다운 행동에 내가 빨려들어가는 것 같았다.

누구든 무슨 짓을 하든 그가 종사하는 분야에 최고가 되었다는 것은 그냥 운이 좋아서나 머리가 좋아서만 이룩되는 게 아니라는 걸 나는 배우고 있었다. 누구든 최고가 된다는 건 그만한 인내와 투쟁, 그만한 실력과 피나는 노력, 그만한 고통과 배짱이 있기 때문이란 걸 인정할 수밖에 없었다.

최고가 된다는 것, 왕초가 된다는 건 그냥 만들어지거나 이루어지는 게 아니었다.

뭔가가 있는 것이었다.

김갑산 회장만 하더라도 나는 평소에 돈벌레에 지나지 않는다고 생각했다. 누구든 그렇게 생각하고 있었다. 운이 좋아서 돈을 쥐게 되었고 이제는 망할래야 망할 수 없는 경제계의 거물로만 알았다.

가까이에서 최고가 된 사람들을 지켜본 사람들은 이구동성으로 그만한 뭔가가 있고 그만한 흡인력과 역량과 인간미가 있기 때문에 그런 일을 해내는 거라고 말할 때 나는 어린 마음으로 침을 뱉어주고 싶었다.

최고나 왕초의 그늘에서 떡고물이나 주워 먹는 수작이라고 치부했었다.

거물. 왕초. 최고.

그게 그리 쉽지 않다는 걸 배우며 나는 내 자신의 소심함을 미워했다. 나는 주먹이나 술수에는 최고일지 모르지만 정신은 아직도 갓난애처럼 미숙하기 그지 없었다.

언제고 최고가 되고 왕초가 되고 황제가 되겠다는 내 마음이었지만 이렇게 하찮은 돈벌레 앞에서 기가 죽다니.

택시로 H호텔 뒷문에서 내린 우리는 커피숍 복도를 지나 다시 정문 쪽 로비로 나갔다. 김 회장의 수행비서가 초조한 듯이 입구에 서 있었다.

"가자."

김 회장은 표정 없이 이렇게 말하고 올라탔다. 내가 꾸벅 인사를 하자 그는 고개를 끄덕이며 말했다.

"내 말 명심해라. 그리고 내일부터 날 따라다녀라. 젊은 놈이 의기소침하면 안 돼."

일부러 엄하게 말한다는 걸 느낄 수 있었다.

하느님 내게도 왕초가 될 수 있는 자질을 주세요. 나는 왕초가 되고 싶단 말입니다. 그게 내 꿈이고 희망이란 걸 아시잖아요.

어려서 난 동네 꼬마 대장이었습니다. 조금 커서는 골목대장, 더 커서는 읍내의 두목이었고 대학에 들어가선 왕초였잖습니까.

정 안 되면 어디 무인도라도 하나 떼어 주세요. 말 잘 듣는 녀석들만 골라가지고 가서 왕관을 만들어 쓰고 황제 노릇 좀 하게 해주세요.

이렇게 시시하게 살다 죽긴 싫어요. 나중에 죽어서 지옥에 가도 좋아요. 까짓것 사내로 태어나서 해보고 싶은 대로 해보고 죽게나 해주세요.

내 성질대로 살게 내버려두세요.

고등고시 준비 때문에 암자에 올라간 명식이의 짐만 챙겨서 다락 속에 넣고 내 짐은 지하실에 내려다 두었다. 김 회장의 수행비서 노릇을 하려면 당분간 은주 누나와 헤어져 있어야 하기 때문이었다.

은주 누나는 당분간만 헤어지는 거라고 해도 못내 섭섭해했다.

"누나, 이제 슬슬 바람이나 좀 피우라구. 쓸 만한 사내가 아직은 많이 있으니까. 어차피 홀아비는 혼자 살아도 과부는 혼자 못 산다니까. 일찌감치 맘 다져먹고 시집가란 말야."

"애가 못하는 소리가 없어."

은주 누나는 내 팔뚝을 꼬집었다.

"나 없는 사이에 맘 놓고 골라야 돼. 젊은 청춘 아깝게 썩혀봐야 남는 건 후회뿐야."

"네가 뭘 안다고 지껄이니."

"나도 매형 소리 좀 하고 싶어서 그래. 그리고 혼자 청승맞게 사는 거 보기두 싫어."

 나는 밤늦게까지 은주 누나에게 시집가라고 졸랐다. 은주 누나는 싫은 것만은 아닌 것 같았다. 친정에서 다리를 놓는 사람이 여러 번 드나들었지만 누나는 자꾸 미루기만 했었다.

 누나는 찬성도 반대도 없는 애매한 대답만 주절주절 늘어놓았다. 그것이 여자의 심리인지도 모르겠다고 생각했다. 나는 강력하게 추진할 것만 종용했지 시원스런 대답은 기대하지도 않았다.

 다혜는 내 전화 연락으로 당분간 만나기 어렵다는 걸 알게 되었다. 그녀는 내 직장운 때문에 기분이 좋아서 그런지 자주 못 만나게 되는 것 따위에는 별 관심이 없는 척을 했다.

 아침 일찍 집을 나섰다. 나를 도와줄 만한 녀석들을 불러 모았기 때문이었다.

 넙치 형은 대학교 졸업장이 없어서 그런 큰 회사 근처에는 가고 싶지도 않다고 말했다. 내가 여러 번 사정을 해도 넙치 형은 거절했다. 나는 넙치 형 정도의 사내를 찾아내기가 어렵다고 생각했다.

 물론 그 이상의 실력자들이 있겠지만 세파에 물들고 못된 일에 찌는 사내들을 불러들일 수는 없었다.

 재간 있고 의리 있는 녀석들의 이력서를 받아 들고 김포로 달려갔다. 몇 달이 걸릴지 모르지만 넙치 형이 김 회장 곁에 바싹 붙어주기만 하면 웬만한 일은 막아낼 수 있을 것 같았다.

"형, 거물 하나 살리고 봅시다. 내가 오죽하면 이런 부탁 하겠습니까."

"난 부자 몸종 노릇 하기 싫다."

넙치 형은 한사코 반대했다. 그도 감정적으로 부자가 싫은 모양이었다. 김갑산 영감을 단순한 돈벌레라고 생각하는 것 같았다.

나는 지금까지 있었던 일을 상세하게 얘기했다. 그의 마음이 조금씩 녹는 것 같았다.

"꼭 내가 나서야겠니?"

"그러니까 찾아온 거 아닙니까. 형, 한 번만 봐줘요."

"좋다. 한번 부딪쳐보자."

"지금 당장 올라가죠."

"여기 정리나 좀 하고 가자. 나만 믿고 사는 애들인데…… 호적초본에도 없는 월급쟁이 되나 보다."

"괜찮은 거 한 건 하고 죽어야죠. 형도 여태 그냥그냥 살았지, 뭐 뾰족한 일 한 거 없잖아요."

"내가 뭘……."

넙치 형은 말끝을 흐렸다. 넙치 형은 나보다 차라리 나은 실력자이면서도 아직까지 좋은 일이라고는 내놓고 자랑할 게 없었다. 한 지역을 맡아 운영하는 지역의 왕초로 군림할 뿐이었다. 그에게 좋은 일을 할 기회도 물론 주어지지 않았었다. 그저

먹고살고 애들 뒷바라지나 하면서 대우받는 존재일 뿐이었다.

산에서 내려온 뒤에 어째서 그런 길로 들어섰는지 모를 일이었다.

나는 넙치 형의 지원을 받기로 약속하고 회사로 달려갔다.

"오늘부터 수행비서를 하시오."

비서실장이 근엄하게 말했다. 나는 그 근엄한 얼굴을 한 대 쥐어박고 싶었다. 그러나 김갑산 회장과의 연극을 위해 마음을 지그시 누른 채 업무인계를 했다. 내 업무인계는 간단해서 서류작성만 해놓으면 그만이었다. 그러나 수행비서 자리는 인수받을 일이 많았다. 김갑산 회장의 자질구레한 사무가 너무나 많았기 때문이었다.

회장실 안의 책상이 바로 내 자리였다. 내 옆에는 여비서가 한 사람 있어서 잔일은 그녀가 맡아주었다.

전화며 집무실의 대화가 모조리 도청되고 있는 방에서 근무한다는 건 촉각이 서서 못 견딜 일이었다. 그렇다고 도청장치를 갑자기 없애서 의심을 사게 할 수도 없는 일이었다.

넙치 형은 운전사로 취직이 됐고 다른 애들은 대학졸업장과 그 대학의 총장 추천서를 미끼로 내가 계획했던 자리의 말단 사원으로 자리 잡게 되었다. 넙치 형과 같은 차 안에서 일을 하고 있다는 건 자신감을 주는 것이었다.

'도청장치가 갑자기 고장 나는 수도 있겠지.'

김 회장이 이런 쪽지를 내밀었다. 나는 고개를 끄덕였다. 그리고 그 자리에서 즉시 신호를 보냈다. 애들이 도청장치를 끊어놓도록 훈련이 되어 있었다. 도청장치가 먹은 것을 확인한 김 회장은 내게 넌지시 말했다.

"오늘 밤에 황 변호사 만나게 해놓게. 서류 준비하고 녹음할 것도."

열흘 만의 공작이었다. 김 회장은 평소와 다름없이 느긋하게 행동했지만 나와 넙치 형은 단 일초라도 긴장을 풀지 못했다.

도청장치가 되는 곳에서 눈치로만 행동한다는 게 보통 일은 아니었다. 피가 마르는 일이었다. 김 회장은 평소처럼 아무 스스럼 없이 행동하고 말했다. 그것은 내 눈에 불가사의하게 보였다.

역시 그는 거물이었다.

일단 퇴근을 한 김 회장은 간편한 차림으로 집을 나섰다. 우리는 집 뒤켠에서 차를 타고 황 변호사와 만나기로 한 교외로 나갔다.

황 변호사 일행은 우리가 말한 대로 모든 준비를 다 해놓고 있었다. 김 회장은 그 자리에서 서명을 하고 녹음테이프에 자신의 목소리를 상세하게 담았다. 황 변호사가 뒤처리를 하는 동안 김 회장은 나와 넙치 형의 손목을 힘주어 잡았다.

"자네들 덕분에 내 할 일을 이제야 했네. 겨우 이제 말일세."

우리는 아무 말도 하지 못했다. 그의 재산분배나 사회환원의 차원이 보통 사람은 상상조차 할 수 없는 파격이었기 때문이었다. 그의 재산의 반은 사회로 되돌려주었고 나머지 반도 공평하게, 자식들 입장으로 보면 인색하기 그지없도록 작성되었다. 우리는 돌아오는 차 안에서 계속 침묵으로 일관했다.

"수고들 했네."

김갑산 영감이 등받이에 깊숙이 기대며 이렇게 말했다. 진심이 담긴 말이었다.

"아직 그 말씀 하시긴 이릅니다. 우린 지금 쫓기고 있습니다."

운전석에 앉은 넙치 형이 백미러를 턱짓으로 가리키며 말했다.

"뒤돌아보지 마세요. 모른 체하세요."

넙치 형이 재빠르게 말했다. 나는 넙치 형이 돌려주는 백미러를 통해 우리 뒤를 쫓아오고 있는 몇 대의 차를 노려보았다.

"형, 속력 내요. 어서."

내가 재촉했다. 김갑산 영감은 눈을 지그시 감았다. 아무 말도 할 것 같지 않았다.

"눈치채면 여기서 덮친단 말야. 강 건너기 전에 눈치채게 해선 안 돼. 쟤들도 강 건너야 시작할 거니까."

"무슨 얘기예요."

"강 건너야 호젓하잖아."

나는 고개를 끄덕였다. 넙치 형이 나보다 한 끗 위라는 걸 인정하지 않을 수 없었다. 미행이 아까부터 시작된 모양인데도 넙치 형은 이제야 얘기를 꺼낸 것이었다. 그만큼 치밀한 성격이었다.

"속력 좋은 차 두 대, 튼튼한 차 두 대야."

넙치 형이 한 손을 뒤로 빼서 조그만 깡통을 내밀었다.

"이게 뭐요."

"폭약이다. 조그맣지만 성능 좋으니까 조심해. 심지에 불 붙이고 삼 초 기다려야 돼. 넌 저 커브에서 뛰어내려."

"형은?"

"난 회장님 책임질 테니까 넌 까만 차 두 대만 바람 빼놔. 그리고 황 변호사한테 가봐. 그쪽이 더 급할지 모르니까."

"저 자식들 콩알(총) 잘 박겠죠?"

"노란 딱지 붙은 게 연막탄이니까 알아서 해."

우리가 작전 계획을 짜는 동안 김갑산 영감은 눈을 감은 채 한마디도 하지 않았다.

"회장님, 괜찮으세요."

내가 김 회장의 어깨를 잡았다. 김 회장은 눈을 뜨고 가볍게 웃었다.

"날 여기 내려주고 가게들."

"무슨 말씀이십니까?"

"내 할 일은 다 끝났잖은가."

"유서를 뺏겼을지 모릅니다."

"거기 자네들 사람 있잖은가."

"거긴 없어요. 아무 말씀 마시고 가만 계세요. 제가 엎드리라고 하면 시트를 잡고 엎드리세요."

"나 때문에 괜히 고생들 하네."

김 회장은 또 눈을 지그시 감았다.

다리를 건너자마자 넙치 형은 속력을 놓았다. 나는 뒤돌아보았다. 자동차 네 대가 쏜살같이 달려오고 있었다. 두 대는 우리 차의 방향을 막기 위한 것 같았고 나머지 두 대는 우리가 탄 차를 박살내기 위한 것 같았다.

"지프차 조심해라."

"알았어요."

"돈다, 준비해."

나는 김 회장을 엎드리게 해놓고 문을 열었다. 넙치 형이 몸을 비틀며 핸들을 마구 꺾었다.

"뛰어!"

넙치 형 목소리가 강렬했다. 자동차는 커브에서 브레이크를 밟았다. 나는 재빨리 뛰어내려 언덕 아래로 굴렀다. 넙치 형은 둑길을 타고 내달렸다.

라이터를 켜 폭약의 심지에 불을 당겼다. 자동차 두 대가 쏜살같이 달려와 커브길에서 회전했다.

나는 폭약을 둑 위에 던졌다. 앞서 달리던 차가 폭약을 통과했다. 뒤차가 커브를 돌아 나왔다.

폭약이 터졌다. 자동차가 급브레이크를 밟고 섰다. 차에서 뛰어내리는 사내들 손엔 권총이 들려져 있었다.

쉭쉭쉭쉭.

무서운 마찰음이었다. 내가 던진 표창이 공기를 가르며 날아가 네 명의 사내를 맞혔다.

나는 언덕을 뛰어 올라갔다. 뒤따라오는 지프차의 속력에 당황했다. 무서운 질주였다. 네 사내가 놓친 권총을 발길로 걸어찼다.

폭약은 지프차 앞에서 터졌다. 지프차가 급정거했다. 바싹 붙어 달리던 랜드 크루사가 지프차를 들이받았다. 지프차가 충격으로 굴렀다.

랜드 크루사에는 건장한 사내 둘이 쓰러져 있었다. 두 사내를 끌어내리고 표창 맞은 사내 가운데 나이가 들어 보이는 사내를 운전석에 앉혔다.

"허튼짓 하면 작두질 당한다. 황 변호사 있는 데로 가자."

내가 뒷자리에 앉아서 이렇게 말했다. 작두질이란 형벌이 얼마나 지독스러운 것인지 아는 녀석일 거라고 생각했다.

"어딘지 모르겠는데요."

"능청 떨지 마."

"무슨 말씀인지 모르겠습니다."

"너, 회를 쳐야 정신 차리겠어?"

"글쎄 무슨 말씀인지 알아야 모시든지 하죠."

"걸레가 그렇게 가르치더냐?"

"예?"

"이 새끼야, 걸레가 그 따위로밖에 안 가르쳤냐구."

"걸레 형님 아세요?"

"네 밑천 확 뽑아주랴?"

나는 녀석의 사타구니를 잡고 목을 눌렀다. 녀석의 얼굴이 일그러졌다.

"봐줘요. 하란 대로 할게요."

녀석이 다급하게 소리 질렀다.

"잔소리 더 하면 채칼질 한다. 이거 뵈냐?"

"알았어요. 갑니다."

녀석은 내 손가락에 끼어 있는 반지를 보더니 갑자기 고분고분해졌다. 채칼질이란 것이 어떤 것이라는 걸 알기 때문이었다.

걸레 패거리라면 구차하게 설명하고 겁주고 할 필요가 없었다. 행동으로, 그것도 무자비한 행동으로 보여주는 수밖에 없었다. 왕초인 걸레 밑에서 배운 게 그것이었다.

이렇게 큰일을 청부 맡을 수 있는 조직은 걸레 패거리밖에 없었다. 걸레의 정체를 아는 사람은 없었다. 해방되기 전부터 왜놈들을 못살게 굴던 지하조직이었는데 해방 이후에도 걸레라고 하는 두목은 여전히 비밀리에 승계되어 내려오는 역사가 깊은 패거리들이었다.

"너, 걸레 본 적 있어?"

"없어요."

"그럼 누구 명령받고 왔냐?"

"형님, 혹시 할배 아닙니까?"
"이 새끼 딴소리는."
"아무래도 할배 같아서 말입니다."
"누구한테 들었냐? 나 본 적 있어?"
"첨인데요."
"그런데 어떻게 알아?"

녀석이 나를 알아본다는 게 신기해 보였다. 그런 소굴에서 빠져나온 지 벌써 여러 해째였기 때문이었다.

"우리 곰배 형님이 그러던데요."
"곰배가?"

전혀 뜻밖이었다. 곰배라면 의리의 사나이였다. 그 바닥에서 의리 지키다가 오른 손목이 잘려나간 진짜 전문가 가운데 한 사람이었다.

"이번에 곰배가 꼈냐?"
"그러니까 우리가 나섰죠."

녀석은 갑자기 활기에 찬 목소리로 말했.

"걸레 밑에 곰배가 들어갔단 말야!"
"이번 일만 해주기로 했어요."
"이번 일만? 왜?"
"김갑산한테 갚을 일이 있대요."
"곰배가 말야?"
"그래요. 손 씻은 곰배 형님이 오죽하면 나섰겠어요."

"곰배가 나 여기 있는 걸 어떻게 알았냐?"

"첨부터 알았어요. 우리들 보구도 할배가 있으니 특별히 조심하라고 일렀어요. 정 안 되면 곰배 형님이 할배하고 담판하겠다고 했어요."

"무슨 갚을 일이 있다더냐?"

"곰배 형님 공장 차렸던 거 몰라요?"

"안다."

"그것 말아먹은 게 김갑산예요. 공장 확장하다 사고 나서 이리 뛰고 저리 뛰고 할 때 주식 사십구 프로 가지고 뛰어 들어와서 야곰야곰 파먹고는 곰배 형님 알거지로 내쫓은 게 김갑산 그 개새끼라구요. 할배 형님, 지금이라도 늦지 않았어요. 곰배 형님이 기다리고 있을 겁니다."

나는 잠깐 눈을 감았다. 곰배가 어떤 인물인가를 알기 때문에 마음의 갈등을 누르기 어려웠다.

곰배가 명동 바닥에 뛰어든 것은 열두 살이란 어린 나이 때였다. 물론 처음에는 구두닦이 소년에 지나지 않았지만 차츰 선배들 눈에 뜨이는 재질을 보였다.

곰배는 파격적으로 열다섯 살에 정식단원으로 승격하여 아낌없이 실력 발휘를 하기 시작했다.

스물여덟 살짜리 청년에게 명동의 일류 신사들이 형님이란 칭호를 쓸 수밖에 없는 것은 그의 족보와 서열 때문이었다.

손목이 잘린 뒤에 곰배는 무슨 사업인가에 손댔다는 얘기를 들었지만 그렇게 거덜 내고 복수의 칼날을 세우고 있었을 줄은 몰랐다.

나이로 따져서 내가 형편없는 후배인 것만은 속일 수 없는 일이었다. 더구나 족보로 따지자면 새카맣고 서열로 따져서야 겨우 맞먹을 정도였다.

곰배하고 한판 붙었을 때 우리 둘은 선배들이 말려서야 겨우 악수를 할 정도로 실력이 엇비슷했었다. 그 뒤로 내가 닦은 실력으로 그런 실력자들 서너 명까지도 해치울 수 있었지만 그때는 곰배 실력이 일급에 속했었다.

어쨌든 그때의 실력 대결 이후에 우리는 서열을 나란히 갖게 되었다.

"어떻게 할래요. 곰배 형님한테 가실래요."

녀석이 속력을 늦추고 물었다. 나는 녀석의 뒤통수에 대고 물었다.

"황 변호사 어디 있지?"

"걸레 형님네 애들이 데리고 있을 거예요. 그쪽은 우리 일 아네요."

"그럼 곰배는?"

"집에 있어요."

"그럼 우선 걸레 애들 있는 데부터 가자."

"곰배 형님부터 만나는 게 좋을걸요."

녀석은 힘있게 말했다.

"너, 곰배 밥 먹냐?"

"그래요."

"배는 곯지 않냐?"

"가보면 알 거 아네요."

녀석이 퉁명스럽게 나왔다.

"잔소리 말고 걸레네 애들 있는 데로 가라."

녀석은 뒤를 흘끔 쳐다보고 액셀러레이터를 힘껏 밟았다. 오토매틱의 성능 좋은 랜드 크루사는 질주하기 시작했다. 더 잔소리를 늘어놓지 않는 것은 내가 어떤 인물인가를 곰배한테 들었기 때문인 것 같았다.

보고 싶은 얼굴이었다. 그만큼 실력을 갖추고도 의리를 지키기 위해 손목을 잘렸고 곧게 살기 위해 버둥거리다가 복수의 칼을 갈고 있는 곰배의 모습이 떠올랐다.

참아야 한다. 힘겹더라도 참아내야 한다. 이 순간에 옛정과 곰배의 딱한 사정을 생각하다가는 돌이킬 수 없는 죄를 짓게 될지도 모른다.

"빨리 달려."

내가 버럭 소리를 질렀다.

"곰배 형님 불쌍하지도 않아요. 할배는 곰배 형님 잘 알잖아요."

녀석이 악 받친 듯 한마디 했다.

"모가지가 비틀어지기 싫으면 아가리 닥쳐."

나는 주먹을 들어 녀석의 턱 끝에 대었다. 녀석은 시속계를 쳐다보며 입을 앙다물었다.

하느님. 이럴 수 있습니까? 곰배처럼 성실하게 살려는 젊은 이에게 이럴 수 있느냐 말입니다.

하느님은 누구 편입니까. 도대체 더러운 부자 편에 서서 뭐를 어쩌자는 겁니까? 왜 그렇게 변했습니까. 하느님에게도 그런 곡절이란 게 있나요?

제발 정신 좀 차리쇼. 왜 그렇게 추잡하게 변한 겁니까. 노망 든 겁니까. 하느님도 망령 드는 겁니까. 사람들이 하느님 좀 믿고 살게 해주쇼.

내가 지금 곰배 편만 들면 김갑산 영감인지 늙은이인지는 뒈집니다. 곰배는 그럴 만한 실력자라구요. 그런데도 나는 지금 곰배 편을 포기하고 황 변호사를 구하러, 그 더러운 부자 김갑산이를 보호하기 위해 달려가고 있습니다.

하느님. 내 비록 조잡스러운 실력이지만 당신과 정말 한판 붙어보고 싶어요.

사람은 장난감이 아니잖아요. 어린애들도 장난감 가지고 그렇게 치사하게 굴지는 않아요.

하느님. 뭐, 속 좀 탁 까놓고 얘기 좀 합시다. 당신을 사랑하는 사람을 위해 이젠 정신 좀 차려요.

니기미, 사람 좀 봐줘요.

별장 뒤의 숲길에서 내린 나는 녀석의 멱살을 잡고 말했다.

"곰배한테 가서 이대로 전해. 내가 일이 끝나는 대로 갈 테니까 딴짓하지 말고 그냥 있으라고 해. 움직이면 그냥 두지 않는다고. 자 이게 내 진심이더라고 전해."

나는 칼을 꺼내 내 왼쪽 팔뚝을 푹 찔렀다. 피가 튀었다. 옛날에 우리들이 하던 의리의 의식이었다. 결코 내가 의리를 저버리지 않았다는 증표였다.

녀석이 고개를 숙인 채 돌아섰다. 그리고 다시 돌아서서 말했다.

"곰배 형님이 알아들을 겁니다. 몸 조심하세요. 걔들 다섯 명인데 모두 콩알 가졌어요."

"알았어 임마. 내 이름이 장총찬이야."

녀석이 콧김도 세게 웃고 차를 향해 뛰어갔다.

나는 숲길로 해서 별장 뒤꼍으로 다가갔다. 불빛이 새어 나오는 창 너머로 그림자가 보였다.

기습하기로 마음먹었다. 문을 열고 뛰어 들어가는 순간에 해치우지 못하면 콩알을 먹게 될지도 모른다는 생각이 들었다.

숲 속에서 인기척이 들렸다. 표창을 꺼내 들고 몸을 숨겼다. 살금살금 걸어오는 사내는 조금 전에 돌려보낸 곰배의 부하 녀석이었다.

"너, 왜 왔어?"

"할배 형님이 걱정이 돼서요."

"돌아가. 어서!"

"할배 형님 혼자는 안 돼요."

"내 걱정 말고 어서!"

"쟤들이 나는 아직까지 믿어요. 그러니 내가 들어가서 안심시킨 뒤에 신호를 하면 들어와요."

나는 강인한 인상을 녀석에게서 받았다. 그리고 그것이 곰배가 후배들을 키운 의리라는 걸 깨달았다.

"좋다. 먼저 들어가라."

"이게 신호예요."

녀석은 딱성냥을 꺼내 보였다. 내가 고개를 끄덕였다.

녀석이 들어간 뒤에 나는 뒷문에 바짝 붙어서 녀석이 신호를 보내기만 기다렸다. 안에서 어떤 일이 일어나고 있는지 감을 잡을 수 없었다.

만약에 녀석이 나를 속였다면 나는 그 순간에 그들의 콩알을 먹고 죽게 될지도 모른다. 녀석이 그쪽 애들에게 다른 작전을 세우게 한다면 벌써 나는 포위된 상태인지도 모른다.

초조했다. 후회도 생겼다. 차라리 뛰어 들어가서 후닥닥 해치울 걸 그랬다는 생각도 들었다.

나는 이를 악물고 참았다. 곰배의 부하라면…… 적어도 곰배에게서 훈련을 받은 녀석이라면…… 그리고 내가 팔뚝을 찍었을 때 내 의리를 짐작한 녀석이라면…… 그렇다면 믿을 수 있는 일이었다.

한순간, 딱성냥이 켜졌다.

나는 문을 걷어차며 뒹굴었다. 둘러섰던 사내들 손에는 술잔이 들려져 있었다. 나는 날렵하게 벽 쪽에 기대어 표창을 날렸다.

쉭쉭쉭 쉭 쉭!

무섭게 빠른 속도였다. 다섯 명의 사내가 바닥으로 나뒹굴었다. 녀석이 재빠르게 권총을 내 쪽으로 걷어찼다.

"권총을 다 챙겨라."

내 말이 떨어지기 무섭게 황 변호사가 절룩거리며 뛰어나왔다. 녀석이 권총을 호주머니에다 넣고 씨익 웃었다.

"할배 형님 땜에 걸레한테 나는 언젠가 죽게 되겠죠."

녀석이 쓸쓸하게 웃으며 말했다.

"사내로 태어나서 한 건 올리고 죽는 건 자랑스런 거다. 걱정 마. 내가 죽기 전엔 너 먼저 죽게 내버려두진 않을 거니까."

녀석이 사내들을 묶었다. 나는 황 변호사 손에 묶인 철사를 풀어주었다. 황 변호사 얼굴에 화색이 돌기 시작했다.

"유서가 바뀌었어요. 어쩔 수 없었어요. 녹음 테이프는 누군가 가져갔고요."

"걱정 마세요. 이젠 안심해도 돼요. 너는 빨리 가서 차 끌고 와."

녀석이 차를 끌고 왔다. 나는 다섯 사내들을 뒷자리에 몰아넣고 황 변호사 옆에 앉았다.

"김 회장 집으로 가자."

녀석이 액셀러레이터를 힘껏 밟았다. 숲 길로 헤드라이트의 불기둥이 자빠지며 달렸다. 황 변호사가 비스듬히 기대며 눈을 감았다.

"할배 형님, 우리 곰배 형님 복수 좀 해줘야 합니다."

녀석이 콧노래처럼 말했다.

"달리기나 해."

나는 퉁명스럽게 대꾸했다. 황 변호사가 뭐라고 지껄였지만 귀에 들어오지 않았다. 오직 곰배와 김갑산 영감과 넙치 형 생각뿐이었다.

중심가로 들어선 차가 곡예하듯 달리고 있었다. 녀석의 운전솜씨가 보통은 아닌 것 같았다.

김 회장집 대문이 열려 있었다. 안마당에는 여러 대의 자동차가 있었다. 김갑산 회장 집 대문이 이렇게 열려 있을 경우란 평소에 없던 일이었다.

경비원이 내 얼굴을 쳐다보고 빨리 들어가라는 시늉을 했다. 넙치 형이 몰고 온 차가 눈에 띄어서 안심이 되었지만 상황이 어떻게 전개됐는지 궁금했다.

김 회장 방엔 사람들이 빼곡히 들어차 있었다. 김 회장은 소파에 깊숙하게 기대앉은 채 내 손목을 잡았다. 넙치 형이 그 앞에 심각한 얼굴로 앉아 있었다.

"형, 별일 없었어요?"

"놓쳤어."

넙치 형이 이렇게 말하고는 턱짓으로 둘러선 사람들을 가리켰다. 비서실장과 기획실장이 무섭게 나를 노려보고 있었다. 김 회장의 자녀들도 긴장된 표정으로 나를 쳐다보고 있었다.

"회장님, 황 변호사를 무사히 구출했습니다. 애들도 다섯 놈이나 잡아 왔어요. 이제 안심해도 됩니다."

"수고했네. 자네들 아니었으면 큰일 날 뻔했지. 정말 고맙네."

김 회장은 힘없이 이렇게 말했다. 나는 그런 김 회장의 손을 꼭 쥐었다.

"이 자리에서 밝히죠. 장본인도 저기 있고 하니까요."

나는 비서실장과 기획실장을 가리켰다. 두 사람의 표정이 변했다.

"그만두게."

김 회장이 화난 듯이 말했다.

"그만두다뇨. 이럴 수가 있습니까? 사위하고 배다른 자식이 회장님을 죽이려고 했는데 그냥 두란 말입니까?"

나도 지지 않고 말대꾸를 했다. 아무리 곰배 때문에 미움이 가셔지지 않는 늙은이지만 짚고 넘어갈 것은 짚고 넘어가고 싶었다.

"그만두래도. 무사했으면 됐잖아."

김 회장이 내 손을 힘주어 잡으며 말했다.

"저 친구들은 버르장머리를 고쳐야 합니다. 유서도 조작했어요. 황 변호사에게 칼을 대고 유서도 바꿔치게 했습니다. 저 녀석들을 족치면 다 나오게 됩니다. 뭐가 두려워 이러십니까? 그렇지 않으면 제가 직접 경찰에 고발하겠어요."

내 말이 채 끝나기도 전에 비서실장과 기획실장이 앞으로 나섰다.

"이 사람, 누굴 어떻게 보구 이래. 무슨 근거로 그따위 헛소리를 하는 건가. 감히 어느 앞이라고."

나는 벌떡 일어났다.

"이 돈벌레들 같으니라구. 증거는 얼마든지 있어, 이놈들아. 너희들이 사람 새끼냐? 늑대도 그렇게 철면피하진 않아, 이놈들아."

기획실장을 올려 찼다. 카펫 위에 벌렁 자빠졌다. 몸을 피하는 비서실장의 옆구리를 가격했다. 기획실장 위로 나가떨어졌다. 나는 분에 못 이겨 두 사내를 사정없이 갈겼다.

김 회장은 눈을 감고 고개만 흔들었다. 아무도 말리지 않았다. 사태가 어떻게 돌아가는 것인지 대충 짐작하고 있는 것 같았다.

"그만 해라. 이렇게 해결할 일은 아닌 것 같다."

넙치 형이 내 어깨를 잡았다.

"형, 이거 놔요. 이 새끼들은 죽어도 싼 놈들예요. 저의 부모를 죽이려던 흉악한 놈들이라구요. 증거는 수두룩해요. 이것들은 패 죽여야 해요."

"그건 다 알아. 회장님도 알고 계셔."

"그런데 왜 내버려두라는 겁니까? 뭐가 무서워요. 무섭고 두려운 거 있으면 말해요. 내가 다 때려부술 테니까."

넙치 형은 나를 소파에 강제로 밀어 앉혔다. 그때까지 김갑산 회장은 입을 꼭 다문 채 눈을 감고 있었다.

비서실장과 기획실장은 피투성이가 되어 카펫 바닥에 누워 있었다. 마누라인 듯한 여자 두 사람이 눈을 내리깔고 피를 닦아주고 있었다. 변명하거나 말할 기회를 주지 않고 두들겨 팼기 때문에 내 가슴은 더 답답했다.

"이봐, 이 천하에 죽일 놈들을 뒈지게 내버려두지 않고 왜 껍죽거려?"

두 여자가 나를 올려다보고는 말없이 일어났다.

"참으쇼. 회장님께서 알아서 하실 일이니까요."

전무가 이렇게 말했다. 나는 발길로 그를 걷어찼다.

"아가리 닥쳐. 너도 한패지. 이 새끼야 날 속일 생각 말아."

전무가 나뒹군 채 엉금엉금 기어서 사람들 쪽으로 갔다. 김 회장이 눈을 떴다. 무슨 말인가 할 듯하다가 이내 고개를 흔들었다.

"황 변호사 이리 오게."

변호사가 절룩거리며 걸어왔다.

"내가 말한 대로 이 자리에서 유언장 다시 만들게."

"알겠습니다."

황 변호사는 가방을 열고 아까처럼 다시 준비를 했다.

"장 군하고 이리 들어오게."

김 회장이 안방을 가리켰다. 나와 넙치 형이 따라 들어갔다. 김 회장은 보료 위에 앉아서 담배를 빼 물었다.

"없었던 일로 해줄 수 있겠나?"

"말 같은 소릴 하십쇼."

내가 무뚝뚝하게 말했다.

"그래, 말 같은 소린 아냐. 그러나 내 신세가 돼보면 이런 것도 말이 된다는 걸 알 걸세."

"도대체 왜 이러십니까? 무슨 약점 잡히신 겁니까?"

"그런 건 없네."

"그렇다면 왜 이러시는 겁니까. 회장님을 죽이려고 한 것도 자식입니까? 그런 자식을 믿고 살아 있다는 게 원통하지도 않단 말입니까."

"첫째는 내가 부끄럽네. 둘째는 내 자식일세. 셋째는 내가 죽을 날도 얼마 남지 않았는데, 나도 누군가를 사랑하고 싶네. 그게 이유일세. 알아들을지 모르지만 말일세."

나는 대답할 말이 떠오르지 않았다. 보통 늙은이가 아닌 것은 알았지만 너무도 솔직하게 털어놓는 데엔 할 말이 없었다.

"그래서 어떻게 하실 작정입니까?"

"재산을 분배하고 조용한 데 가서 쉴 생각일세. 자네들하고 말일세."

"우리요?"

나는 너무 뜻밖의 일이라 이렇게 반문했다.

"평생 살 수 있는 걸 만들어놨네. 자네들도 하고 싶은 일을 할 수 있도록 해줄 거고. 싫은가?"

"싫은 건 아닙니다만……. 사내자식이 뭔가 해야지요."

"누가 하지 말랬나. 다만 내 곁에, 나 죽을 때까지만 내 옆에 있어 달라 이거지."

"비서실장하고 기획실장한테도 분배하는 겁니까?"

"그 아이들도 내 자식 아닌가."

"딱하십니다."

"자네 눈에도 내가 딱해 보이는 모양이구만."

나는 피식 웃었다. 김 회장이 나와 넙치 형에게 하얀 사각봉투를 내밀었다.

"이건 내 성의일세. 많지는 않지만 그거면 자네들이 뭐든 해볼 수는 있을 걸세."

"이게 얼맙니까?"

내가 물었다. 김 회장이 웃었다. 인자한 할아버지 같은 웃음이었다.

"웬만한 사업자금은 될 걸세."

넙치 형이 봉투를 밀어내놓고 말했다.

"저는 제가 할 일을 했을 뿐입니다. 그러니 이건 넣어주십시오."

김 회장이 또 웃었다.

"자네들 마음 알아. 그러나 이건 내가 할 일일세. 나 좀 편히 죽게 해주게나."

나는 그 순간에 곰배 얼굴이 떠올랐다. 이 정도의 돈으로 곰배가 잃었던 공장을 다시 찾을 수 없을지는 몰라도 다시 시작할 수는 있을 것 같았다.

"회장님, 그룹 산하의 B공장 사려면 얼마나 줘야 합니까?"
"그건 왜 묻나? 그게 욕심나는가?"
"그렇습니다."
"그건 이미 상속한 거라네."
"꼭 달라고 해도 말입니까?"
"이미 늦었어."
"저 혹시 그 B공장 인수하실 때 기억나십니까?"
"정확하진 않지만 나지."
"그 공장 본래 주인 기억하십니까?"
"잘 모르겠네. 젊은 사람이 고전한다고 해서 인수하라고 했지. 손해는 봤겠지만 적당한 값은 치렀을 걸세."
"그렇지 않습니다. 그 공장 주인은 제가 잘 아는 사람입니다. 그런데 지금은 알거지 신셉니다. 합자형식으로 했다가 한 푼 못 받고 쫓겨났습니다. 그때 인수 책임자는 누굽니까?"
"무슨 얘긴지 알겠네. 자네가 이미 실컷 매질했잖은가."
"그럼 기획실장 말입니까?"

김 회장은 고개를 끄덕였다. 그런 인수문제는 기획실 소관이기 때문에 기획실장이 곰배를 알거지 만든 게 확실한 것 같았다.

"그 공장 돌려주실 수 없나요?"

"만약 인수할 때 억울하게 했다면 보상을 해줄 수 있지만 공장을 되돌려줄 순 없지. 시설비며 확충사업으로 몇십 곱은 들어갔을 테니까."

"그 공장 상속자는 누굽니까."

"바로 그 녀석일세."

나는 고개를 끄덕였다. 더 이상 할 말이 없었다.

"그럼 주신 돈은 그 사람을 주겠습니다."

"그게 무슨 소린가?"

"사실은, 아까 회장님을 쫓아온 녀석들은 그 친구의 부하들입니다. 비서실장과 기획실장이 좋은 조건으로 그들을 매수한 겁니다. 그 친구는 손 씻고 착하게 살고 있었지만 회장님한테 복수할 기회만 노리고 있었습니다. 그래서 일이 더 악착같이 꼬인 것이지요. 회장님이 모르시는 일인지는 모릅니다만 그 친구는 회장님이 그런 거라고 믿고 있습니다."

"알겠네. 내가 사실을 조사해 본 뒤에 충분하게 보상하도록 하겠네."

그때 황 변호사가 복사한 서류와 녹음테이프를 가지고 들어왔다. 김 회장이 확인을 하고 다시 도장을 찍었다.

"황 변호사가 가족을 모아놓고 직접 발표를 하게. 한 부씩

사본을 만들어서 돌려 보게 해주고."

"알았습니다."

황 변호사가 나갔다. 김 회장이 넙치 형에게 차고 있던 시계를 내주었다.

"내가 아끼는 시계일세. 잘 간직해 주게나."

넙치 형이 절을 하고 받았다.

"이건 자네가 간직해 주게."

김 회장은 반지를 빼서 내 손가락에 끼워주었다. 나는 아무 말 없이 그걸 받았다.

"그만 가겠습니다. 내일 다시 들르겠습니다."

"그렇게 하게. 고생 많았네."

나와 넙치 형은 밖으로 나왔다. 의사와 간호사들의 모습이 보였다. 아무래도 비서실장과 기획실장에게 무슨 일이 생긴 것 같았다.

"네가 조금 심했던 모양이다."

"저런 새끼는 좀 당해야 돼요."

나는 대수롭지 않게 말하고 현관 쪽으로 걸어가며 비서실 직원에게 물었다.

"늑골이 나가고 무릎뼈가 금 갔답니다."

"둘 다 말야?"

"비서실장님이 더 심해요."

"뒈지진 않을 거야. 서너 달 고생 좀 하겠지."

우리는 밖으로 나와 랜드 크루사가 기다리고 있는 마당으로 갔다. 녀석이 하품을 했다.

"오래 기다리게 해서 미안하다."

"괜찮아요. 곰배 형님한테 간다고 전화했어요."

"그래 가자. 형도 같이 갈래요?"

"나도 오랜만이니까 얼굴이나 보러 가자."

녀석은 신바람이 났는지 속력을 놓았다. 계속 질주하면서 일이 어떻게 됐느냐고 물었다.

"모든 게 잘됐으니까 걱정 말고 가기나 해."

속도계의 바늘이 140을 가리키고 있었다.

응암동 산꼭대기의 연립주택 앞에서 내렸다.

"저 끝 방입니다."

녀석이 가리킨 곳은 초라하게 생긴 방이었다.

내가 들어가자 소주병 옆에 앉아 있던 곰배가 벌떡 일어났다.

"기다렸다."

그러고는 넙치 형에게 꾸벅 인사를 했다.

"형, 오랜만에 뵙습니다. 죄송합니다."

"넙치 형이 너 보고 싶대서 같이 왔다."

두 사람이 악수를 했다. 곰배는 내게도 손을 내밀었다. 손바닥이 까칠했다.

"긴 얘기 말자. 애들한테 얘기 다 들었다. 이건 김갑산 회장이 내놓은 거다. 김 회장은 네가 그렇게 당한 걸 전혀 모르고 있었어."

"무슨 소리야. 그 늙은 여우가 그럴 리 없단 말이다. 난 돈이 필요한 놈이 아냐. 돈 벌려면 벌써 벌었어. 난 복수가 필요한 놈야."

곰배가 소리를 질렀다. 나는 그런 곰배의 어깨를 죄어 잡았다.

"안다. 네 맘 모르면 내가 여기 오질 않았어. 그 늙은이, 그래도 사람 되려고 악 쓰더라. 그게 가상한 일이 아니고 뭐냐."

"나를 달래려고 하지마. 난 해내고 말 테니까."

"이 새끼가 내 말도 못 믿는구나. 임마, 나도 너 이상 성질대로 사는 놈야. 내가 그 늙은이한테 이걸 받은 건 그 늙은이가 그래도 사람 같아서 받았어. 넙치 형도 지켜봤기 때문에 같이 온 거야 임마."

곰배가 꿈틀거렸다.

"너 내 말 안 들으면 그냥 안 둔다."

내가 소리 질렀다. 곰배가 피식 웃었다.

"한판 붙자. 네 실력 안 본 지도 오래됐다."

"그럼 이기는 놈 말 듣기로 할래?"

"그게 우리 방식이지."

우리는 뒷산으로 올라갔다. 넙치 형이 승부를 빤히 안다는 듯이 웃으며 따라왔다. 우리들의 과거를, 우리들의 의리와 사내다움을 아는 넙치 형이기 때문에 웃을 수 있었다.

"둘이 악수나 하고 붙어라."

넓은 능선이 나오자 넙치 형이 정식으로 결투를 붙여줬다. 곰배와 나는 악수를 하고 웃옷을 벗었다.

달빛이 밝았다. 넙치 형이 손을 내밀었다. 우리는 한 발짝씩 다가섰다. 녀석의 자세는 예나 지금이나 빈틈이 없었다.

서너 번 자리를 바꿔 잡은 우리는 공중으로 떴다. 그리고 뒤돌아서서 다시 겨루었다.

곰배가 계곡으로 또르르 굴렀다. 내가 뒤쫓아가서 먹살을 옭아 쥐었다. 곰배가 이빨을 앙다물고 말했다.

"내가 졌다."

달빛은 여전히 밝았다. 넙치 형이 안주머니에서 사각봉투를 내밀었다. 곰배가 넙치 형을 쏘아봤다.

"나하고 한판 더 붙자. 이번에도 이긴 사람 맘대로다."

"난, 형한텐 져요."

"그럼 됐다. 이것도 받아라. 김 회장이 너 주라고 한 거니까."

곰배와 나는 넙치 형의 목을 끌어안고 소리 내어 울었다. 곰배의 울음소리가 메아리 되어 되돌아오고 있었다.

곰배 손에 들려진 하얀 사각봉투 두 개가 달빛을 받아 유난히 하얗게 보였다.

밤새 마신 술이 덜 깬 채 넙치 형과 나는 곰배네 집에서 나왔다.

김갑산 회장은 이미 기자회견을 끝내고 짐을 싸고 있었다.

"회장님, 작별인사하러 왔습니다."

"그게 무슨 소린가?"

"고기는 물가에서 놀아야잖습니까."

"가끔 뭍에 올라앉아 세상 구경도 해야잖나, 이 사람들아."

"돈 떨어지면 용돈 타러 놀러 가게나 해주세요."

"그 돈 벌써 다 썼나?"

"싸움 한판 하고 날렸습니다. 엊저녁 달빛 하나는 기차게 밝았습니다."

"내 무슨 소린지 모르겠네."

"B공장 보상금 나오면 저희들이 근사하게 한잔 사겠습니다."

"먹고사는 건 걱정 없게 해준다고 약속했잖는가. 이 늙은이 한번 믿어보게나."

김 회장은 짐 꾸리는 걸 팽개쳐두고 몇 번이나 사정을 했다. 같이 가서 1년 만이라도 같이 있어주면 충분한 대가를 해주겠다고 했다.

"장차 이 나라를 짊어질 사내 녀석들에게 회장님 심심풀이나 되라는 말이십니까?"

김 회장은 넙치 형을 데리고 방에 들어갔다. 나하고는 말이 통하지 않아서 그런 것 같았다.

한참 만에 나온 김 회장이 손을 내밀었다.

"자네들, 내 친구라는 거 잊어선 안 되네. 그건 약속할 수 있나?"

"거럼, 거럼. 김갑산 너는 내 친구다."

내가 이렇게 소리 질렀다. 짐 싸던 일꾼들과 가족들이 눈을 동그랗게 뜨고 나를 쳐다봤다.

"장총찬, 넙치, 너희들은 내 친구다."

김 회장이 맞받아 소리쳤다.

우리는 깔깔거리며 웃었다. 김 회장 얼굴에 행복이 충전되는 걸 나는 그 순간에 느꼈다. 넙치 형도 나와 꼭 같은 표정이었다.

〈3권에 계속〉

작가 후기

남의 잉크병에서 잉크를 찍어다 쓴 것이 아닌가 생각했다.
작가는 자신의 피를 찍어서 글을 써야 한다는 걸 한시도 잊어본 적은 없었다. 그러나 현장취재를 하면서, 늘 겪는 고통은 인간을 어느 한 가지 시각에서 보아선 안 된다는 것이었다. 그것이 내 게으름 속에 숨길 수 없게 자리 잡고 있었다.
스물두 살짜리 사내는 어른도 아니요, 그렇다고 어린애도 아닌 애매한 나이였다.
내 과거가 그랬고 주인공과 비슷한 또래의 젊은이들을 보면서 그런 걸 더 확연하게 느끼곤 했다. 스물두 살짜리 위악적인 사내가 할 수 있는 일은 과연 무엇일까? 나는 늘 그런 의문부

호를 찍어가며 이 소설을 연재했다.

젊다는 건 실수할 특권이 있다고 나는 믿는다.

젊었을 때 실수를 하면서 성장하지 않고는 결코 어른다운 어른이 될 수 없다고 생각했다.

젊은이는 싱싱한 채소처럼 밥상 위에 올라와서도 건방지게 자세를 굽히지 않아야 젊은이답다고 말할 수 있다. 그리고 젊은이의 신경조직은 고양이가 식탁 위에서 작은 찻잔 하나 건드리지 않듯 예민해야 할 것 같다.

젊음은 스스로 불타는 창작의 열기가 있어야 한다.

나는 이 소설 속의 주인공처럼 살고 싶었는지 모른다. 그래서 내 분신으로 주인공을 만들었고 내가 원하는 여성상으로 여자 주인공을 만들었는지 모른다.

더러는 하느님을 지독하게 물고 늘어졌다고 해서 민감한 반응을 보내는 사람들도 있었다. 그러나 결코 나는 하느님을 물고 늘어질 만큼 하느님을 사랑하지 않는 사람이 아니다. 오히려 그들보다 더 사랑한다고 믿는다. 나는 맹신도도 아니고 광신도도 아닌 그냥 믿음을 소중하게 간직하고 사는 사람 가운데 하나일 뿐이다.

주일마다 십자가 아래 무릎 꿇고 사람같이, 그냥 사람같이 살게 해달라고 기도한다.

그리고 가끔은 절에 가서 참선을 하며 무정 속에 들어가 내가 아무것도 아니라는 걸 깨닫거나 다도를 배우며 내가 더럽다는 걸 깨우치거나 반야심경을 공부하며 내가 얼마나 먼지 같은 존재인가를 알기도 한다.

제1권이 엮어졌을 때처럼 나는 날마다 아픔을 겪는다. 두려움 때문이다.

연재는 아직도 계속되고 있다. 그것은 내 부족함을 메울 기회를 주는 매서운 채찍이라고 생각한다.

내 피는 젊다. 사람처럼 살며 내 피를 찍어 쓰고 싶다.

인간시장 2

초판 1쇄 1981년 12월 20일
제2판 1쇄 2004년 3월 10일
제3판 1쇄 2015년 5월 25일
제3판 3쇄 2024년 1월 31일

지은이 | 김홍신
펴낸이 | 송영석

주간 | 이혜진
편집장 | 박신애 **기획편집** | 최예은·조아혜·정엄지
디자인 | 박윤정·유보람
마케팅 | 김유종·한승민
관리 | 송우석·전지연·채경민

펴낸곳 | (株)해냄출판사
등록번호 | 제10-229호
등록일자 | 1988년 5월 11일(설립일자 | 1983년 6월 24일)

04042 서울시 마포구 잔다리로 30 해냄빌딩 5·6층
대표전화 | 326-1600 **팩스** | 326-1624
홈페이지 | www.hainaim.com

ISBN 978-89-6574-492-4
ISBN 978-89-6574-490-0(세트)

파본은 본사나 구입하신 서점에서 교환하여 드립니다.